この銀の霧から戴冠した女性が現われた。（第十四章）

挿絵　フランク・C・パペ

イヴのことを少し　目次

第五部　リトレイアの書

第六部　テューロインの書

第九部　ミスペックの沼地の書

第十部　大詰めの書

第十一部　残余の書

第十二部　黙従の書

イヴのことを少し

無花果の葉の喜劇

「わたしは恐ろしくなり、隠れております。わたしは裸ですから*」

（当然のことながら）
エレン・グラスゴウ*に
女性の叡智を言祝《ことほ》ぐこの書を献ぐ

本喜劇の梗概

この書を読もうとする者の便宜のため、慎みの許す限り明白に記す

ここの影どもは抜け目ない。かれらは機を待つ。
冷遇と、わずかな時間を太陽にこころよく貸す金貸しのように。
炎と騒乱に満ちた、生の広い領土を
活力を誇示し駆けるだけの時間を。
あるいは法官をあえて憎まぬ盗人のように待つ。
ただしひざまづき欲望を装《よそお》いながらも
無花果《いちじく》の葉ほども軽い無花果の戦果に
失望し落胆した者は憎むが。

そう、かれらは抜け目ない。灯りのないところでは
これまでのように堂々と歩かず
あれこれ相容れぬことをささやき
行く手を幕でおおう。そこには壊れた扉が
天頂に立ちはだかり、セミラミスは
ユプシロンと一体になり、もはや勧告することはない。

第一部　発端の書

「男の住むところはいずこも
扉近くに茨《いばら》の藪がある」

第一章　いかに誘惑者は来たか

実体化してしばらく経《た》ち、人の五感に感じられるようになっても、サイランはそのまま待っていた。待ちながら、机に向かいひどく忙《せわ》しげにしている赤毛の若者を近くから見下ろしていた。若者はむすっとした顔をして書き物に夢中で、霊の訪《おとな》いに気づいていない。そこでサイランは待った……

創作時の身動きは、傍で見ると例外なく、何を産むにしても付いてまわるグロテスクの気をただよわせる。サイランはやや心配げな面持ちで、もぞもぞと動く若者を見守った。霊にはそれは奇妙で不気味なものに見えた。

……というのもこの人間界は、サイランはよく覚えていたが、楽しんで味わい遊べるものに満ちている――むっつりと考えこみ黒いペンを弄び、今はその先を齧《かじ》る若者が住むこの世界は――。この少々風通しの悪い部屋を出れば、星々や日没や壮大な山々が、ここ人間界のほとんどどこからでも見られる――あるいはまた、珍しもの好きの人間がしかるべきところを探れば、ヴァーヴェインとパチョリのような芳しい匂い、あるいは燻る香料、満月の下の干し草畑、松林、あるいは海からの風に乗ってくる潮の逞しい香りを味わうこともできる。

それと同じく、今この瞬間にも、この少し風通しの悪い部屋の外では、世界は椀飯《おうばん》振舞をしている。そよそよと吹く、まだほんの赤子の風が、四月が終わりかけた今、この世に満ちた驚異について、樹々の梢《こずえ》でささやいている。あるいは春の夜《よ》に奇妙で鋭い甘さで曖昧《あいまい》に鳴く鳥の不思議なくらい愛らしい響きも聞かれる。さらに大胆になるなら、狼狽をよそおいお前の企みを嫌がるふりをする女の、くぐもった甘い小声さえ聞かれよう……。本に埋もれたこの部屋の外では、いまだ忘れられていない俗世があり、そこでは、どんな若者だって生まれながらに授けられる五感を使って、熱意を衰えさせることなく、王者のように生きられるのに。

それなのに、これほど尽きせぬ魅力のある世界で、この痩せた赤毛の若者は難し気な顔で紙に(何度も齧った黒いペン先で)小さな字を書きなぐっている。しかもそのあらかたは、新しく殴り書いたものでたちまち消される。若者の様子には終始、自分は知的で真に重要なことをやっているという気がただよっている。そんなわけでこのジェラルド・マスグレイヴは、今待ちもうけている霊サイランには、相当に間の抜けた人間に見えた。なにしろ若い体が精力に溢れる期間は短いのに、それをあたら浪費しているのだから。こんな若者なら、見《み》、味わい、嗅ぎ、聞き、触れると忘れられない喜びを得られるものが、いつでもたやすく我がものにできるというのに。

だが同時にサイランは、少し淋し気な顔になって、自分の還らない青春を思った。自分が本当に若かったときから六百年近くが過ぎた。五世紀半も前、若いギーヴリック*と九人の長身の仲間は、親から授かった五感という世襲資産でたいそうな喜びを味わい、その財産を存分に利用したものだった。そうとも、俺は老いた、とサイランは思った。近ごろの若者の流儀とはまるで疎遠になっている。

でもそれも仕方ないのかもしれない。生身の体でこの世界に生きたのはもう遥《はる》か昔だから、若い者の変なところに少し疎遠になったとて、仕方がないのかもしれない。そもそもケア・オムンからリッチフィールドまではるばる来たのも、作家《オーサー》の時間の無駄遣いをあげつらうためではない。別の〈創り手《オーサー》〉*の命にしたがい、この運命づけられた赤毛の坊主を人間界から連れ去るためだ。

サイランは話しだした……

第二章　リッチフィールドのイヴリン

サイランは話しだした。話は少々長かった。

机に屈《かが》みこむ若者は、こうした異界からの訪《おとな》いが否応なく喚《よ》ぶ軽い震えを感じながら身を起こし、今ではサイランの申し出に耳を傾けていた。

そして言った。「誰だ、僕をそそのかしてそんな贄《にえ》に供し、僕を半ば潰《つい》えさせようとするお前は」

サイランは答えた。「俺の人間《じんかん》での名はギーヴリック。しかし今は憑《つ》く目のグラウムと呼ばれる」

おかしな名だ。おかしいといえば、このもやもやと人めいた形をした霊の申し出だっておかしい――だがその内容は、すくなくとも一考には値する。ジェラルド・マスグレイヴはそう判断した……。

ジェラルドは魔道の徒であるので、これまでも数多くの悪霊《デーモン》と交わってきた。だがこの一八〇五年*の四月最後の夜より前には、これほど突拍子もなく、それでいながら筋が通り鷹揚《おうよう》でさえある申し出を受けたことはなかった。ジェラルドはポアテムのドム・マニュエルを描いた書きかけのロマンスの草稿を脇に押しやり、首の襞《ひだ》飾りを整えた。そしてこの実に心をそそる申し出にしばし思いを凝らした……。たいていの悪霊は魂を買いとろうと躍起になるが、理性の世に生を享《う》けたジェラルドには、はたして己《おのれ》に魂なるものがあるのか、はなはだ疑問だった。だがどうやらこの憑く目のグラウムには、ジェラルドを俗世の義務から解き放ち、その生活をそのまま受け継ぐ力があって、今その力を喜んで用立ててくれるつもりらしい——そればかりかイヴリン・タウンゼンドとのごたごたまですっかり肩代わりしてくれるという。

「俺も昔は人間だった」サイランが説明した。「身体も持っていた。衣服みたいなつまらぬ慣《ならわ》しも身につけていた。今サイランとして五世紀の生を呑気に送ったあとも、人間界のしがらみが懐かしくなることがある」

「しがらみなんて」ジェラルドが言い放った。「糞くらえだ。誠実は牡蠣《かき》と同じで、時季を外せば口にできたもんじゃない。なのに僕の一族ときたら呪われていて、どいつもこいつも自滅するほどに誠実だ。あいつらは僕の才能と高貴な資質を敬い羨《うらや》む心の他は、何もかも僕から隠さない」

「ジェラルドよ、親族なぞ皆そうしたものだ。カインとアベルが兄弟《はらから》だった時から」

「それでも、あのひとつの災厄さえなけりゃ、僕だって兄弟には耐えられる。僕の行く末を悲観する口やかましい姉や妹にも我慢できないこともない。隔週木曜ごとに、愛情あふれる伯母や叔母が、『お前のために言ってるんだよ』と口をそろえて言うのだって、大負けに負けて許してやらないでもない」

「ジェラルドよ、人を思いやるふりをして語った最初の者はエデンの蛇だ。それ以来そんな話は毒があるに決まっている」

「だがそんな苦痛にならら残らず耐えられる」ジェラルドが言った――「すくなくとも耐えられる気はする。僕の芸術探求の邪魔にさえならなければ。そしてどんな人をも襲いかねない最大の至福のおかげで、身体の安らぎがだいなしにならなければ」

「お前が仄《ほの》めかすのは」サイランが言った。「良き女の愛だな」

「そのとおりだ。まさにそれだ。僕の分《ぶん》に過ぎた、剝《はが》したくとも剝せない類《たぐい》の恩恵だ。どうしても終わらせようとするなら、お前の申し出のように、僕の世俗部分を自ら殺《あや》める他ないかもしれない」

ジェラルドは口をつぐんだ。そして椅子に深く凭《もた》れた。瞑想めいた仕草で両手の小指の先を合わせ、他の指の先もひとつひとつ合わせ、最後に親指どうしを触れあわせ、そしてその全体に目をやって、不満そうな顔をした。

「どんな結婚だって、すくなくともひとりの男に厄介事をもたらす」ジェラルドは重々しく言った。「その男は花婿とはかぎらない。きわめてまずいことに、このイヴリン・タウンゼンドはもう結婚している。だから僕らの関係はどうしても不倫にならざるをえない。僕の悲劇は、従妹のイヴリンに出会うのが遅すぎて、妻にできなかったことだ。自分の妻ならば、世才とまずまずの忍耐力があれば、離婚に誘導もできる。でも道ならぬ関係にある女性の場合、もしそいつが僕に飽きるという淑《しと》やかさを見せなかったら、どうやって別れたらいいのか、南部の紳士*たる僕には見当もつかない。そしてイヴリンは、不義の関係を僕といつまでも続けるという点で、作法に外れていた。はなはだ外れていた――」

「女なら誰でも――」グラウムが口を出した。

「やめてくれ。どうにも我慢できないくらい僕を苦しめる変態行為について、風刺詩《エピグラム》とか警句《アフォリズム》とか、そんな軽々しいもので茶化すのはやめてくれ。きれいな女なら誰でも、夫に負うているもの、結婚の誓約に負うているものをいつかは思い出して、しかるべく行いを改めるべきだ。それはお前も僕と同じほどわかっているはずだ。不義の最中《さなか》にうまいタイミングでなされる悔い改めは皆を幸せにする。しかし女の中には、アナコンダより情熱的に巻きついて離れないのがいる。そして泣き喚《わめ》く。『あなたを信頼したのに！　すべてを与えたのに！』」

　グラウムはうなづいた。その動作には同情がなくもなかった。「俺も昔そんな文句を聞いたことがある。あまり嬉しくはなかった。俺が思うに、そんな文句に返せる言葉はない」

　ジェラルドは体を震わせた。「ともかく、南部の紳士としては、ほんとうに満足できる回答は殺人よりない。だがむろんこの解決策には、世間はかなりの偏見を抱いている。だからこの種の文句を喚く女は忠誠を無理強いする。ありとあらゆる不当な要求を持ち出して、発狂すれすれまで男を悩ませる。そしてそれはことごとく、あなたは感謝しなかったとか、何であれすぐ言うことをきいてくれなかったとかいう、反論しがたい理由を挙げてなされるのだ。あえて言うが、第七の戒律（汝姦淫するなかれ）ほど分別に富んだ親身な忠告はない」

「お前の警句《アフォリズム》はまんざら誤りでもない。お前の苦境もわからないではない。だが――」

　ここでサイランは口ごもった。

「すると僕らマスグレイヴ家のことをすっかりわかってくれたんだな」手を拍《う》ってジェラルドが叫

んだ。「てっきり何かうまいことを言って、僕の行く手に何か邪魔な物を投げ込んで、お前の思い通りにしようとしているとばかり思ってた」

「さっき言いかけたのは、無駄な足掻《あが》きをせず、お前のイヴに耐えるほうが身のためだという自明の理にすぎない」

「名前は」ジェラルドは訂正した。「イヴリンだ」

その言葉にサイランは微笑んだ。「そりゃそうとも。女の名はいろいろ変わる。さっき言いかけたのは、無駄な足掻きをせずにお前のイヴリンに耐えるほうが身のためということだ。お前みたいな場数を踏んでいない魔道の徒には、軽はずみにアンタン*への怪しげな道を行くより、そちらのほうがずっといい」

「あいにく僕には芸術家の魂がある。一時は」——ジェラルドは草稿を指さした——「こいつはささやかな文学作品だった。だが、きっとお前も知っているガストン・バルマーと知り合ったおかげで——」

サイランは霊の頭を振った。頭は風向きが変わったときの煙のようになびいた。「あいにく俺はその男と相知る喜びにはあずかっていない」

「そいつは驚いた。地獄の連中のあいだじゃガストン・バルマーは有名人とばかり思ってた。あの狸親爺は味覚とか健全な判断とか、いろんなものに一家言ある。それに、タウンゼンド夫人が奴の娘なもんだから、しばらく前から僕の事実上の義父だ——何の話をしてたのかな。そうそう、くりかえすと、ガストン・バルマーが、あらゆる術のうちでもっとも偉大なものを僕に手ほどきしてくれた。今はこの術を究《きわ》めたいと思っている。僕は文学という小さな術に躓《つまず》いた。僕の文章は極上のものではない。人の息を飲ませる美しさもない。僕の心はもう執筆にはない。それよりずっと高貴な、すくなくともアメリカ合衆国じゃ謂《いわ》れなく軽視されている魔術、そいつを古《いにしえ》の全き栄光のもとに復活させたいという望みが、たえず僕の心をちくちくと刺すのだ。そして、先ほどお前が仄めかしたように、文献学匠＊以外の誰から魔術の偉大にして最上の言葉を受け取れるというのか。どうかこの簡単な質問に答えてくれ」

「むろん他の誰からでもない――」

「ならお前にだってわかるはずだ」

「だが文献学匠は今では妻帯し、何もかも女房の言いなりだ。そして八百万《やおよろず》の神が目指す場所へ危険も顧《かえり》みず行こうとする者は、この女房、女王フレイディスの鏡の前に、必ず立たねばならぬと言われている――」

「その鏡も」何でもなさそうにジェラルドは言った。「必要になるかもしれない。鏡は魔術ではいろいろ使い道があるから」

グラウムの声音は今や必要と思われる以上に重々しくなっていた。その声でグラウムは言った。「俺ならうかつに鏡に近づいたりはしない。たとえ鏡が崇められるデルサムの地でも。あの〈隠れ子たちの鏡〉と関わりを持つのはごめんだ。あの鏡が映すものは、善にも悪にも曇らない摩訶不思議なものだ」

「ならばその〈隠れ子たちの鏡〉の前に立ってやろうじゃないか」顎をぐいと上げジェラルドは言

った。「とくに必要とあらば、アンタンからその鏡を持ってこよう。アメリカ合衆国の市民たるもの、何であれ術を探求するときに躊躇《ためら》ったりはしない」

「俺のほうは」サイランは答えた。「何百年も前に、どんな魔術にも飽きた。今は生の物質的な方面にむしろあこがれる。五百年間、あるいはそれ以上のあいだ、デルサムの地にあるケア・オムンの、何者にも乱されぬ城の中で、俺はある神の幾多の夢のうちに君臨した――」

「だがどうやってそんな夢と出会ったのだ」

「ジェラルドよ、アンタンに下る時が来た者を、夢は見捨てる」

「霊よ、お前の言うことはわからない」

「わからずともよい、ジェラルド。ところで、サイランの生に心乱れることは起こらない。サイランに何も恐れるものはない。だが俺には世俗の染みがあって、終わりのない満足にはもう耐えられない。俺も昔は死すべきもので、同輩の相《あい》も変わらぬ愚行や、時間と偶然の相も変わらぬ無慈悲に不承不承服従しながら、己《おのれ》の欺瞞や不安や猜疑をその薬味としていた。覚えているかぎりでは、ジェラルドよ、阿呆らしくも人が賢者と呼んだギーヴリックは、今の俺が呑気に送る毎日の耐えがたく退屈な二十四時間から得るより多くの喜びを遁辞《とんじ》と妥協から得ていた。だから、さっき言ったように、お前の身体《からだ》に乗り移りたいのだ――」

「だがそうなったら、僕の住む身体がなくなってしまう」

「おやおや、ジェラルド、驚いたな。教会席の賃料を毎回払っているくせに、そんな疑いを持つのか。誰もが肉体と霊体とを有することには、古代の確実な典拠がある」

そしてお前の悩み事すべてを、お前の愛人もろとも、始末してやろうというのだ。

するとジェラルドは赤面した。己の学識と敬神の両方が咎《とが》められていると感じた。そして悔いるように言った。

「そのとおりだ、僕は米国聖公会*の信徒だから、葬礼についてはよくわかっている——そうだ、お前は正しい。僕は聖パウロと論争する気はない。僕の先祖たちの信仰は、僕に二つの体があることを確信させた。そして一度にひとつの体の中にしか入れない。未婚の男が二軒の家を保持していると、少々人目を引くし、なんだか人聞きが悪くもある。それで、それからどうした」

「だから、もう一度言うが、俺はお前の身体に乗り移りたい。ちょうど初代のグラウムが俺の身体に乗り移ったように。そしてお前の悩み事すべてを、お前の愛人もろとも——七人の正妻と三百五十人余りの側女《そばめ》よりも付き合うのに骨が折れる愛人もろとも、始末してやろうというのだ」

ジェラルドは憮然《ぶぜん》として言った。「イヴリン・タウンゼンドがどんな女かも知らないくせに」

「明日」サイランは慇懃な口調になって言った。「拝眉の栄を賜ることにしよう」

かくて合意がなされた。憑く目のグラウムと呼ばれるサイランは、なすべきことをなした。

第三章　二人のジェラルド

ふたたび繰り返すなら、憑く目のグラウムと呼ばれるサイランは、なすべきことをなした……。魔道の徒ジェラルドには、その大方《おおかた》は馴染みのものだった。耳慣れない装飾音があったとすれば、さほど健全ならぬ蟲術《ゲーティ》へ遠出したことだったろうが、それはジェラルドにはどうでもよかった。術が終わったとき、サイランの姿が消えただけで十分だった。代わりに今、ジェラルド・マスグレイヴの書斎で、二人のジェラルドが向かい合って立っている。どちらも青い上着と黄金色のチョッキ姿で、首に高く白いストックタイと襞飾りをつけ、着こなしも寸分異なりはしない。

赤毛で痩身の両ジェラルドは顔つきも同じだ。どちらも相手に向かって、同じく長い突き出た顎の上の、そっくりに豊かにうねる、女性じみた唇で微笑み、どちらも相手の大きくて青の勝った、紫そのものの目に、物憂げでややユーモラスな冷やかしの表情を見た。見たところこの両ジェラルド・マスグレイヴに何の違いもなかった。

この奇妙な一組の片方は書き物机の前に座り、そこに置かれた書類をいじり回したあげく、ジェラルド・マスグレイヴの書きかけのロマンスをとりあげた。高名な先祖、ポアテムのドム・マニュエルとバルバリアのスルタンの娘ニアフェル妃との高貴な愛にまつわる話だ。他国を凌《しの》ぐ文学をアメリカにもたらそうと思ったその日から、ジェラルドはこの物語を執筆し始めた。だがここ数か月は筆を投げている。そして魔道の研究に身を入れ、寸暇を惜しみルーン文字や呪文《キャントリップ》に没頭するようになると、改めてこのロマンスに真面目に取り組む暇がなくなってしまった。

そして座ったほうのジェラルドは、悲し気にさえ見える笑みを浮かべ、双子の兄弟を見やった。

「あのときもそうだった」座ったジェラルドが言った。「かなり昔のことだが、アーシュで二人のギーヴリックが顔を合わせて、ペルディゴンのギーヴリックの肉体の支配を賭けた。* その日〈二つの真実〉に人間の分を越えてこだわったために俺が失くしたものは、デルサムの地で五百年間快楽を追求したあと、すべてまた取り戻した。そして今見たら、俺のこの二度目の身体は、さらなる快楽の源となる戯言《たわごと》を創りあげようとしてるじゃないか。それもあろうことか、ポアテムの例の永遠なるマニュエルときた。見たところ、この身体はロマンスという無花果《いちじく》の葉にご執心のようだ」

「僕はその喩えをうまく理解していないのかもしれない」立っているほうのジェラルドが言った。

「アメリカ合衆国では、無花果の葉といえばむしろ礼節の良き象徴だ。実際のところ、それは民主主義的な道徳《モラル》のアルファにしてオメガだ」

「それにもかかわらず、たとえそれをまるごと認めたとしても」今は霊に憑かれたジェラルド・マスグレイヴの身体が答えた。「無花果の葉とは、いつの時代にも変わらぬ、少々不快な、いかなる学問も認めている、二つしかない現実のものを、人の楽天性が覆い隠すとき使うロマンスだ」

「ああ、ようやくわかった。まずはお前と完全に意見を合わせないと、お前の隠喩《メタファー》にも一理あることを否定できないからな。だがこれだけは言っておく。ドム・マニュエルを扱ううえで、僕には他の誰にもない資格がある。この高名な英雄は僕の直系の先祖なのだ――」

「おお、哀れなジェラルドよ、それは本当か」

「そうとも。僕にはマスグレイヴとアロンビイ両家の血が流れている。僕の母方の祖父はジェラルド・アロンビイだ――」

続けてジェラルドは、マスグレイヴ家が正当にも誇りとする家系を細大漏らさず語るつもりでいた。だが今や良家マスグレイヴの血と肉を纏《まと》うサイランは、そんなものに有難みは感ぜず、事もあろうにこんなことを言った。

「衷心から哀悼の意を表させてくれ。もっとも祖先というのは苺《いちご》みたいに勝手気ままに摘めるもんじゃない。それに俺はもっと運が悪かった。なにしろマニュエルの仲間だったんだからな。あの背高のっぽで自慢たらたらの野郎のあきれた生涯を、俺はずっとこの目で見てきた。あえて言うが、口を嗣《つ》んでおくという人間離れした才能をのぞけば、鶏の目をしたあの灰色のぺてん師に、いいところはひとつもない」

これにはジェラルドも驚いた。だが気を取り直してこう考えた。悪霊は仕事柄多くの人間に会うだろうが、そんな折には人の良いほうの面は十分現われないのではないか。そこでかれは、一刻も早く一族の名誉を弁護しようと、もったいぶってこう言った。

「僕の祖先は、ぺてん師にせよ、生涯世間を騙しおおせた。棺を覆ったとき隣人たちの評判はとてもよかった。お前も今にわかるだろうが、これは合衆国ではどんな市民もまず第一に気を配ることだ。そして逆に僕のほうでもあえて言うが、僕の執筆する偉大なるマニュエルの勲《いさお》しは、それが完成したあかつきには、極上のロマンスとなるだろう。アメリカでは類のないものになるだろう。どのページにも気の遠くなるくらいの魅力があって、尽きせぬ機知のきらめきで彩られている。エピグラムの爽やかな驟雨《シャワー》が降るなかを、繊細な文体の傘の下で、目を瞠《みは》る独創的な感情が行進《パレード》をする。それとともに躍動する夢想がロマンスの高頂を駆け巡る……。冗談ではなく、これは、いわば、読者を摑《つか》んで放さない物語になる。僕の巧みな筆さばきで描いた英雄ドム・マニュエルの徳と豪胆にたちまち夢中にならない読者なんて想像さえできない」

「だが」みごとに変身したサイランが言った。「マニュエルの頭はいつも風邪をひいていた。絶えずくしゃみして唾を飛ばす年配の男を誰も真面目に敬いはできまい——」

「まともなアメリカ文学では、作中人物は誰も排泄機能を持たない。よくよく思いをいたすなら、これはデリカシーのひとつの真の試金石であるのがわかるだろう。涙の何粒か、あるいは汗の一滴二滴くらいなら出してもいい。だがそれ以上はポルノグラフィーのこちら側ではご法度だ。この規則は特段の力で恋愛小説に適用される。理由はくどくど言うまでもあるまい。そして僕のロマンスはむろんドム・マニュエルの太守《スルタン》バルバリアの娘、麗しのニアフェルへの愛の物語で——」

「その女の父親は馬丁だった。女自身は脚が不自由だった。美しくもなかった。顔が平べったくて、誰彼の行為を改めるのに熱心で、自分への敬意を無理強いすることを除《の》けても、このうえなく醜かった……」

「信頼、慈悲、希望*は三つの主要な美徳だ」ジェラルドは咎めるように言った。「紳士たるもの、女性の父親や容貌や脚を云々するときは、これら三つを、ちょうどこの順で行使すべきだ」

「――おまけにひどい臭いがした。臭いは一か月ごとにひどくなるようだった。なぜかは知らないが、おそらくたんに風呂が嫌いだったのだろう」

「友よ、僕はさっき引用したロマンスの解剖学についての規則を引き合いに出すしかない。一か月ごとに臭いがひどくなるヒロイン――だめだ、誓ってもいいが、そこに僕を惹きつけるものはない。まったく食指の動かないそんなものより、僕はもっと美しい考えと戯れたい。お前の前にある草稿は宣誓供述書じゃない。ロマンスだ。アメリカに類のないロマンスだ。だからお前には特別なはからいで、この完璧な九十三ページを読むことを許してやる。続きを書いて完成し、すべてお前の手柄だと名乗りをあげることも許してやる。お前の顔は新聞に載るだろう。学識ある教授らがお前たちの密通を注釈するだろう。そしてお前がしでかしたどんな卑劣な行為も、将来は周知のものとなるだろう」

これに対してサイランは答えた。「お前の愚にもつかない駄文はちゃんと完成させてやる。心配するな。お前の職務は今俺の職務にもなった。ちゃんと完成させてやるとも。俺の常識と神の愛らしい夢のもとで過ごした五百年と、そして何よりも登場人物についてこの目で見たことが、たいそうな美徳でもって人間を描くというこの職務をだいなしにしないかぎりはな」

「その仕事ができるお前が羨《うらや》ましい」心底《しんそこ》名残惜し気な顔をしてジェラルドは言った。「だが、ちょうど僕の高名な先祖に、世に人形《ひとがた》を作るという約定《ギャス》があったと同じく、僕にも強迫衝動がある。つまり僕の術を卓越したものにしたい。そのためには文献学匠の偉大にして最上の言葉を解き放たねばならない」
そして本物のジェラルドはこの晩まで知らなかった秘密の抜け道を通って部屋を出た。

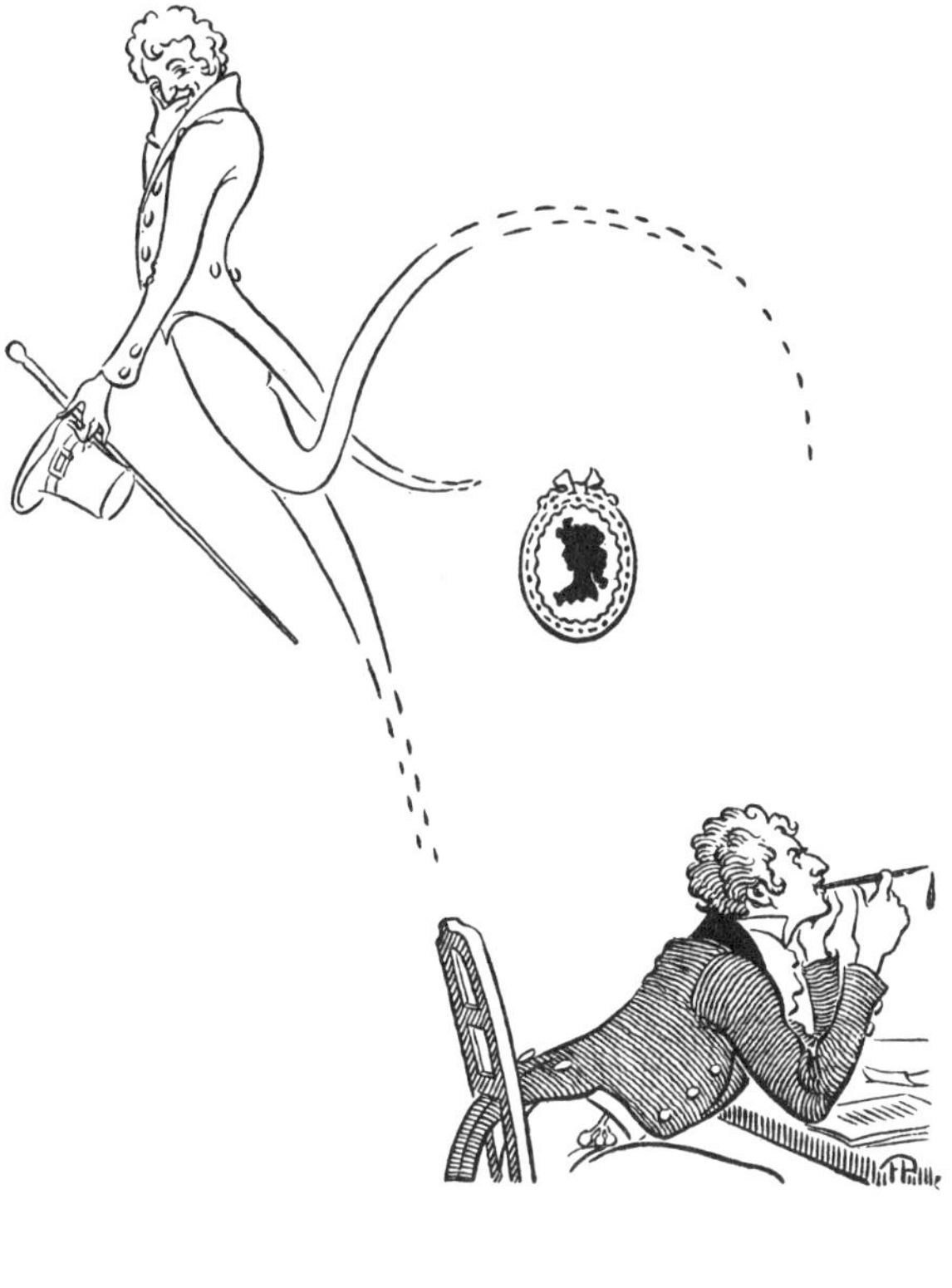

第四章　書斎の悪魔

　だがその前に、ジェラルドは振り向いて、この不運な悪魔をちらと見た。奴は今、物静かな赤毛の若者の姿をして書斎に残っている。このジェラルド・マスグレイヴに向けるジェラルドの目は、まるで、滑稽ではあるが結局のところさして関心のない知り合いを見る目だった。

　というのも、書斎に残ったほうのジェラルド・マスグレイヴは、どこから見ても滑稽の感を免れない。だが、こちらのジェラルド――少々高貴にと言ってもよかろうが――紳士の規範を破るより己の生を他人に与えるほうを選び、力ある魔術師となるため今リッチフィールドを発とうとしているジェラルドに笑いを誘うところはどこにもない。こちらのジェラルドは、高邁で理に適《かな》った目標をめざす、知性ある立派な人間だ。

　だが後に残るジェラルドの片割れが、ポアテムのドム・マニュエルの功績を葬り去ろうと、早くも単語をいくつか仰々しく並べ立てるその様子は、いささか滑稽だった。たとえば、この赤毛の若者は何を苦しんでわざわざ白い紙を没食子《もつしよくし》（インクの原料）で汚すのか。ヴァートレイ家の晩餐で一杯機嫌になっても、ドーンの賭博サロンで幸運《つき》に見舞われて気勢をあげても、あるいははしゃぐ連れとともに、四部屋ある寝室のどれを使おうかと迷ってもいいのに。

その代わり四方に本棚の立つ風通しの悪い部屋にぽつねんと座り、低めの本棚の上には陶器や真鍮のいろいろな獣や鳥や爬虫類の群れが大切そうに置かれている。ぴかぴか光る玩具《おもちゃ》は、それだけで住人の子供らしさを表わすものだったが、それらに囲まれて、この男は好き好んで一人座っている。その動作は、まぎれもなく変だ。もじもじする。尻をずらす。怒りの発作に襲われたように背を丸め、草稿の上に屈みこむ。頭をのけぞらせて白い中国《チャイナ》陶器の雌鶏をじっと見つめる。左の耳たぶを引っぱる。それからやみくもに耳の穴を小指でほじくりだす。

これらの運動のあいまに、気まぐれに揺れながら宇宙空間を行く惑星の地殻に危なかしく座り、目の前の草稿に、何度も齧られたペン先で小さな文字を殴り書いている。そのほとんどは別の殴り書きで抹消され、そのあいだじゅう、顔は知的で重々しい風を装っていた。それは奇妙な眺めだった。言いようもなくばかげていた。というのも、創作時の身動きは、傍から見るとかならず、何を産むにしても付いてまわるグロテスクの気をただよわせているから。

しかしジェラルドが自分の身体を受け渡した者に心からすまなく思うのには、より深い理由があった。というのもジェラルドは紳士の規範に則った自分の生を今棄てたのだが、そのときの安堵はサイランに窺《うかが》わせたよりも大きかった。これほどあわただしく僕の生を引き継いだ哀れな悪魔にしても——どんなに悪魔の知恵が冴えていようと——結局は、あの道理をわきまえぬイヴリン・タウンゼンドの前では、そしてさらに道理をわきまえぬ紳士の規範の前では無力であろう。

弄《もてあそ》ぶにふさわしいこんなすばらしい考えが頭に浮かぶと、ジェラルドの思考はさらに転がっていった。＊リッチフィールドで姦通の危険な火遊びに自分で耽ってみないかぎり、あの不運な悪霊は、自分の立場がどんなにお先真っ暗か理解できはしまい。なにしろ騎士道栄える一八〇五年のリッチフィールドには、何人《なんぴと》も無視しえぬ姦通の作法がある。ある女性との関係が実際どうであるかは、この小さな町では周知の事実となる。しかし誰も公然とはその関係が存することを認めない。完全な了解をもって目くばせが交わされる。しかし南部の紳士淑女の行儀よい唇から出るのは、せいぜい柔らかで穏やかな、「イヴリンとジェラルドはいつも仲のいい友達だ」という言葉だけだ。なぜなら先ず二人は又従兄妹《またいとこ》同士で――リッチフィールドにかぎらず世間ではどこでも、人はたいてい従兄弟《いとこ》が心から嫌いで、見下し遠ざけるものだ。なのに二人がいつも一緒にいるとすれば、自然な答えはひとつしかない。そう誰もが思う。そのうえ、リッチフィールドでは女性は誰であれ、もう一つの実に呆れた社会通念により、美しく嗜《たしな》みがあり貞淑であると思われる。わざわざ口に出して言うまでもない。いかなる南部の紳士階級にあっても、それは育ちの良さを示す膨大な規範の裏にある原則のひとつにすぎない。

だから、もし道ならぬ関係に陥ったときの唯一の救済手段は、不義の相手に嫌われるようになり、相手がお前を信頼しお前にすべてを与えたという事実にこだわらなくなることだ。むろんそれは南部の騎士道が命ずるところによって、いかなるときも女性だけの特権だ。だがジェラルドの場合、あの配慮のない女はますますかれに首ったけになるばかりで、あの恐ろしい文句をますます頻繁に口にする……。不当に傷ついた夫がお前に喧嘩を売る特権は、技術的見地からいえば、喧嘩の理由に妻の名を断じて出さないときに限り与えられる。それから、リッチフィールドの作法で定められた規則によれば、それは決闘に及ぶこともある。お前は決闘で死ぬかもしれない。だが――こちらのほうが確実に不運だが――たまたま生き残ったりすると、紳士にはそれ以外に道はないという万人の想定による暗黙の力によって、余儀なく未亡人と結婚させられる。それは社会への一般的義務であり、女性の「体面を損なった」ことへの償いである。ここで困惑させられるのは、女性のほうはまったくこの件には関与しないと誰もが認めることだ。どちらの結果にしても、何か〈悪いこと〉が起こったと認められることはないし、リッチフィールドの騎士道的紳士の会話あるいは行為で、婦人が不義を働いたかもしれないとは、仄めかされすらしない。

だが男のほうは罠にはまる。「ああ、あなたを信頼したのに。すべてを与えたのに」の愁嘆場を避けるすべはない。女性を避けるという特権さえない。友情の光栄に与《あずか》った美しく嗜みがあり貞淑な淑女との交際に飽いたり、ときに気が狂うほど嫌になるなどということは、人間の男がよくなすところではないとされる。そのかわりあの暗黙の広範な力、すなわち感謝の義務は、どれほど尽そうと完全に果たされることはない。そんな一般的前提が、いたるところでお前に圧力をかける。お前をかまわずにはおけないという、女性の嘆かわしい――ときには愛らしくもある――性《さが》は意識にのぼらない。だからこそ又従妹のイヴリン・タウンゼンドは、誰もが見ている前で眉一つ動かさずお前にじゃれつく。ホスト役の女性は微笑みながらお前とイヴリンを組にする。男たちはお前が現われるやイヴリンから離れる。夫さえ例外ではない。フランク・タウンゼンドも――腹の底では何をどう納得させているかわからないが、ともかく――「イヴリンとジェラルドは仲のいい友達だから」という基本原則を寛大にも受け入れている。

もちろんこんなことは、南部の名家からなる上流のサークルでは例外であるには違いない。ときどきジェラルドは、リッチフィールドで女性と道ならぬ関係にある何十人もの同輩が、すばらしく運がついているのを羨ましく感じた。というのもかれらの場合、女性のほうで愛想をつかすか、もしくは都合よく悔恨に襲われる。すると色男らは喜び勇んで、美しく嗜みがあって貞淑に見せかける技を持つ別の遊び相手を抱擁する。だがイヴリンは恐ろしいことに、永遠に続くかと思われる粘りを見せた。つまりいつまでもジェラルドに飽きなかった。かれにじゃれついて、手紙を手に滑り込ませた。毎日のように耐えがたい愚痴をこぼして、かれに迷惑をかけその憩いの時を乱した。そんなときジェラルドは、大真面目に、自分を絶望的な孤独に閉じ込める己の致命的な魅力を呪うのだった。

――〈孤独〉だとも。なぜなら、歯に衣着《きぬ》せぬ放言でささやかな慰めを得ることさえ、それどころか共感を求めることさえ、許されていないからだ。紳士は――とりわけお前は――キスしたあとで、それがとてつもなく嫌になったとは言えまい。お前の兄弟や姉妹も――お前の怠け癖と無能ぶりを、シンシアが新約聖書の一節を引用し不平を零《こぼ》したときも、アガサが水車が回る川の泡のような声で不吉な予言を呟《つぶや》いたときも――従妹のイヴリンとお前は道ならぬ関係だと、歯に衣着せず言おうとはしなかった。それからお前の親族の誰一人として、お前自身がここで常識をもって行動したり話したり、あるいは他の方法で、リッチフィールドの常軌を逸した輝かしい掟による紳士の行動規範を逸脱するだろうとは考えまい。

というのも、それは結局、それなりに輝かしいものだったからだ。その規範によって、あれら融通の利かないマスグレイヴ家の面々――お前と共通の血が流れているが、誰もお前のような驚くほど賢明な頭を持たない奴ら――も、この勇敢で愚かなリッチフィールドの残りの者とともに、その日その日を暮らし、けして乱されることのない温和な自尊心を墓場で眠るまで抱き続ける。この規範は、ジェラルドに察せられるかぎりでは、ある種の非行や悪事を排除してはいない。それは、必要あらばそのどちらかを、南部の名家の紳士に処方された流儀で行う方法を、適切で優雅きわまる仕草で教えている。本当にそうだ、とジェラルドは考えにふけった。あの規範は弄ぶのにはすばらしい考えだ。紳士であることはすばらしいことだ。だが終わりには決まって命とりになる。理由は簡単だ。淑女は紳士ではないからだ。

しかしながら、今リッチフィールドで、良家の人々の流儀で姦通を行うという危険な任務を負わされているのは書斎にいる哀れな悪魔だった。呪わしいくらいまとわりつくイヴリンは毎日のように、「あなたを信頼したのに。すべてを与えたのに」と繰り返すことだろう。そしてジェラルド自身は、この恐るべき紳士の規範を破るかわりに、慎み深く己の生を擲《なげう》った。今やひとかどの魔術師になるための障害は何もない。

本棚に囲まれた部屋で筆を執り、一心になって、顎や額をさすり、額を掻き、小指を耳の穴に入れ、尻の片方からもう片方に忙《せわ》しく重心を移し、手を替え品を替え、滞《とどこお》った思考になんとか活を入れようと努めることは二度とない。一休みして（たいてい不快に汗ばむ手で）顎を支え、思案尽きて、本棚の飾りにやみくもに蒐《あつ》めた陶器や真鍮の玩具にあれこれ目を遊ばせることもない。そのあらゆる変な動作を最後の数分間にジェラルドの生身が演じるのを、戸口に立ったジェラルドは見たが、それはどう考えても、少し風通しの悪いこの部屋で夕刻を過ごすやり方としては心をそそられるものでもなかった。また正気とも思えなかった。

ありがたいことにあんな淋しい体操は今後はしなくてすむ。もうこれからは、美貌の若い阿呆がポアテムのドム・マニュエルを巡るロマンスを懸命に仕上げようと、ミニチュアの象や犬や鸚鵡《おうむ》や鶏とかの常軌を逸した点では似たり寄ったりの観衆の前でする、もぞもぞと呆けた仕草は、ジェラルド・マスグレイヴの生身に任せておけばいい……。可哀そうなあの悪魔には、この取引が喜びをもたらすよう祈ってやるしかできない。ジェラルド・マスグレイヴに関するものは何もかも馬鹿馬鹿しいが、もはやそれも大した問題ではない。屈みこんでしきりにペンで走り書きする赤毛の頭から目を逸らしながら、そうジェラルドは決めつけた。

F P

第二部　薄明の書

「贈られた馬の
口を覗いてはいけない」

第五章　雄馬の洗礼

ジェラルドが十九段降りると、薄暗がりに待つのは、繋いだ乗り馬の傍《かたわ》らに立つもうひとりの若者だった。髪はジェラルドのものと同じくらいに赤い。

「女どもが跋扈《ばつこ》する道を通り抜け、なるべく速く定められた終着地へ向かえるよう」見慣れぬ若者が口をきった。「お前の乗る馬を持ってきた」

だがそう言ったのはまったくの他人ではない。そこでジェラルドは言った。「おや、お前だったか」魔道の徒ジェラルドはこの赤毛のホルヴェンディル＊すなわちアンタン辺境王とは前にかかわったことがあった。

そこでジェラルドは感謝して言った。「これはこれは。親切なことだ。術仲間の間柄としても気前がよすぎる」

「術仲間の好意は」ホルヴェンディルが応じた。「たいてい諸刃だ。お前が思うより深く切れるかもしれない」

「ともかくお前は巨大な輝く馬を連れてきてくれた。これはペガサス以外の何物でもありえない

——」

「この神馬が、ロマンティックな連中を奴らの夢の最終到達地にさえ運ぶペガサスかどうかは、乗り手による。ともあれ予言にはこうある。アンタンの救世主であり、かつ文献学匠の失脚ののち善悪の彼岸の地を統べる君主は、銀の雄馬を御して現われる。馬の名はペガサスにあらずしてカルキ——」

「おやおや」ジェラルドは言った。そしてこの事態の驚くべき展開にちらと思いをめぐらした。アンタンに君臨するなど、自分のささやかな目論みにはけして入っていなかった。だがたちまちかれは悟った。古《いにしえ》の予言に名高い銀の雄馬に素直に乗り、継承権を有する跡取りとしてアンタンに乗り込むほうがどんなに似つかわしかろう。たかが数語の言葉を乞う歎願者になるよりよほどいい。

そこでジェラルドは言った。「育ちのよい人間は予言を尊重するものだ。だが、この馬はほんとうにあのカルキ*なのか。なぜなら、ホルヴェンディルよ、予言のすべてはそこにかかっているのだから」

ホルヴェンディルは少し妙なことを言った。「この神馬が、ロマン派*の連中を八百万《やおよろず》の神の最終到達地にさえ連れて行くあのカルキかどうかは、乗り手による」

この言葉にジェラルドは頭をひねった。しかし微笑み、こう口にした。

「ああ、了解したとも。どんな馬だって、当然のこと、その乗り手と持ち主は好きな名で馬を呼ぶ権利がある。よし、僕はこいつを洗礼し、洗礼名をカルキとしよう。そうだ、ホルヴェンディル、よくよく考えたうえで、僕はアンタンの王座を受け入れることにした。僕個人の好みや、売名や誇示《ひけらかし》への僕の嫌悪は今はおいておこう。それより予言の成就を優先させよう。予言は成就してこそ予言だからな」

「そうと決まれば、ジェラルドよ、ここを治める者に敬意を表せ。あとはこいつに勇ましく跨《またが》るだけだ。この神馬は神の性《しょう》があるから、そんじょそこらの道は行かない。神々と大いなる神話的人物*とがアンタン詣でのとき辿《たど》る道を駆ける」

「もちろんそうだろうとも。やんごとなき者たちが贔屓《ひいき》にする道を行くのは、僕にはさぞふさわしかろう。それはそれとして、すばらしい考えがあるんだが――」

「それはそうと」ホルヴェンディルが言った。「すばらしい考えとやらを語る暇があるのなら、ここを治める者に男としての敬意を表せ。それから、ドーンハムの最初の水隙《すいげき》で、姫がじりじりしてお前を待っている。お前が来るのを渇望してると言っても大げさじゃない」

「おやおや、どんどんうまい話になるな」巨大な雄馬に歩み寄りながらジェラルドは言った。「文献学匠の偉大にして最上の言葉を受け継げば、僕はもはや君主も同然だ。その僕が姫を無視するなら、作法にまったく外れている。名家のあいだの礼節は保たれるべきだ。それをないがしろにしたがために、恐ろしい戦争がかつて幾度となく起こった。だからそのじりじりしている姫のところに連れていってくれ。だがまずはその高貴なお方の名を教えてくれ」

ホルヴェンディルは答えた。「お前を待つ姫の名はイヴァシェラー、ドーンハムの最初の水隙の貴婦人《レイディ》だ」

「それを知っても正直なところ、ほとんど何の役にもたたない。だがともかくも、同輩よ、その姫の水隙に案内してくれるのだろうな」

「ジェラルドよ、もう一度言っておく。この地を去る前に、ここを治める者に男としての敬意を表するほうが賢明だ」

「なるほど、ホルヴェンディル、この暑苦しい、じめついた、少々変な臭いのする地の名は、お前のほうが、これは認めざるをえないが、僕よりよく知っている」

「この地は、立派な人たちの会話では、いかなる名も持たない。ここはコレオス・コレロス*の領地だ」

その名にジェラルドは頭《こうべ》を垂れた。そして魔道の徒にふさわしい礼儀をもって、しかるべき仕草をした。

そのあとジェラルドは言った。「コレオス・コレロスの名はひどく恐ろしい。僕が米国聖公会の信徒ということを抜きにしても、コレオス・コレロスに敬意を表する義理はない。姫が待っているというのに、そんなことしている暇があるものか。むしろ、こんな沼地と藪の地はさっさと通り抜けて、少し非衛生的な臭いがするこの界隈からおさらばしたほうがいい。何だかここらには、よからぬ考えを持つ奴らがまだ巣食っている気がする――」

かれらはすでにしてこの曖昧な谷間で二人きりではなかった。薄明を透かして、大勢の女が人目を忍ぶように暗い月桂樹の木立ちに向かって通りすぎるのが見えた。そして木立ちから奇妙な音《ね》が流れてきた。

ホルヴェンディルはこの女たちのことを語った。

第六章　黄昏《こうこん》のイヴァドネ

　ホルヴェンディルの話のあいだ絶えまなく、遠くから奇妙な音《ね》が伴奏として聞こえ、これがジェラルドを悩ませた。すくなくともジェラルドが許せる限界近くまで悩ませた。というのもジェラルドはどんな種類の悩みごとも好まず、自分の性に合わないと公言していたから。

「しかしこういうものは」やがてジェラルドは言った。「こういうものは、友よ、とうに滅びたとばかり思っていたが」

「お前の旅は、ジェラルドよ、より大いなる神話の道を辿る。そんな神話はたやすくは滅びない。それにアンタン辺境に真実などどこにもない。何もかもが仮装であり、反響《こだま》にすぎない。この上面《うわつら》を通して人は真実ならざるものを知り、それが人を自由にする。したがって、わが推理によれば、今日のあの女どもは、コレオス・コレロスのフルート奏者だ。毛深く邪《よこしま》に臭う、血を流さずには快楽を味わえぬ貪欲な神性に、あの奏者らは飽かず仕えている――」

「ある書物によれば」学をひけらかすのが嬉しくなくもないらしく、わずかに笑みを浮かべてジェラルドが口をはさんだ。「このコレオス・コレロスは少し矛盾した女神で、ひんぱんに耕され掻き回されるほど、ますます少なく産むという――」

「ほほう。だがもっとも力のある女神はこのコレオス・コレロスだ」ホルヴェンディルは話を続けた。「外見は皺《しわ》が寄り弛《たる》んでいるが、いかな屈強な英雄も、終《しま》いにはこの女神の前に倒れ伏す。毎夜のように乳児がその薄暗い洞窟で息絶え、そこには悪疫が潜む――」

だがふたたびジェラルドはこう言ってホルヴェンディルをさえぎった。「しかし、さらに書物によれば、この隠居した慎みのあるコレオス・コレロスは、永遠なる神々のうちでただひとり、僕《しもべ》どもの情熱を満足させるのに昔から熱心であるらしい。そしてさらに――敬うべき者は敬うとすれば――この女神に抗しようと立ち上がった男への不屈の闘志のうちにも、彼女をもっとも頻繁《ひんぱん》に、もっとも深く攻撃した敵を嘉《よみ》し、愛をもって抱擁する度量を見せる」

その言葉を聞くとホルヴェンディルは片手を前に出した。人差し指の先を親指の先に触れさせて輪をつくった。それからホルヴェンディルは言った。

「あの女神は月が移り変わるように移り変わる。だがこの小さな怪物の神は同時に生命を授ける者であり、あらゆる喜びを授ける者である。理性に挑んで誑《たぶら》かす。そしてコレオス・コレロスがざんばら髪の赤らみ憤った*顔で現われるときはいつも、男はいやおうなしに心を動かされ、この女神を歓喜の中心に据える」

「ふん」ジェラルドは魔道の徒にふさわしく、やはりしかるべき仕草をして言った。「ふん、だが限りない力のある女神はこのコレオス・コレロスだ」

「さてそれから」ホルヴェンディルは続けた。「きわめて移り気なこの女神に、この地で永遠に仕えるのは、皆愛らしく、特別に幸せな民ばかりだ。ここではかれらの好色も、金切り声での非難に挫かれはせず、コレオス・コレロスが領する湿地の閑静な繁みや平野ではどこであろうと、法律による体罰もいかなる信仰の呪詛をも恐れる必要がない。というのも、お前もわかるだろうが、皺の寄った女神の神殿の内や外にいる、今はフルートを奏するこれら巫女らは、何世紀にもわたって、あらゆる快楽の技を仕込まれ、やがて一種の混乱に陥った――」

「どんな類《たぐい》の混乱なんだ、ホルヴェンディル、お前が言うのは。どうもお前の話は本題を外れているように聞こえる。それに僕はむしろ姫に興味がある――」

「つまりこういうことだ。快楽を至上の位《くらい》に置くあの女たちの信仰は、いかなる男も喜ばせずに通過させることはない」

「ああ、やっとわかった」

「――すなわち、信仰上の務めとして、あの女たちの人生は、女性特有の魅力をことごとく、勤勉かつ実地に探求することに捧げられているのだ。この魅力は、著しく使われれば使われるほど――」

「使われるというのは、信仰の実践においてか」ジェラルドが仄めかした。「お前の言いたいことはすっかりわかった」

「その結果として、女性たちの趣味は洗練された。隠されることなく溌溂《はつらつ》と供される己の女性的愛らしさを考慮する力によって、そして、その愛らしさを、共に女神に仕える同輩と親しみと嫉《ねた》みを交え競うことによって、女たちは、女性特有の美の目利き《コネスール》になった。その趣味は洗練された――」

「趣味の洗練はこのうえない称讃に値する。われわれ王たちが、阿諛《あゆ》追従者の中に、いかにひどい悪趣味の例と始終出会っているかをお前にも知ってほしいものだ。そういえばさっき、お前はどこかの姫について何か言ってなかったか――」

「――女たちは騒がしく軽率な者と、それからここだけの話だが、女たちをしばしば幻滅させる男のふるまいを軽蔑することを学んだ――」

「そうだ。間違いない」ジェラルドが言った。「男なんてくだらない奴ばかりだ。でもさっき、姫について何か言ってたろう――」

「――そこで、よりきめ細やかで、よりロココ的な気晴らしを、男の粗野な助けなしに行えるよう愛らしい工夫をした。それから何匹ものよくしつけられた――山羊や大型犬や驢馬《ろば》や、それから噂によれば雄羊や雄牛やらの――ペットとの戯れに喜びを見出した。フルート奏者たちのあいだで燃えあがったこの驚くべき神秘的な喜びは、荒々しくも甘美なものだった」

するとジェラルドは言った。物言わぬ動物に親切にすることはアメリカ合衆国では世間にたいそう評価される行為と考えられていると。それはそうと、啓蒙されもてなしのよいあの共和国のあらゆるところで、姫というものは、僕が思うところによれば――

「だが」ホルヴェンディルは続けた。「学びの済んだ女たちは、たんなる快楽の探求を続けながらも、いかなる男も喜ばせずに通過させてはならぬという信仰上の義務を怠ることはない。だからお前が行ったらさぞかし歓迎されよう。向こうでは今信仰上の祭典の準備がなされている。向こうでは美しい声のレウコテアー――ここらではイヴァドネと呼ばれている者が――お前を待っている

――」

「だがそのイヴァドネと相知る光栄を、僕はまだ得ていない――」

「イヴァドネは菫色《すみれいろ》の髪と尖った歯ですぐそれとわかる。――そればかりではない、その賢明な姉妹――テレス、パルテノペー、ラドネ、リゲイア、そしてモルペーも――皆お前を熱烈に迎えるだろう。お前を拒むことはあるまい。宗教的歓喜の奥義をお前と分かちあうだろう。コレオス・コレロスのもっとも秘密とされた神殿の中で――」

「しかし、友よ、僕に音楽の才はまるきりない。合唱のときはひどく音を外すだろう」

「あのフルート吹きたちは創意工夫に富んでいる。きっとお前に合った何らかの楽器を見つけ出すさ。祝祭では耳慣れぬハーモニーと柔らかな笑い声が聞けるだろう。飲み騒ぐ者は神に捧げる酒をふんだんに地に注ぐだろう。夜明けまで杯は満たされては干されるだろう。芳《かぐわ》しい香りと、薔薇の花輪と、極上の美酒と、旨《うま》い料理と、それ以外の妙なるものが、お前をもてなすだろう。メインディッシュが十九通りのやり方でお前に供されよう。そしてしかるべき敬意がコレオス・コレロスに払われるだろう」

「それでも」ジェラルドは言った。「頭について離れない文句があって――」

「向こうの月桂樹の薄暗い繁みがこの敬虔な宴の場だ。もしお前がしかるべき宗教的高揚とともに仲間入りすれば、望むものは何でも得られる。お前はそこで、思いがけない能力を発見し、それはお前を驚かすだろう」

「ああ、そのことなら、ホルヴェンディル――そうとも、僕にも人並みの能力はある。優に二人分あるといってもいい。だがそれでも、頭について離れない愛国的な文句がある。『多ヨリナル一』（米国国璽の標語）というのだ。ホルヴェンディルよ、僕には少し気がかりなことがあって、同じ文句を、少し自由に翻訳している――『多すぎる者の中に一人』と」

「お前がパラフレーズしてさえ、その文句に害はなさそうだ。害はむしろ、学びの済んだ女たちが、お前をしつけのよいペットの一匹にしようと、さかんに甘言を弄して、神馬から降ろさせるほうにある――」

「ああ、確かに」ジェラルドは言った。「だがそれは意味がない。カルキの乗り手以外の誰が、由緒ある古の予言を成就せねばならぬというのだ。そもそもそんな甘言なら、女なら誰でも息をするように弄するだろう。僕の王国のような美しい国を、キスの一つか涙の二、三滴と引き換えに得られるというなら」

「それは時が来ればおのずから明らかになろう。ところでしつこいようだが、もう一度言う。お前がこの地を治める者に男としての敬意を表さなければ、傷ついた女神は間違いなく復讐するだろう」

「ホルヴェンディルよ」しかるべき威厳を籠めてジェラルドは答えた。「僕は、父がそうだったと同じく、米国聖公会の信徒だ。この宗派の陪餐会員が、野蛮な異教徒の女神を崇めるなんて、そんなことができると思うか。この単純きわまる質問に答えてくれたまえ」

「リッチフィールドにいたときは」ホルヴェンディルは言い返した。「お前の父の宗派に与《くみ》することは無難な選択だった。この地でも、他の場所と同じく、無難があらゆる賢明な人間の宗教であるべきだ。さもなくばマニュエルとジャーゲンの子孫としてお前が期待されているものに背くことになる。いつの日かお前はそれを悔やむことになろう」

だがジェラルドは己の教会のこと、オルガンの音による美しい務め、聖人の記念日、その寛大さ、僧の美しい寒冷紗《ローン》の袖、崇高な儀礼のことを思った。こざっぱりとした少年聖歌隊、口に溢れる祈禱書のすばらしい唱句、祈願節と四季の斎日と三位一体の主日のことを思った。説教壇と足置き台、ステンドグラスと寺男、三十九箇条、早春ごとに新月と協力してかれに復活祭《イースター》をもたらす絶妙な数学のことを思った。どうしてこれらを棄てられよう。

そこでジェラルドは言った。「だめだ、ホルヴェンディル。皺くちゃの女神に敬意を表せはしない」

ホルヴェンディルはまたもかれを諫《いさ》めた。「その決断は高いものにつくぞ」

「どうとでもなれだ」顎を持ちあげてジェラルドは言った。「異教の女神がご機嫌斜めになったからといって、良き聖公会員たるもの、顔を青ざめさせることはない。心拍を早めることもない」

それでもかれは何かを期待する目で薄闇を透かし見た。そして肩をすくめるように上げた。

「まあ仕方ないか」ジェラルドは言った。「聖公会員の心がどれだけ固かろうと、姫が待ちかねていようと、やはり心はそそられる。あの、仲間から遅れてあそこにいるフルート吹き――きっと今はお互いどうしで、あるいはしつけられたペットと、楽しい遊びをしてるんだろうが――あの女には心惹かれるものがある。そうだ、あの女の魅力は、何というか、僕の頭を土俗宗教のほうに向けさせ、付き合ってみるのも悪くないと思わせる。もちろんあの羽毛の生えた脚はぞっとしない。それでもあの女は、こんなところに呑気に引きこもっているのに、お前も気づいてようが、ふるいつきたくなるくらいの美に満ちている。かつてアプロディーテーに〈美しい尻《カリピュゴス》〉の異名をもたらした美だ。僕の目は――すくなくとも土俗宗教的には敬虔な喜びで――腰のあの曲線、肌の白さと肌理《きめ》の細かさ、体の線のすばらしさに吸い寄せられる。美しい喜びの双子の月の完璧を範として、出し惜しみも誇示もせずに形作られているじゃないか――」

だがすぐにジェラルドは言った。「にもかかわらず、どこかで見たようなものがそこにある。僕を怖気《おじけ》づかせるようなものが――」

そしてこうも言った。「あるいはむしろ、あの女がゆっくりと僕らから歩み去るときの、あのゆらゆらした嫋《たお》やかな動きに、あまりに愛らしい身震いに――あのうねりに、あの震えに、あのさざ波に、あのきらめきに――むしろあの銀に光る丸いものの魅惑的なさまざまな動きは、半ば眩《くら》んだ僕の目には、日に照らされた海の晴れやかさに似ている。ホルヴェンディルよ、お前も覚えていよう。古《いにしえ》のアイスキュロスが、鮮やかに描いたあの晴れやかさだ。それほど不面目ではないソネットを、あの尻のこのうえない美しさに捧げることもできよう。裸で歩き去る女の尻ほど詩的なものはない。その動きはあらゆる挽歌《エレジー》調の詩句の憧れを目覚めさせる……。そしてホルヴェンディルよ、僕は疑わない、あの羽毛が生えた脚の前面は、背面に劣らぬ魅力があるはずだ。そう、正面玄関《ファサード》にも独特の魅力があると思わざるをえない。ようするに、あの女の前に立ちたくてたまらない――」

ホルヴェンディルは一人だけ目の届くところに残った女を見やり、そして言った。「あれはイヴァドネだ。海にいたときはレウコテアーと呼ばれていた。そしてどう見ても、誘惑がお前の欲望に

"She waits," said Gerald, "in vain."

「好きなだけ待たせておけ」ジェラルドが言った。

火をつけ、お前を有頂天にするのを待ちかまえている。お前が今言ったことよりいくぶん実践的な快楽へ誘っている」

「好きなだけ待たせておけ」ジェラルドが言った。「これくらい離れているなら、あの女だってすばらしいものに思える。だが近寄ったら最後、服を着ていないだけのありふれた女になるだろう。何より僕は米国聖公会の名誉ある信徒だ。それに今気づいたが、ぼんやり見えるあの姿はイヴリン・タウンゼンドを思わせる。あの相似は、蟄居《ちっきょ》という美徳に僕を向かわせる。どんな女にせよ、信頼しすべてを与えることを許すとどうなるか、僕はつくづく思い知った。それに僕には、より大きな栄誉と責任を約束された王国で全うすべき使命がある。それ以外については、どうせ女性陣を熱意の不足で幻滅させるなら、離れたところからのほうがいい。それなら僕も赤恥をかかなくてすむ。あの愛国的な文句『多すぎる者の中に一人』はまだ頭から離れない。大勢のフルート奏者の前で、おこがましくも男としての敬意をコレオス・コレロスに表するつもりはない。それに、お前は姫君が僕を待っていると言ったが、僕はむしろ、能力を完全に保ったまま、姫を貴《あて》なるものに引き合わせたい。だから今は――批判して申し訳ないが――宗教行為にしてはいささか非アメリカ的にすぎるやり方に手を染めたくはない。その代わり、じりじりして待っているという姫のもとへ連れていってくれ。お前が何度もしつこく口にするからには、気が進まないと言ってもどうせお前は許してくれまい」

かくてジェラルドは旅を始めるにあたり、まずはコレオス・コレロスに恥をかかせた。

第三部　ドーンハムの書

「女の舌は三寸
だが六尺の男もよく殺す」

第七章　最初の水隙のイヴァシェラー

「姫さま、おはようございます」ジェラルドはそう口をきった。馬は椰子《やし》の樹に繫ぎ、ホルヴェンディルはもういないから、今は姫のことだけ考えればいい。「何かお役に立てることはありませんか」

だが雪花石膏《アラバスター》の寝椅子の前まで来ると、かれの声は震えた……有頂天のあまり。イヴァシェラー姫は、このすばらしい五月の夜明けのなかで、驚くほど愛らしかった——これまで見たどの女も敵わぬほど。顔《かんばせ》は端整で色つやもよく、ほどよい嵩《かさ》の髪が乗っている。粗《あら》の探しようのない顔立ちだ。美しい娘の双眼の色はよく釣りあい、鼻はその両方から等距離にあった。その下に口があり、また一対の耳もあった。すなわちその娘は若く、どこも不細工なところはなく、恋に落ちた若者の眼には完全無欠に思えた。それでもこの姫には、知人の誰かの面影をしのばせるものがある……

こうした熱い思いを心に過《よ》ぎらせながら、ジェラルドは礼儀正しく話しかけた。「姫さま、おはようございます。何かお役に立てることはありませんか」

しかし姫は王族の流儀にしたがい直ちに本題に入り、リッチフィールドでは多かれ少なかれ習いであった前置きの挨拶で時を無駄にはしなかった。共和主義者による愛国的な教育のおかげで、王家の人々の所業については重々承知していたジェラルドも、このとき目の当たりにした熱意と率直には度肝を抜かれた。一点の疑いもなく、姫はジェラルドを信頼し、すべてを与える気になっている。

「しかし姫」ジェラルドは言った。「あなたはまったく考え違いをしている」

そして気づいた。この女は不思議なくらいイヴリン・タウンゼンドに似ている。

かれは溜息をついた。熱はすっかり冷めてしまった。二人の関係をもっと節度のある土台に据えようと、慎重に言葉を選んで、かれは二言三言言った。

一方《ひとかた》ならず愛らしい水隙の姫イヴァシェラーは、ジェラルドが近づいても、なお横たわったままだった。太陽は昇ったばかりだ。姫の伏す雪花石膏の寝椅子の四脚の足は象牙でできていた。寝椅子には緑の繻子《しゆす》に覆われ赤金の糸で刺繍された蒲団《ふとん》が敷かれ、そこに横たわる姫は、杏《あんず》の色をした薄絹の上衣を着ていた。真珠とエメラルドで作られた無花果の葉でいたるところ飾られたサフラン色の天蓋がそれらすべての上にあった。

この寝椅子はさらに、ドーンハム*と呼ばれる河の岸辺に生えた三本の椰子によっても陽をさえぎられていた。そして深々とした河の面《おもて》にきらめく小波《さざなみ》は——と、非アメリカ的な無意味の介入しない明晰かつ友好的な理解に二人が達したあと、姫は語った——わらわの住まいを隠している。今ごろは皆朝食をとっていることであろう。

「でも」ジェラルドはすこし力を落としたふうに言った。「僕は今、食欲がない」

「そんなことは問題にならぬ」と姫は言い、意味のない笑い声をあげた。「――それに水中に住まうとは、高貴な方々の奇行にしても、聞いたこともない――」

「だが聞くがよい、時代の主にして、和合を乞う者を頑《かたく》なに拒む者よ。はるかな昔、わらわはもはや名も忘れたある若い男におぼこな懸想をし、それがために〈天なる者の里〉よりこの河の水に落とされてしもうた。それというのも、父君（その御名に栄えあれ！）より、きわめて珍《めずら》かな水六滴を掠《かす》めとり、その勘気に触れたがゆえ。それこそが〈大洋の攪拌〉*の滴《しずく》――」

「何と」ジェラルドが言った。「つまり聖なるアムリタか」

「わが喜びの苑《その》よ、叡智の頂よ」姫は答えた。「よく知っておるな。天の理《ことわり》にも弁《わきま》えがあるとみえる。きっと御身は九天《きゅうてん》を踏破したのであろう。聞く耳を持たず、この道を旅する御身は、身分を偽る神のひとりではないのか」

「何を言う、姫よ、僕はただ魔道の徒として、その手の知識の欠片《かけら》を齧ったにすぎない。僕はある王国の定められた跡継ぎだが、それ以上のことは言えない。今はわが王国へ行く途中だが、それが天の王国でないことはまず確実だ」

姫は納得しなかった。「いや、わらわが導師にして唯一の崇拝の対象よ、粗《あら》一つない雄弁と気品、愛する者を試み、渇する者に天国を目のあたりに見せる御身の神性は、まことに疑うべくもない。ともかくも、御身の徳を讃えるため、ここに残る五滴を進ぜよう。ただし、いかな点でも神の尻を乗せるに値せぬ、図体の大きいばかりで不器用な馬と引き換えにだ。この小瓶に――」

ジェラルドはその水晶の小さな瓶をつけつけと眺めた。その疑いの眼《まなこ》には、自分は神でないとジェラルドが断言したときの姫の目を思わせるものがあった。「せっかくの言葉だが、姫よ、僕には普通の水としか見えない」

姫はその一滴を自分の人差し指に落とした。そしてジェラルドの額に男性原理の三角を描き、女性原理の三角を互いを貫くよう描き加え、それからモナキエル、ルアフ、アキデス、デガリエルを召喚した。魔道の徒なら誰でも、異端ではあるが興味を唆《そそ》るウェヌス第三の五芒星の変種をそこに認めざるをえない。だがジェラルドは何も口に出さなかった。

それが済むと姫イヴァシェラーは愉快げに笑った。「さあこれで、わらわの心の友よ、軽蔑に値する御身の馬をわらわに約束したからには、これから御身の仮面を剝ぐことにしよう。月よりも見目麗しいわが師よ、御身はアンタンを救うと定められた者――」

「そこまでは、姫よ、僕だって知っている」

「すなわち」姫が言った。「美《うま》し髪のフー、助け護る者、第三真実の主、天の寵を授かった者である御身が、人の身体と人の忘却の仮象を装い、これだけは人間らしからぬ冷淡を装っている。だが、すぐさまアムリタの力が、御身の思考に、尽きせぬ活力を与えよう。まもなく想起の猟犬が、御身の計り知れぬ栄光という野兎を仕留めてくれよう」

「まことに、姫、まことに水際だった話しぶりだ。文飾の徒は往々にして内容をないがしろにするが、今の言葉には、多少の意味もあるやに見受けられる……。僕の赤い髪《ヘア》があてこすられたようだが、姫の言にあった計り知れぬ栄光という野兎《ヘア》は、けしてか細いものではなく、動物の一種で――しかも隠喩でもある……。それはそうと姫は、東洋風の喩《たと》えで、僕が忘れていたことを思い出すと断言したが……。それほどの確信をもって僕が想起を期待されているものは何なのだろうか」

「わが主よ、わらわの満足の頂《いただき》よ、この世がまだ稚《いとけな》く、御身が愛情を鼓舞する眼差《まなざ》しをわらわから背《そむ》けなかった時分、御身とわらわの間にあった愛を、御身は想起するであろう。なんとならば、明るい髪房を持つ眩《まばゆ》い御身は、まぎれもなく天の寵愛を受けた者であるからだ。一点の曇りもなくわらわは御身を、秀でた鼻、突き出た顎、そして傑出したもう一つのものにより覚えておる。この最後のものは、わらわが御身のディルグの極楽*を訪《おとな》うたあいだ、その貴《あて》なる大きさによりわらわを深く喜ばせ、そして絶えて衰えることなく雄々しかった」

ジェラルドは優しく、だが決然として、姫の手を取った。そろそろ潮時だ。

ますますイヴリン・タウンゼンドを思わせさえしなければ崇拝に値するであろう水隙の美女は、ジェラルドがとんと覚えていないことについてさらに語った。

ジェラルドの黄金の高楼について姫は語った。その中で姫はかれを信頼し、すべてを与えたという。小波《さざなみ》ひとつ立たないヴァイクンタ*の蓮池に囲まれたその高貴な館を去るようジェラルドを導いた人間への抗いがたい愛について、その前に起きた九つのできごとについて、贖《あがな》いへの道における九つの優れた勲《いさお》について、姫は語った。

姫はなお、ジェラルドが人々を訪ったときの様子を語った——あるときは今のような雄々しく洒落た姿《いでたち》で、あるときは卑しい身なりの矮人《ドウォーフ》の姿で、さらに別の折は亀や猪や獅子や大魚として。ジェラルドの仮装の趣味は気まぐれで、揺るがぬ慈悲の心と好対照をなしていたそうだ。繰り返し姫の語るには、助け護る者としてのジェラルドの力は、幾多の国や王朝、そして二人の神を悪霊による滅亡から救い、逆に悪霊を滅亡させたという。このときジェラルドは知ったが、最初の大洪水のあいだに、第三真実の主が、巨大な魚に化身し、洪水のなか七組の夫婦と世界の文藝の精髄を収めた書物四冊を運んだとき、この地球を人類の絶滅と無智から救ったのは他ならぬジェラルドだったという。後にいっそう苛烈な氾濫が起きたとき、ジェラルドは地そのものを己の二本の牙で――もちろんそれはかれが猪と化していた頃の話だが――持ち上げたまま泳ぎ、危殆に瀕した地球を、せいぜい黴《かび》を生やした程度で救ったという。

イヴァシェラーはなおも語った。ジェラルドが亀であった頃、かれは最初の象と、最初の牛と、最初の完全に愛らしい女性を創ったという。そして姫が言い添えるには、そのとき同時に創ったものに、宝珠カウストゥバと、パリジャタと呼ばれる望むものが何でも生《な》る樹、さらには美し髪のフー、すなわち天の寵を授かった第三真実の主は、大酒呑みをも発明した。全部で十九の至高にして稀有の恩恵がこのときジェラルドの手によりもたらされた――そう言ってイヴァシェラーは話を結んだが、そのすべてをすぐさま思い出すことはできないと告白した――

「それで十分だ――ああ十分だとも」ジェラルドは、姫の顔を立てるように、親しみをこめて保証した。「わがささやかな慈善事業も、そんなふうに目録にされると、どうも身の置きどころのない気持ちになる」

とはいえジェラルドは、口調こそ軽かったが、己の過去が得意でなくもなく、誇りで思わず身が震えた。でも本当は驚くほどのことではない。理屈で考えれば、アンタンを治める者は当然輝かしい過去を持つはずだ。神のごとき人間であるはずだ。神になるとはすばらしい考えじゃないか。そこでまず、向こうの草地に転がる髑髏《されこうべ》は何の意味を持つかと聞いてみた。姫が説明するには、あの骸骨は自分のものではなく、二か月ほど前ここを訪れた者が残していったという。ジェラルドは、自分の持ち物にはもっと気をつけねばという姫の意見に同意してから、真に胸中にあるものに話を持っていった。

「それはともかく、姫」遠慮がちに咳ばらいをして、ジェラルドは思いきって言ってみた。「この朝より前、姫と僕の間には、優しい一時《ひととき》があったように思うのだが……」

「あなたを信頼したのに！　すべてを与えたのに！」咎めの口調で姫は言った。「至高の歓喜への誘い手よ、わが魂を収める麗しき壺よ、人の信頼に乗じたあの手口さえ、今はもう忘れてしまったというのか。心を決めた男の野蛮な力の前では、嫋《たお》やかな女の慎みも無力というのに」

「だめだ、イヴリン、今夜はいけない――お願いだ、あのときの自分はどうかしていた。本当に言いたかったのは、あのときお前に思いとどまるよう言わなければいけなかったということだ」それからジェラルドは優しく続けた。「それどころか、可愛い人よ、僕たちの愛を、僕はいまだに忘れられない。どんな一瞬でも思い出せる。僕が永遠の愛を初めておごそかに誓ったあの晩、お前に捧げたソネットさえ、まだ心に刻まれている」

「ああ、あの、すばらしいソネット」姫が言った。その口調には男が詩を語り出したとき、まともな女なら誰でも催すそわそわした感じがあった。

「――その証《あかし》に、ここであのソネットを吟じよう」

そしてかれはそうした。

感極まったあまり声が震え、前半の八行を終えたところでジェラルドは一服した。崇高な思考の美が、かくも適切に完璧な詩句で表現されると、それに抗うことはとてもジェラルドの力の及ぶところではない。そこでかれは沈黙した。

そして、感情のままにふるまい、詮索好きで、悩ましいほどイヴリン・タウンゼンドに似ているイヴァシェラー姫の柔らかな落ち着きのない手をつかみ、己の震える唇に押しつけた。まるで奇跡のように、忘れ去ったも同然の過去から戻ってきたこの愛らしい娘は、単にもう一度かれを信頼しすべてを与えようとするばかりではない。この女はまた、神的存在の本性である鋭い洞察によりジェラルドが悟ったところによれば、かれを甘言で釣り、惑乱させ、何らかの大損失をこうむらせられると信じている。姫が自分を丸め込み掠《かす》めとろうとしているものは何か、それは今ひとつわからない。それでも感じるのは、何らかの手段でイヴァシェラーが自分を謀《たばか》ろうとしていることだ。あの髑髏への言い訳にしても、かれの知恵と美貌への大仰な称讃にしても、真面目には受けとれない。女というのはそんなものだ。言葉は必ずしも文字通りの意味を持たない――神に誓うときでさえ。だからこそ神々は女たちにあまりに痛ましい義務を課せられた。そうジェラルドは決めつけた。

そして溜息をひとつつき、ソネットの朗誦を気高い諦念とともに再開したが、そこにはこの詩句の真の良さをある種の趣味の見地から是認する気持ちが混じりこんでいた。

「わが宇宙の光よ、なんという美しいソネットだ」朗誦が終わると姫が言った。「わらわはその霊感の泉となったことを誇りに思う。そして御身（そのこのうえなく優雅で優しい面《おもて》に、わらわの心はまたも恍惚に引き裂ける）が幾千年かを経た後もこれほどよく記憶していることが、同じく誇らしい」

「この美し髪のフー、助け護る者、第三真実の主、天の寵を授かった者には、歳月など何ほどの意味も持たない。むろんのこと諸世紀には、いかなることであれ、いかなる風であれ、姫の記憶を薄れさせる力はない。もっとも、さほど意味のないものは、長い時が過ぎるにつれて少しばかり曖昧《あやふや》になるが……。例えば、僕が救済者として活躍していたときも、その合間にはいわば祝日があったはずだが、そのとき僕は何の神だったのだろう」

「その問いは」姫が言った。「わが師よ、あらゆる徳の泉よ、御身の口から出るにしては、なんとも愚かな質問でないか。御身が第三真実の主とは、誰しもが認めておる」

「そうだ、確かに——第三真実の主だった。僕の神としての関心が真実性にあるとは、非常に嬉しいことだ。だが姫よ、神の数はたいそう多く、専門領域が同じであっても、それら神々はたいそう異なっている。それを見ることはとてもすばらしいことだ。ウルカヌスは火の神のひとりで、ヴェスタは別の火の神だが、さらにアグニと不動明王《フドー》とサタンは他の火を支配し、各々はまったく交渉を持たない。クピードー（愛の神）とルーキーナ（出産の神）は同じ港に出入りするが、手口は同じではない。アイオロスは十二の風、テスカトリポカは四つの風を操る。しかしクレピトゥス（古代エジプトの屁の神）はひとつの風しか操らない——」

「わが生を統べるものよ、わが魂の見目麗しき羊飼いよ、わらわもそれは知っている。わらわの知り合わなかった、あるいは抱擁しなかった神々はさしておらぬ。天なるものの多くはわらわを愛に誘い、わらわは敬虔に従った。わが口づけは、多くの神の頬にわが宗教的忘我の物語を書き記した」

「――そして僕が思うに、この〈大洋の攪拌〉の滴は、まず、僕の神格化を促進するためのものではない。つまり、お前がアムリタの六滴をわざわざ盗んだのは、ただ単に、他のことにかまけて、なぜか記憶から抜け落ちた僕の神性を呼び覚ますためだけだったとは思えない」

「施しを与えるものよ、七つの雅量の唯一の元型よ、御身の言に偽りはない。残りの五滴については、わらわが話そうとするたび、わが主、わが心が愛し、わが双眼の喜びである御身は遮《さえぎ》るが、それはわらわが当時いささか参っていた若者の五感に用いるはずだった。その男に不死と永遠の若さを与えようとしたのだ。最初の一滴はもちろんすでに使ってしまった――アムリタは果てのない精力を授けるがゆえに。したがってわが父君（その御名に栄えあれ！）は、すさまじい勢いで、われら二人を稲妻で倒し、〈天なる者の里〉からこの河に落とした。若者は溺れ、わらわに情けを授ける機会も失われてしもうた。その情けこそ、今、御身が至上の力と不屈の意志で迫るのではないかと、わらわはたいそう恐れている――」

ジェラルドは答えた。「お前のほうにその二つがあったら、話はもっとてきぱき進んだろうに。目下の状況はお前の恐れに反してずっとアメリカ的だ。開国当時の個人的自由の気風はもうない。民主主義がそれをよく思わないからだ」

「時代の光よ、わらわは聞き、そして従う。わらわの話はこれで終わる。あとはどうなりと考えるがいい」

「そうしよう」ジェラルドは同意した。「だが僕は、むしろお前の経歴に、それ以上に興味をそそられる――」

「何以上にだ、酷《むご》くして輝けるものよ」

「むろん言葉にできる以上にだ。だから話を続けてくれないか」

「わらわの悲しい経歴など、御身の眼差《まなざ》しの洞察の前では、曇りのないガラスも同然であろう。あえて付け加えるなら、わらわの若い男の不死の部分*は、幸いにもこの河の流れから引き揚げられ、今はリトレイアで神として崇められている。だがわらわは哀れにも、災厄の栗鼠《りす》として、神の怒りという檻《おり》の中でくるくる巡るばかりだ。これほど隈《くま》なく馬鹿げた所業を、わが父君（その御名に栄えあれ！）は、些細なことであれ逆上されたときになさる。勘気をこうむったわらわは、九千年ものあいだ、嫌らしい鰐《わに》の姿になり、この河の流れの中で、ある種の公務を課せられることになった」

　この言明がなされるやジェラルドはすぐさま異議を唱えた。

「この河を護るものとしてのお前の公務が何であるかは、お前を訪《おとな》ったものが、なぜ髑髏を残していくほど軽率であったかを推測すると同じ程度の推測しかできない。これはまさに粗略《ぞんざい》で思いやりのない類のふるまいで、よくよく考えてみなければ赦せやしない。だが僕がかつて見た、そして今も十分に見ているものの形には、どこにも鰐に似たところはない。それくらいはわかる」

「あらゆる卓越の模範よ、わが存在の絶頂よ、それはなぜかと言うに、わらわの九千年の刑が、今喜ばしくも終わりを告げたからだ。その証《あかし》にわらわの不運な身代わりがすでにここまで来ている。すぐにその女が、喜びを殺す者、仲を引き裂く者と相見《まみ》えるのを目のあたりにしよう。そのあと、共に朝食を済ませたのち、わが心の生気ある精よ、わが尽きせぬ愛が、純な情けで貪《むさぼ》るよう煽る御身よ、親切にも御身から授かった馬に乗り、わらわは今一度〈天なる者の里〉に参ろう」

そう言うと姫は指さした。

第八章　あらゆる姫の母

そう言うと姫は指さした。ジェラルドも河を見やった……。ぼんやり色づいて動く、柔らかそうな世界が見えた。ちょうど目の前で深々とした河が、小波《さざなみ》をきらめかせて、ゆっくりと、ごく微かにうねりつつ東に流れている。陽の温《ぬく》みの下で、霧が流れのあらゆるところに生じ、やはり東にゆっくりと流れていたが、濃淡がまちまちなため、河向こうに広がる景色を、あるときはここ、あるときはそこという具合に気まぐれにのぞかせたあげく、だんだんと、しかし驚くほどの速さで、それを覆い隠した。緑の芝生と灌木と遠くの丘からなるとても愛らしいメダイヨンがかくて形を取り、そして日の出のほうに向かう霧の絶え間ない灰色の流れに溶けていくようだった……

さらにジェラルドが見たのは、五十フィートほど離れたところで、ろくに服を着ていない年嵩の女性が、細腕に子供を抱いて、岸辺に近づく姿だった。女は己に課せられた運命に引き立てられるように、重い足取りで河に向かっていった。

女は何かに躓いたらしく水の中に転んだ。子供は転びながら放ったため、ごわごわした丈高い草のなかで無事だった。

イヴァシェラー姫に代わって贄《にえ》の山羊となるため、神の意志によりここに導かれた女は、見苦しからぬ品位ある態度で入水した。水を叩くことも飛沫《しぶき》をあげることもほとんどせず、課せられた運命により二度沈んだ。しかし子供は、不快な事物の遍在をおとなしく受け入れるよう教えこむには幼すぎ、回らぬ舌で神の意志を憚《はば》かることなく否認し、いつまでも泣きやもうとしなかった。

近くの葦《あし》の繁みから、目をきらめかせたジャッカルが現われ、人目を忍ぶように子供に近づいた。姫は雪花石膏の寝椅子から身を起こし、ジェラルドのためらいがちに引きとめようとする腕をふりほどいた。少しの間姫は決心しかねたようにそのまま立っていた。その愛らしい顔に動揺が見られた。半ば開いた唇は震えていた。ジェラルドはそのありさまを好ましいと思った。ここに表われているのは女性の永遠に優しい心であり、最上の文学の中にのみ探すよう人生が教える、打ち拉《ひし》がれたあらゆる人間への機敏で分けへだてのない同情だ。

姫はジェラルドのもとを離れた。そして岸辺に急いだ。ジャッカルは背を半円に丸め、歯を剝き、姫から後ずさった。葦の繁みがその姿を呑み込んだ。姫は身をかがめ、優しげな憐れみのしぐさとともに、溺れかけた女の片手をつかみ、岸に上がるのを助けた。

イヴァシェラーが言葉のない叫びをあげたのはそのときだ。挙げた両手を握りしめ、その小さな拳が憤怒を露わに見せて降り下ろされた。

溺死から救われたばかりの老女は、腰から銅の鎖で垂れた銅の小椀とナイフを解いた。姫はその二つを手にとり、泣き叫ぶ子供に近寄り、身をかがめると、泣き声は止んだ。姫は奇妙な老女のもとに戻って呼びかけた。「フラン、フラン！*」老女の灰色の唇にイヴァシェラーは銅の椀に今は満ちている血をあてがい、子供の血の残りをその剝きだしの胸と、多産のため大きく開いた脚のあいだに撒いた。

「ようこそ、母さま」イヴァシェラーが言った。「ようこそ、赤い皺寄るすべての姫の母よ、ようこそ、多産にして飽くことを知らぬハヴァー*よ！　挨拶を奉る、スフェン、スフェン！　挨拶を奉る、汝の千年分の水曜に喜びを！　飲み給え、愛しくも賢《さか》しき母君よ。聖なる書によれば、清められた血の供物はアンブロジア（神々の食物）より美味という」

　はじめその年嵩の女性は、髪を乱して、変に顔を赤らませ、激昂し恐ろしそうに見えた。今は母は落ち着き、喘《あえ》ぎながら物憂げに眼玉を回している。そして傷ついた口調で姫を咎めた――

「愛しい娘よ、お前はまたしても、男どもみたいな慈悲を見せびらかして、せっかく与えられた救済の機会を棒に振ったのだね」

「母さま、わらわの心には、悲しみと悼みが巣食っている。手足は悔恨で弱り衰えてしまった。まさか母君とは思わなかった。誰か人間の女が、嫌らしい鰐の姿をして、わらわの仕事を引き継ぐのかと思った。ジャッカルの鋭い歯が近づいたとき、幼い子が小さな口で泣き叫ぶ声を聞くことに耐えられなかった。この終わりのない放蕩と過食から自由になるために、自分が二つの生を滅ぼしていると考えることに、耐えられなかった」

「愛しい娘よ、あれは男の子だったよ。なんだかお前は、あれらアダムの息子たちを本当に大切と思っているようだね。お前の言っていることを聞いたら、お前が何百人ものあれら息子たちの野心におごそかに止《とど》めを刺したなどと、とても信じてはもらえまい。お前は、ロマンティックな者どもが厚かましくも、神々と神話的人物の道へ入ろうとするのを守ったのではなかったか」

「卓越したものの隠れ家よ、活力の避難場よ、その血が流竄《るざん》の身のわらわを養った者どもは、ことごとく邪な思いに燃え上がった若い男ばかりだった。子供は違う。幼な子の汚れない肉は、すべてのわれらの卓越した種族に捧げられるにふさわしく、野生の犬類の長い歯などに裂かれていいものではない」

「それはそのとおりだ。それもまた真実で敬虔な省察だよ。子供は他のあらゆる災厄の種とも異なったところがある。というのも子供だけが、いつになってもまったく新しい面倒事をもたらすからだ。あたしは誰よりそれをよく知っている。なぜならあたしはすべての姫の母であり、あたしの娘らは男たちの奔放な夢をいたるところで、きわめて不十分ながら取り締まっているから。でもなされたことには終わりがある。あたしもだんだんとお前の父君に近づけるようになるかもしれない」

「その御名に栄えあれ!」イヴァシェラーが口に出した。

「それもまた、愛する娘よ、きわめて適切な表現だ。——もっとも、お前もあたしと同じく、父君の頭がどんなに豚そっくりかを知っているだろうけれどね。それはそうと、これからお前のやらねばならぬのは、さしあたり、もう一回化身して、ドーンハムの岸辺であと一世紀か二世紀のあいだ男を誑《たぶら》かすこと、それだけだよ」

「しかしわらわは」姫が言った。「わらわの胸はこれほど繊細なのにもかかわらず、九千年のあいだもっぱら鰐としてやってきた。臆測という猫たちはしたがって、わらわの瞑想という草原《くさはら》でごろごろ喉を鳴らし、今度はもっと湿り気の少ないところがいいと思っている」

「いい子や、また化身するといっても、単に形が変わるだけじゃないか。何がなんでも、若い男どもとその厭《いと》うべき野望を挫き続けておくれ。見たところ、どうも今朝は本調子じゃないようだね――」

「でも――」姫は狼狽して言った。

姫の話す声はだんだん悲しげに沈み、ジェラルドには聞きとれなくなった。年嵩の女が思いきって示唆したことに、イヴァシェラーがすぐさま愛らしい頭を思いっきり振って斥けたのが見えただけだった。次いで目に映ったのは、姫が両の掌を合わせ、それを七インチほど離した姿だった。

「ああ、最初からそんなに！」ややいらついた高い声で姫はきっぱり言った。「おかげでこの鈍感な者（その先祖の墓で豚どもが繁殖するがいい！）はわらわには理解できぬままでいる」

老女は答えた。「ともかくお前はしくじった。だがそれはたいした問題ではない。あの男は、いかい、あれを必ず裏切るものとともに旅をする。その辿る道は長く、活気に満ちているから、やはり最後にはあれを裏切るだろう。なにしろあれはあたしの他の娘らに会うだろうから。皆が皆しくじったならば、あれはあたしに会うことだろう」

「わらわの粘り強い決意という舟はまだ、あの男の冷淡という氷山に座礁してはおらぬ。あの男にすべきことはまだし終えてはおらぬ。わらわはふたたび、この何の益にもならぬわが寝椅子にのさばっている者のもとに戻ろう。――朝食のために、母さま！」

老女は世の母がここぞというときに見せる優しさで答えた。「それでこそあたしの娘だよ。ああいうロマンティックな心には、その努めがどんなに辛く見えても耐えなきゃね。あたしたちの誰も、ああいうロマンティックな男どもが何を欲しているかまだ知らないのだから。あたしの娘たちは男どもに美味しい食べ物や飲み物を用意する。娘たちは住み家が快適なよう気を配り、一日の終わりに義務として男どもを愛する。男たちが求めるものはなんでも供する。なぜ男たちのあれほど多くが奇妙な、目的を知らぬ欲望を育《はぐく》むのかね。どのように娘たちはそんな欲望を満足させりゃいいのかね」

「母さま、それなら喜びを殺すものを、仲を裂くものを、あらゆる欲望を終わらせるものを召喚しさえすれば」

「娘よ、他にも手はある。もっとさりげない手が。古く東洋に伝わる土俗のものだ。それでもそれは、身の程を知らぬ夢を鎮めるのにも、たいそう役に立つ」

ジェラルドは目をしばたたいた。どうにも信じがたいことが当たり前のように目の前で起きているので、少しとまどっていた。

年嵩の女は変身していた。体が膨らみ、赤みがすっかり消え、今は雷雲を思わせる暗い青灰色になった。左手に物差しとヤード尺を持っていた。だんだんと大きくなるにつれ、恐ろし気な微笑みを浮かべるようになった。その首飾りはよく見ると髑髏《されこうべ》でできており、左右の耳飾りは、原形をほとんど保っていない首くくり人だった。すべての姫の母は天に届くほど大きくなったあげくに消えた。ジェラルドは名残惜しいとも思わなかった。

だが水隙の姫の姿はすっかり変わっていた。姫がいたところには今、黄色と黒の大きな蝶々が羽を広げていた。

第九章　一匹の蝶の末路

かくてイヴァシェラーは一匹の大きな蝶の姿でジェラルドのもとに戻り、ひらひらと気忙《きぜわ》しく、愛しげにかれのまわりを飛んで、目眩《めくる》めく明るい色彩を氾濫させた。ジェラルドは「わが恋人よ――！」と讃美の声をあげ、蝶をつかまえた。蝶は拒まなかった。

ジェラルドはこの美しい生き物を喉のところで摑み、腕を一杯に伸ばした。そして何人《なんぴと》も抗《あらが》えない呪文を唱えた。「シェムハムフォラス……」ジェラルドの顔に崇拝の気はかけらもなかった。

その代わり彼は悲しげに続けた。「――エホラ、アブ、バール、ルアチャコシース――」この恐ろしい連名を順に唱え、最後の「カドス」にいたった。

かれの餌食《えじき》は狂ったように踠《もが》いた。思慮の足りぬ娘は、恋人が魔道の徒であるのを忘れていた。娘がじたばたする様《さま》は――こう言うのを許してもらえるなら――ジェラルドの審美的な喜びに少しばかり水をさすものだった。かれは今、命を奪うハウサの呪文を用いる前に、罠に落ちた姫の最後の化身の輝きを嘆賞しようと一休みしていた。

というのもイヴァシェラーの羽はみごとな漆黒と燃えるような橙《だいだい》で、胴は金色に輝き、胸は深紅

かれの餌食は狂ったように跪いた。

だったから。さらにジェラルドは気付いたが、イヴァシェラーは、激昂の度を増すにつれて、首の後ろからフォークの形をした柔らかな角を突き出し、それはすさまじい悪臭を放った。

強《こわ》く曲がる、針のように尖った牙がかれを刺そうと踠《もが》いた。その形態があまりに秀逸だったので、ジェラルドは少し心を沈ませながらも、その優れた効率性に驚嘆を禁じ得なかった。黄色味をおびた粘液が先端からにじみ出た。その二つの牙の曲がり具合は猫の鉤爪そっくりだった。そんな形のものが肉を刺したならば、犠牲者が後ずさればそれだけ深く食い込み、なおさら毒が回る。まったく巧妙な仕掛けだ。ここを訪れた男たちが、この優しく話しかけ抱擁する可憐な姫の雪花石膏の寝台を囲む草叢《くさむら》に、髑髏を残したのも合点がいく。

ジェラルドは言った。「蝶よ、輝くものよ、お前の今朝の朝食は幻滅、フォークは臨終の苦悶、ナプキンは死だ。蝶よ、心から悔やめ、ぺてんを止めろ、策略と煽《おだ》てを捨てろ。お前に惑わされた恋人のことは、たとえ良心が咎めても、もう考えるな。心底から悔い改めろ。口に咥《くわ》えた雛《ひな》を落としもせず悔いる山猫のような悔い方はするな。お前のものだった手腕はどうした。謀《たばか》られた気高い恋人らはどうした。――今はすべて墓で眠っている。この世は、蝶よ、ひとつの広場だ。異人も、市民も、あらゆる者が行き来する。お前の最後の恋人は信に篤《あつ》い友だ。世の定められた筋道を支える者だ」

それにしても、この娘が選んだ体は赤眼鏡鳥翅揚羽種《オニトプテラ・クロエスス》に属するらしいが、それはどうにも不思議なことだ――とジェラルドは、かん高く鳴く柔らかな残骸を踏み躙《にじ》り、血と金粉からなる粘々《ねばねば》した汚物に捏《こ》ねあげながら考えた――なぜならこの種の蝶は、ここらよりもマレー諸島に棲むほうがふさわしいし、何よりも、蝶が蛇の牙を持つなど昆虫学的にありえない。

だが、地理にしても習俗にしても、それ以外の何にしても、アンタン辺境のものはことごとく、目に余るほどのちぐはぐさがある。ジェラルドはそう思いながら、繫いだ馬に歩み寄った。そして鞍に跨って、「神になる」というすばらしい考えをイヴァシェラーから得たこと、それから大洋の攪拌の残りの四滴をも得たことを思い返して、心躍る思いがした。この水の効験《ききめ》は魔道の徒なら誰もがよく弁《わきま》えているものだった。

第四部　デルサムの書

「いかなる鏡であろうと
目の見えぬ者には何になろう」

第十章　ケア・オムンの妻たち

　さてジェラルドは雄馬カルキに跨って、神々と神話的人物の辿《たど》る道を辿り、糸杉の谷を下り、憑く目のグラウムの領内へ入っていった。領主が人間界へ消えたために、デルサム*の地は見る影もなく荒れていた。元はサイランの宮殿だったケア・オムンで*、ジェラルドが朝食をとったとき、三百五十人ほどのグラウムの側女《そばめ》が料理と清掃と子守りに勤しんでおり、グラウムの七人の妻は塀をめぐらせた庭に座っていた。

　妻のうち六人は若く美しかった。だが七人目は――ジェラルドの目には――濡れた魚網のように皺が寄り、嫉妬と同じくらいの年を経て見えた。

　だが若さを保つ六人は、ジェラルドを有頂天にさせた。一人から他の一人に目を移すたびに、それぞれ順に他を凌《しの》ぐほどに愛らしく、これまで見たどんな女をも凌いでいるように思えた……。でもいけない！　グラウムは僕の恩人だ。今時分はリッチフィールドで、書きかけのロマンスに汗水を垂らしているだろう。あのポアテムのドム・マニュエルのロマンスは、やがてジェラルド・マスグレイヴに遍《あまね》き名声をもたらすはずだ。だから、これら顔かたちも色つやも称讃に値する女たちを鼓舞し、女性の本性である信頼と寛大の命ずるところを発揮させ、あげく愁嘆場を演じさせてはならない。だめだ、女たち全員に夫を裏切ることを許したら、親しみも分別もない言葉の際限ないくりかえしになってしまう。ジェラルドは心からの溜息をついた。

七人の女はそれ以前に溜息をついていた。「今度は何がわれらに迷惑をかけに来たというのか」ジェラルドを見てサイランの妻たちは言った。

ジェラルドは朗々と声を張りあげ答えた。「淑女《レイディ》たちよ、僕は美《うま》しの髪のフー、助け護る者、第三真実の主、天の寵を授かった者だ。だが、お願いする。こう明かしたからとて過度に恐がらないでくれ。僕は無慈悲な神ではない。道を違《たが》えた敵以外に憤怒を向けはしない。つまり僕こそ、淑女たちよ、僕はかく定められたものなり、と予言された者で、いやそれとも、『かれはかく定められた』と言うべきか――もっとも、厳格な文法学者がどちらの代名詞を好むかなど、どうでもいいに決まっている、いずれにせよその意味は誤解のしようもなく崇高なものだから――かれあるいは僕は、定められた季《とき》の来たあかつきには、アンタンを治めると予言された、銀の雄馬カルキに乗るものだ」

だがグラウムの妻たちは感心した様子もなかった。「御身の言うことは」一人が言った。「恐ろしいことなのかもしれない。しかし解《げ》しがたいことに変わりはない」

この妻の髪は赤みがかった金髪だった。頭には何も乗せず、青いゆったりした上衣を、右胸がすっかり露わになるよう纏《まと》っていた。また、疑いなく何かはっきりした目的があって、七つの枝を持つ燭台を手にしていた。

女の美しさに怒りを和らげられつつもジェラルドはたずねた。「するとお前は僕の聖なる言葉を疑うのか。僕のディルグの神性にけちをつけようというのか」

これに応じた別の妻は、豪奢な色気に溢れた黒髪の女で、紫の衣を纏い、半円の冠をかぶり、剥き出しの二の腕に金の太い帯を左右二本ずつ巻いていた。

「どうしてわれらがそんな疑いをもとう。神ならとうに、何十も何百も、軍勢をなして、ここデルサムの地を過ぎ、この世の長い労苦が報われる安らぎの地アンタンへ向かったというのに」

「ああ、するとアンタンはそれにふさわしい神々すべての天国らしいな。そして僕は、自分にふさわしい神々の住まう王国を治めることになっている」

「われらはアンタンに行ったことがない。だからその地の習しは何も知らぬ。ベスは猫に、トラロクは雄鹿に、シヴァは雄牛に乗っていた。カーリーは虎の背に跨って通った。ゼウスは鷲に乗ってわたしらの頭を越し、大きなスカラベの背に乗るアメン・ラーと並んで通った。そういうわけで、輝く馬に乗る御身を見ても、また一人神が来たなくらいにしか思わぬ。かくのごとき未曾有の困窮の季《とき》に、神など何になろう」

それから七人の妻は悲嘆の声をあげ、憑く目のグラウムが去ってこのかた、聖なる鏡が前に立つものしか映さなくなったと訴えた。

「鏡というものは、もともとそうしたものではないのか」ジェラルドはたずねた。

「おお」一束の鍵を手にした、高い二股に分かれた橙色の奇妙な頭飾りをした妻が答えた。「だが昨日までは、われらの鏡はかくあるべきものを映す鏡だった」

「それでそこには何が見えるのだ」

今度は老いた妻が口を出した。頭にターバンを巻き、顔は魚の腹さながら色褪《あ》せて、乏しい白髪はかなり長く、螺旋《らせん》や半円に伸びて、顫《ふる》える顎のうえで輝いていた。そうした風体のものが答えた――


「われが今そうであるような年寄りに、ケア・オムンの鏡は何も顕《あら》わさない。だがグラウムがわれわれのもとを去ったとき皆がそうであったような年若い者には、いわく言い難いものを顕わすのが常だった」

「それならばなぜ、若い者を前に立たせない――」

「それが、ああ、もはや鏡の中には、道ならぬ恋の相手になってくれる若者はいない」

こう言ったのは褐色の髪で、心をそそる豊満な体の、何も身につけていない妻で、必要な所は脱毛していた。

それから憑く目のグラウムの七人の妻は嘆きの声をあげた。尖った青白い鼻をした、腹が臨月で膨れ、栗色の円錐の帽子をかぶった妻が、以前鏡の中からやってきた若者たちについて語った。

とても美しく、背が高く、きびきびして機転のきく、礼をわきまえない若者たちについてその女は語った。常に陽気で快活で颯爽《さっそう》として、世の亭主ほど気難しくはない若者たちについて語った。軽率きわまりなく、したい放題のことをして、何事にも怯《ひる》まず、どこにでも行き、何にでも首をつっこみ、それでもうまくやっている若者たちについて語った。それら若者たちが、引き受けたいかなる仕事においても、いかに果敢で、熱心で、強引で、真面目で、どこも手抜きせず、てきぱき事を運び、けして飽きず、心動かされる働き手であったかを語った。またかれらが辛抱や謙譲の欠片《かけら》もない、いかにたいへんな厄介者であったかを語った。理屈にあわぬものの、あれほど嘆かわしかった悪戯《いたずら》小僧どもがいなくなり、道ならぬ恋の相手になる若者がケア・オムンの聖なる鏡に映らなくなって、いかに淋しいかを語った。

ジェラルドは答えた。「お前たちの訴えにはたいそう心を動かされる。そのような若者を生む鏡などというものを、よくも考えだしたものだ。僕は妻帯していないから、結婚制度の苦痛を合理的に軽減することに反対はしない。だが淑女たちよ、僕は神だ。あらゆる若さを封じた小瓶を携えて来た神だ」

これを聞くと最後の妻が語った。その髪は亜麻色で、透き通る柔らかな緑の織物の上衣を透《す》かしてくまなく体が浮かびあがり、人の目を惹いた。手には柄《つか》が黄金の小ぶりの剣があった。この妻が言うには、

「御身はこれまでこの道を通った他の神々とは違う。今までの神々は若さを道連れにしてはいなかった。かれらは老けて疲れ虚弱になり、奇跡を何も行わなくていい休息所へ出発し、もはや崇拝されない世界を後にした」

「しかし僕は」ジェラルドは言った。「僕は神だ。それにアメリカ合衆国の市民でもある。アメリカではあらゆる類《たぐい》の宗教が栄え、それは衰弱し小利口になった君主国では絶えて見られないものだ。ひとつケア・オムンの聖なる鏡がある神殿に案内してくれないか」

第十一章　鏡の民

七人の妻は美《うま》し髪のフーにして助け護る者を〈鏡の神殿〉に導いた。老いた妻が、小さな無花果《いちじく》の葉を金糸で刺繡した青い垂れ幕を掲げて鏡を見せた。鏡は曇り、染みがつき、白く黴《かび》が生えていた。鏡面は歪んで少々斑《まだら》になったジェラルドを病人のように、さまざまな不健康な色合いで輝かせて映した。

そのあと美し髪のフー、助け護る者、第三真実の主は、その様々な称号を、神の力を持つ者の間での友誼の交換に適したしかるべき作法で告げ、〈大洋の攪拌〉の一滴で指の先を湿らせた。ケア・オムンの聖なる鏡の面《おもて》に、男性原理と女性原理の三角形を指で描き、天使モナキエル、ルアフ、アキデス、デガリエルを召喚した。

聖なる鏡が変化したときの、グラウムの七人の妻たちの羽目を外したはしゃぎぶりは、他のどこでも見られまい。恩知らずで浮わついた七人の女は今あろうことか、太陽の慈愛と絶倫を言祝《ことほ》ぐ一種の讃歌を歌いだした。

「だが一体太陽が」少し泡を食らってジェラルドは言った。「僕がこの国に与えた少なからぬ恩恵にどう関係があるというのだ。それから、お前らが今歌っている解剖学的に詳しすぎる歌は、まともなオペラの主題と思っているのか」

妻たちは答えた。「今、御身が太陽神なのが明らかになった。その力あまねきヘリオス、優美な求婚者フレイ、大ホルス、輝く瞳のマルドゥク。いずれも皆アンタンへ向かうこの道を通った。第三真実の主である御身には、御身の触れるあらゆるものに温《ぬく》みと湿り、そして新たな生を目覚めさせる使命がある――」

「だが」ジェラルドは言った。「あくまで触れるのは僕の指でだ」

「――たった今、御身がこの鏡になしたように。ゆえにわれらは御身の慈愛と絶倫とを讃える」妻たちは遮られた発言をそう結んだ。

「ああ、そういうことか。しかしそれでも、こんな人前で合唱する頌歌《オード》の主題は、厳密に慈愛だけに限ろうじゃないか。太陽のもう一つの特性は、室内楽に編曲してデュエットで歌うほうがずっといい。それはそうと、この少々アメリカ的ならざる讃歌は、個人に捧げる目的のものだろうから、僕もお前たちのきわめて私的な算術をしかるべき精神で受け入れる。つまり敬虔な誇張としてだ。というのはもちろん、お前たちが今言ったように、僕が太陽神であることはまったく明白だろうから」

とはいうもののジェラルドは、結局、今はこの巨大な鏡に何より大きな興味がわいてきていた。デルサムの地で崇められるこの鏡はどう見ても恐ろしげではない。フレイディスの鏡もこのようなものなら、約束された王国で自分を待っているはずの世襲財産はさぞ愉快なものばかりだろう。

今ケア・オムンの鏡は澄みきった黄金《こがね》の色に輝いていた。歪んで斑のあるジェラルドはもう映してはいない。何も映してはいない。そのかわり、見慣れない山岳風景を自ら展《の》べ広げているようだ。この不思議な鏡のぼんやり光を発する深みのそここから、このうえなく英雄的で愛らしい、リッチフィールドでは見たこともないものが現われつつあった……

第十二章　黄金の旅の混乱

三人の巨《おお》きな男に手招きされて、ジェラルドが前に進むと、快い驚きとともに気づいたことには、鏡と思ったものは仄《ほん》の暖かい黄金の霧だった。霧を抜け、この三人の鍛冶屋の力がおよぶ域に入ると、ジェラルドは不壊《ふえ》の手枷《かせ》足枷を嵌《は》められ、苔生《こけむ》す灰色の絶壁にしっかり縛られた。山脈の頂からなる荒地に囲まれた、はるかに広い峡谷のもっとも高いところに枷はあった。そしてジェラルドはまた、王侯のような憤怒の虜《とりこ》になった。というのも、今かれが挑むのは他ならぬ天、対する己は背《そむ》いた神、同輩の敵意にも怯《ひる》まぬ神だったから。かれはあらゆる人間を、天の苛酷で不当な破壊から――どんなふうに行ったたか、つぶさに思い出せはしないが、今も誇らしく思う手で――救った。神のうちかれ一人が、この裸で無能で縮こまった種族を憐れんだ。自分たちより強い多くの獣から身を守るすべを持たず、浅く暗い洞窟で、蟻塚の蟻のように暮らしていた臆病でぼんやり者の二足歩行獣を人間にした。家や舟の作り方を教えた。天が他の獣に与えた牙や爪に抗せる強力な刃物や、遠くまで飛ぶ弓矢の作り方と使い方を、そして馬や犬を馴らし食糧を狩るとき仕えさせる方法を教えた。書き方と象《かたど》り方と、痛みに効く膏薬を調合する方法、そして将来をいくぶん予知する術をさえ教えた。人のあらゆる技はプロメーテウスから来た。そしてこれら恩恵すべては、かれのたいそう未熟で愛しい人形たちのため、すべての知識、すべての美、すべての幸福の秘密を己の手で記した十九冊の本に保管されている——人のためにはたいそう多くの発明品を考案したのに、己を護る発明は何もしなかった。プロメーテウスとはすなわち、天の固い意志に挑み、人を創造し保護した者だ。そんな瀆神行為をかれは、地の最果て《さいは》にある、この苔生した灰色の絶壁で贖《あがな》った。そして人の永遠の救済のために苦しんだ。プロメーテウスこそ、人形を象りそれで遊ぶことに喜びを見出したあらゆる詩人《メイカー》の最初の者であり、人間の最初の救世主でもあった。信念に殉じたその死は壮烈なものだった。老海神の翼ある娘たちが、スキタイの黄金の風のなかで、かれの周囲いたるところで羽ばたき、鷗《かもめ》のような悲嘆の声をあげた。黄色の蓬髪から牛の角が伸びた女も、悲しみで正気を失い、哀惜しようと足を止め、それから己に頒《わか》たれた天の不当を耐えようと日の出《い》ずる所へ向かった。

だが天の枷を荷綱さながらに千切った最初の詩人であるかれは、指一本にいまだ絡む細く赤い帯以外のあらゆる縛めから放たれ、身を起こし、王座に向かい、階段の一段ごとに左右からかれを護る青銅の獅子の間を過ぎて、黄金の円盤の下に座った。今やあらゆる知恵は天への謀反に属し、かれの力は地のすべての力だった。妙なる詩と見目麗しさと偉大さで知られるソロモン王はアッシリアとイエメン、両エジプト、ペルセポリス、カルナック、カルケドン、そしてとりわけ地中海の諸島に名が轟いている。王は空と水の怪物や精霊《ジン》と戯れ、天への賄賂として、智天使《ケルビム》、獅子、パイナップル、雄牛、二つの三角をあまねく彫り、刻み、象眼した至上の神殿を建立しはじめたとき、四大はこの王に仕えた。ソロモンほどの力を持つ王はいなかった。王の船は年に三度《みたび》、ニネヴェ、テユロス、パルヴァーム、メソポタミア、カトゥアールからの供物を積み王のもとに戻った。世のあらゆる王はソロモンの召使だった。火の精霊と大気の王も、プレアデスの彼方からソロモンに貢《みつ》ぎを贈った。王の社《やしろ》は半ば完成している。しかし王の薬指にはいつも血の色をしたアステリアの環が嵌まり、「すべては過ぎゆく」と記されてある。これら身の回りの眩《まばゆ》く柔らかく香《かぐわ》しいものはすべ

て、ただ貸し与えられただけのもので、いずれ天に持ち去られることを王は忘れなかった。王の心はこれら仮初《かりそめ》のものから陶酔と女たちの抱擁に移り、九百人の女の胸に忘却を求め、ユダヤとイスラエル、モアブとアモン、バクトリアとバールベクとバビロンでもっとも美しい女たちの腿のあいだで忘却を求めた。王の気まぐれは少年らに向き、獣や死体に向かった。こうした物狂いはソロモンの肉体を狂喜させたが、王の精神の醒めた目は、常に天の固い意志——「すべては過ぎゆく」——を見ていた。王の社は完成まであと一本の梁《はり》を残すばかりとなった。王はその苔生した灰色の杉材をベテスダの池に抛った。それは石さながらに沈んだ。ソロモンはイスラエルの民に、天への賄賂として孜々《しし》築き続けてきた社に火を放つよう命じた。

だがそれが燃えあがると、社は社を超えたものとなった。炎に包まれたのはモリア山の中腹ばかりではなく、市《まち》全体だったからだ。その市の名はイーリオンという。かれはその略奪に手を貸した。アキレウスの黄金の甲《かぶと》はその剣に倒れた。屠《ほふ》られた獅子の皮をかぶる狐さながら、かれはその勇者の衣で、舳先《へさき》をイスマロスに向け、市を悪辣な手段で荒らし略奪した。それから蓮喰い人《ロートパゴイ》の地を過ぎ、関心をわずかに湛えた、冷ややかな蔑みのまなざしで、忘却を糧にする者たちを眺めた。その後ひどく悪臭のする一つ目の巨人に捕えられたが、策を用いて逃れた。ラーエルテースの息子オデュッセウスほど機敏に策略を使う者はどこにもいなかった。陥穽と虐待の悪夢のなか、絶えず荒れる海を、残忍なライストリューゴーン族、謀《たばか》るキルケー、羽毛の脚を持つセイレーン、情の深いカリュプソーの裏をかきつつ、傷ひとつ負わず進んだ。六つの頭を持ち人を喰う鬼女から逃れた。せわしく動く、灰色の、甲高く鳴く死んだ狼の間を抜け、ハデスの暗鬱な主と醜い亡霊を、屈することない策略で出し抜いた――それでも詩人であり、敵意と裏切りに満ちた世界への旅それぞれを、余人の及ばぬ詩となしたかれは、ポセイドーンがオデュッセウスに向けて掻き立てた天の怒りにつきまとわれた。しかし辛抱強いオデュッセウスは知略によって、力の限りかれを苛《さいな》む天から逃れ、とうとう最後には、故郷イタケーの館に、そして誉高い妻のもとに戻った。そしてペーネロペイアに言い寄った者たちを殺したのち、冥界のテイレシアースの予言どおりに、肩に櫂《かい》を担ぎ、繋いだ雄羊を曳いて、山岳地帯に赴いた。いまだ天を宥《なだ》める必要があったから。エペイロスの彼方、テスプロートイ人《びと》のいる高山の挟間、岩に覆われた地に櫂を垂直に突き立て、ポセイドーンに贄《にえ》として捧げるつもりの雄羊のほうを向いたが、そのとき天の愛顧はいまだ取り戻せていないのを知った。かれを滅ぼそうとする天の意志に逆らったために供物は拒まれ、雄羊はいつのまにか姿を消していた。

だが手にはまだ雄羊を曳いてきた紐が残り、別の手には銀貨を入れた袋が残り、そして心に残るのは、ふたたび北を向き、櫂の代わりに花咲く接骨木《にわとこ》を見たかれの心に残るのは、誰も絶望と汚名のうちにこれ以上の旅はできないという認識だった。かれは思い出した、自分が過去に遠ざけたあらゆるものを、否定し裏切ったあらゆるものを。ガリラヤとイェルサレムの間で立ちあったあらゆる奇跡を。イェルサレムではサンヘドリンの大工たちが、ベテスダの池に浮かび苔生した大きな杉の丸太から、翌日カルヴァリの丘に据えられるはずの十字架を作っていた。ユダは自らを破滅させようと持ってきた呪われた銀貨と縄を地に叩きつけた。なぜなら、かれのものほど完璧な悪行はまずしかるべき言葉で表現されねばならなかったから。それは至高の悪行だった。罪悪のかたちで人のなしうる傑作だった。永劫の昔から訳もなく人を苛《さいな》む天が申し出た停戦への、きわめて優れた詩人による返答だった。それは語りでは表わせず、歌でのみ表わせるものだった。胸に夥しい鉛板を積み、舌裏の筋を切り、浣腸と下剤と他のあらゆる必要な手段で己を苛み、おかげでかれの声は、天に向かい己の悪行を歌うときにもっとも力を発揮した。

だがかれが天に対する己の非道について歌ったとき、かれは己の嫌らしさを、時代を遡った恐ろしい犯罪者に擬《なぞら》え、己の罪を、オイディプースが母親と犯した償いがたい罪に譬《たと》え、己の母を殺したために復讐の女神《エリーニュエス》に永遠に追われるオレステースに譬えた。そのときかれの頭にあったのは、オイディプースの母イオカステーでもオレステースの母クリュタイムネーストラーでもなく、むしろ己自身の母、驕慢な美女アグリッピーナだった。この母をかれは怖れ、ひとりの皇帝のうちに燃えるいかなる情熱にもまして大きな情熱で愛し、その命を奪った。何物もかれの頭からアグリッピーナを祓《はら》えはしなかった。己が知られたかぎりの国の王であることも、優れた詩人が住むにふさわしい館の所有者であることも、少しも気休めにならなかった。その館は全面に金が張られ、いたるところ宝石と真珠で飾られていて、ソロモンが天への賄賂として建てた派手な東洋風の小屋をも極めて小さなものに見せるというのに。この館の三層の柱廊玄関《ポルティコ》は一マイルの幅があり、その正面に飾られているのは、契約の箱*のような見掛け倒しではなく、史上最高の詩人ネロ・クラウディウス・カエサルの巨大な立像だった。しかし何物もアグリッピーナをネロの頭から祓えはしなかった。いかなる精妙あるいは野蛮な欲望の充足も、いかなる大罪の行使も、己のいかなる詩の優美も、かれに幸福を、真の心の安らぎを与えなかった。かれはただアグリッピーナに餓《かつ》えていた。大嫌いだった叱責や干渉が戻ってきてほしいと思った。この美しく誇り高い女を自分の母とすることで、優れた詩人の欲望を挫《くじ》いた天の意志を罵り、冥界からアグリッピーナを呼ぶ魔術の儀式を行った。

だが母が戻ってきたとき、ちょうど最後に母を見たときのとおり、すなわち己がかつていた子宮を見ようと、かれの剣がその腹を裂いたときと同じく、信じがたく美しく、色ざめ誇り高く、一糸もまとっていなかった。神なるアグリッピーナはかれを容赦なく、死者のあいだへ、空ろの山の回

廊へと引きずり降ろした。抗いもできぬかれが連れ込まれたその場所は、退位した恐ろしくも傲慢な美女を熱烈に崇める者で溢れかえっていた。そしてこのヘルゼルの丘でかれは、いつも豪奢に、そしてさらに色欲に溺れて過ごした。なおも歌を作っていたが、それはタンホイザーとして、すなわち劫罰を受けた者が詩人中の詩人として称讃する男としてだった。だが天を等閑に付す者たちの間でかれが安らうことを、天は許さなかった。天はタンホイザーの心を疑念と将来への不安と、そして後悔をも用いて惑乱させた。天はかかる手管を使って、この精妙な詩人をヘルゼルの香《かぐわ》しい丘から雪の降り積もる寒々とした世界へ誘い出した。そして今、教皇ウルバヌスの冷ややかな憤怒にかれもまた身を震わせている。鐘が鳴り、偉大な書は舗道の白と青の敷石に擲《なげう》たれ、蠟燭が吹き消される。公《おおやけ》に破門された詩人はローマから西方に、遍在する天の悪意に追われるように逃走した。

だが遠くからかれは、朽ち乾いた棒が裂け、奇跡のように花を咲かせるのを見た。恐れおののいたローマの司教（司教にも天はその悪意ある戯れを行っていた）の使者が、かれを捜して四方八方馬を走らせ、行方不明の罪人に天の赦しを携えて行くのを見た。というのも詩人は安全に盗賊の厨房に座り、酸《す》いけれどもとても強いワインと、口と手癖の悪い娘たちを享受していた。だが近くに絞首台が立っていて不快だった。晴れた日はこの処刑台が、かれらが野卑に騒ぐ部屋の敷居に影を投げた。死はいつも近くで待ち構え、恋する顧客の膨らんだ懐をこっそり探る娘の指よりも軽やかに機敏に、何もかもをくすねているらしい。死は襤褸《ぼろ》を纏う貧者たちの喉を空高く締めあげ、死はいとも軽やかにアラゴンやキプロスやボヘミアの誇り高い王を陽の光から引きずり出し、シャルルマーニュと同じ目にあわせた。そして死はエロイーズやタイスや広がった足の女王ベルタの、去年《こぞ》

の雪のように白かった、柔らかな甘い肉を無造作に放り捨てた。時はすべてを運び去る風だった。時はやがて（これも無慈悲な天の導きで）フランソワ・ヴィヨンの命まで奪った。飲んだくれの、虚弱な、禿頭の、虱《しらみ》だらけの、病的なこそ泥で、腐りかけた空疎な職業的売春婦の稼ぎで暮らす男に時のおかげでなったものの、それでも優れた詩人だったヴィヨンの命まで。というのも時はすべてを滅ぼすからだ。時は人を永遠に殲滅する者だ。時は連接棍棒《フレイル》で、天はこれを掲げ、いまだに滅ぼさなかった者すべてを追う。

だが時を謀《たばか》ることもできなくはなかろう。それがかれが自分に与えた課題だ。というのもメフィストフェレスはかれに、何物にも束縛されない二十四年間を分かち与えたからだ。それだけの時間があれば、何世紀もの獲物を山と積めるかもしれない。彼は鷲の翼のもとに、地の悲惨と天の嫉《ねた》みのあらゆる源を探り出そうとした。時が滅ぼしたものを、ヨハネス・ファウストゥスは存在へ還す。かれは死霊蘇生《ネクロマンシー》を事とする詩人であり、その傀儡《くぐつ》は死者のうちもっとも讃仰に値し愛らしいものであった。今は技巧魔術《アート・マジック》を用いて、すべての美、すべての知、すべての幸福の秘密が記された、プロメーテウスが死で贖った十九冊の失われた書を修復しようとしていた。だが大学の教授らは、これら十九冊の書に何もかかわることはなかろう。悪魔の助けを得て修復されたこれらの書に、狡猾にも悪魔は何か致命的な作用を持つものを挿し挟んだおそれはある。それに、教授らに言わせれば、学生がギリシア語やヘブライ語やラテン語を学べる書物はもういやというほどある。だからかれらは、永く失われていた美と知と幸福のあらゆる秘密をふたたび滅ぼさせた。この骨絡みの愚行、天があらゆる人間を汚した愚行、詩人の明察が空しく戦いを挑んだ愚行をヨハネス・ファウストゥスは嗤《わら》った。すくなくともヨハネス・ファウストゥスは賢明であり、それに（死と同じほど確実に）すぐ手の届くところにある美にまさるものはなかった。ひときわ強力な巫蠱《ふこ》の術を使い、すべてを呑みこむ時から、そのアルゴスのヘレネーの美さえをもかれはもぎ取った。

　だがその白鳥の娘――神々と人間の喜び――に触れようとすると、ちょうど泡に触れると無数の欠片《かけら》に弾けるように姿が消えた。そして三千三に分かれた娘を、かれは地の果てまで追いかけ捕らえた、というのは、ドン・ファン・テノーリオは自ら言うように詩人の心を持っていて、それは世界まるごとを愛せるほどに大きく、アレクサンドロスのように、さらに征服を進めようと思えば他の圏域を狙う他はない。そしてきらめく女性性の欠片のおのおのには、あの失われたヘレネーの愛らしさの輝きがあった。しかし、いかに女たちの魅力が多様で抵抗できないものであっても、また、いかにかれが常に新しい歌を歌いながら、巻き毛の美しい鬘《かつら》と炎の色のリボンという伊達姿で自慢げに、女たちを見境なく追ったといっても、永遠に狩人であったかれは、一方で天の悪意に狩られてもいて、復讐する騎手の姿をしたそのものは、急ぐことなく徐々に迫り、ついには長剣《レイピア》を打ち合う音もマンドリンの楽しげな爪弾きも、夾竹桃の香る黄金の薄明の中で二度と聞こえなくなる――蹄《ひづめ》の重くゆったりした響きは、他のすべての雑音をかき消し――ついには騎手も馬も動く岩でできていることに気づく。忘れようにも忘れられない苔生した灰色の岩で。

　勇気を奮って聳える石像と顔を合わせ、馬の丸く冷ややかな首を摑むと、石の騎手は生命を持たないことがわかる。金属片と色ガラスの欠片を嵌めこんだ、物言わず睨むだけの甲冑姿の巨人の彫像にすぎない。今摑んでいるものは、度量あり気高い夢の不細工な複製《コピー》で戯画《パロディー》だが、それでも自分の一部だ。かつては詩人だったが今は打ち拉《ひし》がれ老いた質屋（ジャーゲンのこと）だ。というのも、どういうわけか、以心伝心で知ったのだが、パロディーにされついに理解されなかったこの救世主がかれと混じりあい、いかなる方法でか、共有する目的のため斉唱《ユニゾン》で働いている。嘲りながらも、かれは疑わしい神秘に近づきすぎた。それでもその神秘は（好き嫌いにかかわらず）かれの一部だった。打ち捨てられた詩人も含めたあらゆる詩人の一部であると同様にかれの一部であり、またジャーゲンを在らしめるために不可欠な一部でもあった。この神秘には、ジャーゲンの如き者の手を（好き嫌いにかかわらず）煩わせる必要がどうしてもあるのか。それが朧《おぼろ》にでも感得されるまでは、こんなことには拘《かかずら》わないのがジャーゲンの如き者には最上の策だ。老いた質屋は少し恐くなった。救世主マニュエルという高い台座《うてな》から恐る恐る降り、自分が踏みつけていた曖昧な墓から降り、プロメーテウスの刻みのある岩山の断片から少々急いで後ずさった。そのまま後退してケア・オムンで崇められている黄金の鏡の面《おもて》を越え、その魔術から解放された。

第十三章　神という奥付《コロフオン》＊

ジェラルドの前で鏡はなおも黄金《こがね》に輝き、背に瘤《こぶ》のある男が両手をジェラルドに向けて伸ばしていた。このせせら笑う、頑丈な顎をした、いわくありげに人を見るひどく鬱陶しい目をした卑しい男は、ジェラルドの形態と精神を、自分のほうに引き寄せようとしている。ジェラルドはこのパンチ＊になって、悪党の不敵で落ち着かない生を少しのあいだ追体験したくてたまらなくなった。パンチの後ろに控えるのは宿木《やどりぎ》の冠をかぶった背高のマーリン、すなわちあらゆる騎士道を作りあげ、大悪霊の息子の身でありながら、神の子にふさわしく生きる方法を人間に教えた者だ。マーリンの暗い心に入りこめばさぞ楽しかろう。それから、パンチの反対側には、目を輝かせた温厚そうな紳士が青い髯を生やして立っている。この人の女房殺しに仲間入りするのもとても面白そうだ……

しかしジェラルドは、こうして三つもすばらしい思いつきを得ながらも、決断がつかなかった。

「というのも僕は神で、王座が待っているアンタンに行けば、他のどんな神も僕の従僕になる――さらに言えば、疑いなく、どこかで渦を巻いて燃え、誰からも顧みられない燃え殻となっている僕自身の宇宙をまるごと、まずは救って修復しなければならない。そして今去ろうとしているこのほんのささやかな世界で、天の力は、率直に言えば――偏見があるかもしれない立場から見れば――もちろんある程度までの話だが――もし事態を悲観的に、病的に、まったく非アメリカ的な観点で見るほど僕が愚かであったら――」

ジェラルドは考えるのをよした。そしてにこやかに赤毛の頭を振った。「よそう。われわれ神は互いの創造物をあれこれ言うべきではない。だから文句《けち》ひとつつけず、この地球と呼ばれる惑星を、わが同輩が好きなよう弄ぶのを許してやろう。僕はきっと、自分の夢にとって少しばかりもっと快適な惑星をいくつか新しく造ることになろう。しかし今去ろうとする惑星については、誰かを傷つけるようなことは何も言うまい。むしろ決然としてここを発ち、厳かな沈黙という雄弁にものをいわせよう」

ジェラルドは続けて呟いた。「デルサムの地で崇められるこの鏡は、気のきいた玩具だ。だが僕は救世主であり、太陽神であり、九つの勲《いさお》を成し遂げた――たとえば水泳や悪魔祓いや温暖の回復や月の創造や、僕がたまたまどんな獣に似ていようが気にしない驚くべき心の広さとか。――八《や》百万《およろず》の神の終着地を治めるために召された助け護る者である僕は――これほど途方もない運命を、鏡の中に何があろうとそれと引き換えに失うなら、それはきっと僕の敗北になる」

それからジェラルドはこうも呟いた。「そうだ。忘れちゃいけない。僕が救世主や太陽神であろうとなかろうと、日頃その二つの任務を等閑《なおざり》にしようとしまいと、ともかく僕は美《うま》し髪のフー、助け護る者、第三真実の主その他もろもろなのには違いない。僕はディルグの神話体系*のなかで、いかなる意味においても、筆頭に挙がるべき者だ。銀の雄馬を御すべく定められた者、文献学匠から偉大にして最上の魔法の言葉を継ぐよう運命づけられた者だ。そしてあの客好きな哀れな奴が没落したあと、善悪の彼岸にある八百万の神の終着地にしてこれまでの労苦への褒賞である地を、代わりに治めるよう予め定められている。こんなすばらしい運命を、この鏡深くに蠢《うごめ》く、可笑しげな可愛い者と戯れるために棄てるわけにはいかない。この鏡が後ほど、僕が王国に入ってしかるべき神話体系の中で至上神としての地位を固めたあと、必要になるかどうかは、どんな永遠も望みのままにできる僕が、いつか適当な時に決めればいい」

第十四章　鏡のイヴァルヴァン

やがてジェラルドは、グラウムの妻たちの驚くべき営みにはまだ続きがあるのに気づいた。この七人の女は、今度はかれらがアシュヴァ・メーダ*と呼ぶ儀式を行っていた。女たちは褐色の馬を神殿に曳き入れた。鏡の前で女たちはこの馬を斧で打ち倒した。尾は緑の衣を着た亜麻色の髪の妻によって切られ、裸の妻がそれをジェラルドのあずかり知らぬところに持ち去った。馬の首も胴体から、子連れの妻の手で切り離され、その頭に小さなパンでできた頭飾りが乗せられた。この頭はそれから杭に刺され、鏡の前に直立して、しかし面とは向かわずに据えられた。それからまだ神殿に残っていたグラウムの六人の妻たちは、馬の血を牛の胎児の血に混ぜた。それから女たちは杭を回し、ジェラルドになすべきことを教えた。

ジェラルドがそのとおりにすると、そして女たちが皆でイヴァルヴァンを召喚すると、聖なる鏡の黄金《こがね》の輝きは青ざめ、朦朧として、月の光を思わせるものになった。この銀の霧から戴冠した女性が現われた。白い衣を纏い、頭のまわりに光輪が輝いている。

ジェラルドは有頂天になった。鏡のイヴァルヴァンは、度外れに愛らしく、かれの目が今まで見たどの女性をも凌《しの》いでいた。しかしどういうわけかジェラルドが気にとめたのはこの女の顔かたちや色つやではなかった。かれが見つめていたのは己《おのれ》自身であり、さらにはこの用心深く、冷静で、潔癖で、生気のない、少々憐れむべき昔なじみのジェラルドに起こりつつあることだった。かれという生き物にはずいぶん前から、そもそもイヴリンにはじめて正気を失った日からこのかた、真の感動が訪れたことがなかった。だが今、一瞬とはいえ、ジェラルドは恋の炎に燃えあがった。虜《とりこ》になったといってもいい。この己の身に迫る危機こそ、馬鹿げた歓喜にわれを忘れながらも、ジェラルドが頭の隅で気にとめたものだった。

というのもジェラルドには、かなりの昔、まだ唇が遊び半分に女の唇に触れる前から、このイヴァルヴァンと呼ばれる女はどこかにいて、かれを待ちかまえ、いつかは見つけられるものであったように感じていたからだ。少年期に知ったあの一番大切なことを、たいへん愚かな青年期は忘れてしまう。二十八年の生を通してずっと、このイヴァルヴァンは、心の底で真の完全な恋人であったと思われた……。この言い方の度外れなロマンティシズムには苦笑せざるをえない。これほど忌まわしい文句を拵《こしら》えあげた今の僕は、それほど潔癖でも冷静でもない……。それでも、ここにいるのは、リッチフィールドにいたときでさえ、その存在をいつもおぼろに予感したもので――今ようやくわかったが――イヴリン・タウンゼンドは肉をまとったその戯画であり影にすぎない。この相似はかれを大きな混乱に陥れるに十分だった。今や相似はきわめて明らかだった。

「そしてこの女も、きっと僕に揉め事をもたらすだろう。なにしろ僕の全存在がこの女を求めて叫んでいるから。おいジェラルド、気をつけろ。ここに厄介な揉め事の種があるぞ」

イヴァルヴァンが口を開いた。不思議なことにこの女は、イヴァルヴァンの体の粗末な写しでしかない肉体に閉じ込められて、リッチフィールドを闊歩《かつぽ》するあのイヴリンについて話しているようだ。だがかれはろくに耳を貸さなかった。この女が自分の心に惹き起こす、強く狂おしく青臭い感情を嫌った。それは今の幸福を危うくする。というのもこの女はかれの心に、あの昔の、忘れがたい、イヴリン・タウンゼンドに感じた熱情を目覚めさせつつあったから。その熱情はジェラルドを裏切って不倫の恐ろしい束縛に陥れた。このイヴァルヴァンは僕を罠にかけ、若く経験の浅い者にこそふさわしい狂気に陥れようとしている。そんな馬鹿げたことは克服せねばならない。

そこで半ば目眩《めくら》まされながらもジェラルドは抗った――救世主や太陽神としての神聖な義務が仮になくても、またアンタンの王座に座るという使命がなくても――今のかれは、姦通を耐えがたいものにしたイヴリンの愚かさと気難しさと嫉妬深さにはもう懲《こ》り懲《ご》りだった。

「もしあの女が少しでも貴女《あなた》のようだったら」ジェラルドは伊達男の口調で言った――やや落ち着きを取り戻しながら――というのもこの女は、子細に見れば見るほどますますイヴリンを思い起こさせたから――「事情は違っていたことでしょう」

「しかしあなたが」鏡のイヴァルヴァンは言った。「もし本当にわたしの恋人になりたいのであれば、わたしはずっとあなたとともにいます。それにはこうすればいいのです。わたしの鏡の助けを借りれば、あなたを満足させる道が開かれます。あなたはひとつの嘘を知るでしょう。その嘘はあなたを自由にすることでしょう。世間の動きも、商人や兵士や重要な問題を喋々《ちようちよう》する名士たちの喧噪も、あなたのかたわらを、浅い小川のようにさらさらと流れることでしょう。あなたはそれらに目もくれず、あらゆる若者が欲し、鏡の助けを借りずには何人も得られないあの愛らしさに専心するのです。あなたは明るい影に囲まれ、無意味な人生を送るでしょう。それでもあなたは幸せになるでしょう」

ジェラルドはしゃがれた声で答えた。「僕が望むのはお前だけだ。お前が目の前にいる今、王座も、どんな神も、僕の頭にはない。戯《たわむ》れと笑いだらけの慰めのない時間をずっと過ごし、いつかお前を手に入れられるという思いがだんだん薄れていったあげくの果てに、今知った。これまで生きてきたあいだずっと、お前を望んでいたのだと。そして今、僕はふたたび、ヨハネス・ファウストゥスのように――あるいはむしろ別の古譚に出てくるジャーゲンのように、神々と人間が歓喜するヘレネーの前に、とうとう来た。ただ僕はジャーゲンより恵まれている。僕のヘレネーは話しかけてくれるから……」

「あら、でもわたしは、愛しい人、あなたのためを思って話しているのです。というのも、あなたを信頼してすべてを与えるには、ひとつ条件がありますから」

ジェラルドは答えた。「だめだ、イヴリン、今夜はだめだ。だがどうか許してほしい。僕の心はきっと、ふらついているに違いない。そう！　僕は今言ったが、違いはヘレネーが話しているということだ」

「あなたのためを思って言っているのですよ、愛しい人」

「もちろんそうだろうとも、お前が条件を持ち出すのは僕のためを思ってのことだ。ちょうどグラウムが、この地では何人もの者が、多かれ少なかれ親しげにそうするだろうと仄《ほの》めかしたように」

「ほんとうに何でもない条件なのです。あなたは自らささやかなアシュヴァ・メーダを演じなければなりません。そしてわたしの鏡の前に贄《にえ》を捧げねばなりません。もちろん貴重な馬を捧げなくてもかまいません。見目のいい馬である必要さえないのです。あなたがデルサムの地に連れてきた、何の価値もないひどい馬で十分です」

するとジェラルドは言った。「するとそのささやかな対価さえ払えば、僕の心が真剣に望むただ一つのものが得られるのか。生まれてからずっと僕は、あらゆる詩人の餓《かつ》える、この地上にありえないほどの完全無欠な美に餓えていた。それが女性の形をとって、今現われた。女性の声で、僕に話しかけた——ああ、ほんとうに女らしい声で——それも、僕のためを思って話しかけてくれた。そうだとも、あれは十九歳かそこらの少年でも喜んで払うようなちっぽけな対価だ。お前に言わねばならぬことがある。神々の喜びであり——そして、世界のあらゆる地で、すくなくとも思春期の少年の喜びでもあるお前に言わねばならぬことがある——これらすべては、僕が十九歳の少年の頃、お前のために作ったソネットをはっきりと思い出させると」

イヴァルヴァンはソネットを聞かされると知って感じた居心地悪さを隠しおおせることができなかった。しかしそれでも、ジェラルドにたずねる声には母のような優しさがあった。

「すると、愛しい人、そんなに若い頃に、わたしのために詩を作ってくださったの」

「その証に」ジェラルドは答えた。「ここでそのソネットをそっくりそのまま朗誦しよう」

そしてかれはそうした。

だが思い余って声は震え、前半の八行が終わると一休みした。至上の思いの美しさが、これほど完璧な詩句で余さず表現されると、それに抗する力はジェラルドにはなかった。そこでかれは一瞬黙した。鏡のイヴァルヴァンの愛らしい手を取り、己の震える唇に押しつけた。

人を目眩《めくら》ませるきらびやかな夢は罠と化し、約束された王国へ向かう旅を遅らせ、またもや僕を欺き、青臭い麗しい考えや安物の概念に縛りつける。今にも僕は、この不実な夢の女以外の何物も目に入らなくなるだろう。自分を信頼しすべてを与えようと手ぐすねを引く、どんな現《うつつ》よりも美しく愛しい女しか目に入らなくなるだろう。そしてあとで悔やむだろう。それがジェラルドにはわかっていた。約束された王国でどんな喜びが僕を迎えようと、いつまでもイヴァルヴァンに未練を残すだろう。にもかかわらず、この夢は、救世主にして太陽神に至る道に置かれた邪魔物であり、神にふさわしい役割に口出ししようとしている。そしてジェラルドが直面したもっとも心苦しい義務は、正確にいえば貴婦人《レイディ》に不作法を働くことではなく、神への冒瀆を思いとどまらせることだった。

ジェラルドは溜息をついて、頭を掠《かす》めたこの思いを振り払った。そしてふたたびソネットの朗誦を、気高い諦念の下に、なかなかいい詩じゃないかと自讃する気持ちを交えた口調で続けた。

詩が終わると鏡のイヴァルヴァンは言った。「とても美しいソネットでした。その霊感の泉となったことをわたしは誇らしく思います。でもわたしたちは、別のことを話していたのではなかったでしょうか。すっかり忘れていましたが――」

「僕は」ジェラルドが言った。「忘れてはいない」

「そうそう、わたしも覚えています。あなたのひどい馬を始末するまたとない機会を差し上げようと話していたのです」

ジェラルドはちらりと、ケア・オムンの鏡に見たあらゆる幻のなかでもっとも愛らしいものを見た。それから九九《くく》の暗誦をはじめた。

女がびくっとするのがわかった。

「ああ、あなたを信頼したのに！　すべてを与えたのに！」

女は愚痴りだし、魅力は薄れた。正常な忍耐の限度を超えてジェラルドを苦しめたイヴリン・タウンゼンドと変わるところはなくなった。

心を重く沈ませながらも、本音を言えばどんな揉め事にも巻き込まれたくないジェラルドは、常識という古式ゆかしい魔術でイヴァルヴァンを祓い続けた。かれは語った。獣のなかで最大の象について、イスラエルの王とテシベ人エリヤが実施したそれぞれまったく異なる家政経済について、二点を最短距離で結ぶ直線について。すると古の魔術は力を発揮しだした。

目の前で鏡のイヴァルヴァンは姿を変えた。このとき起きた退化については、この愛らしい淑女が、あらゆる人間の女の生の行程を逆に辿ったと言うだけでよかろう。少女の時代を経てか細い脚の子供になり、涎《よだれ》を垂らし弱々しく反吐《もど》す赤子に、そして母親のお腹にいたときの姿になった。ジェラルドがケア・オムンの鏡の中に見たもっとも愛しい幻で最後に残ったのは、脈を打つ柔らかな桃色の卵の形をしたもの二つと、物欲しげにそれに突進するおたまじゃくしのような生き物で、それもまたケア・オムンの聖なる鏡の月光のうちに溶けた。

そればかりではなかった。グラウムの妻たち、鏡の神殿、そしてジェラルドのまわりのものが何もかも揺らぎだした。何もかもが、薄織りのカーテンに描かれた絵のように、微かな風にも揺れて皺が寄った。六人の妻の体は長く伸び、色が薄れ、美しい日没時の女の影のようになった。それら美しく色付いた影たちが鏡のほうへ引きずられ、ちょうど煙が開けた窓へ靡《たなび》くように、鏡の中に入っていった。それから神殿がまるごと崩れて妻たちのあとを追った。色のついた水が穴に流れていくようだった。鏡は何もかも飲みこんだ。ケア・オムンはなくなった。デルサムの地は今、住む者もない荒地だった。そのあと青白いガラスの表面が夏の雷のように七度《ななたび》またたくと、鏡はもうそこになかった。

ジェラルドはひとり、糸杉が影を落とす道に立っていた。そして身も世もなく泣いた。僕はあの女を生まれたときからずっと愛していたのに、今永遠に失ってしまった。そんな美しい思いが、かれの詩的感受性のもっとも深いところに触れたのだった。だがジェラルドの背後、遠くないところでは、贄《にえ》にならずにすんだ銀の雄馬がのんびり草を食《は》んでいた。

第五部　リトレイアの書

「煮ようが炙《あぶ》ろうが
雪からは水しか得られない」

第十五章　テンホーの卓にて

ジェラルドは雄馬カルキに跨り糸杉の谷を下って、長鼻《ながはな》のテンホー*の領地に入った。ここはリトレイア*の地だという。だがここもまた、塞《ふさ》ぎの虫があらゆるものに垂れこめ、雰囲気は哀歌《エレジー》を思わせた。どこに行っても鼻から活気と弾力と気力が失われたと嘆く人しかいない。リトレイアでは誰もくしゃみができないし、鼻をまともな方法で使えなくなったという。

「そうか。それじゃお前たちの王のもとに連れていってくれないか」ジェラルドは言った。「そうすれば、失われたインフルエンザの喜びを、この地一帯に回復できるかもしれない」

「この巨大で輝かしい、輝くばかりの鼻を持つ馬に乗っていらっしゃったのはどなただと王に申し上げたらよろしいでしょう」

「お前たちの王にはこう言ってくれ。この地は光栄にも美《うま》し髪のフー、助け護る者、第三真実の主、天の寵を授かった者の来訪を給わっているのだと。アンタンの約束された王国への途上、恐るべき威容を整えて、名高い銀の雄馬カルキに跨り通るのだと。ただ実を言えばこの獣に鼻はない。長く貴《あて》なる顔の先には鼻孔があるばかりだ」

さほど感銘を受けたようもなくかれらは言った。「恐るべき威容を整えた神はリトレイアの聖なる鼻の他にありませんし、リトレイア国の他に王国の存在は認められません。でも従《つ》いて来たいというなら、どうぞご自由に」

「わが言葉にかけて」ジェラルドは思った。「この地のわれわれ神への礼讃はたいへん間違っている。異教といってもいいくらいだ」

だがジェラルドはこれら疑い深すぎる民の後を従いて、おとなしくテンホー王の居所に向かった。テンホーは天の寵を授かった者を、他の者よりは懇《ねんご》ろに迎えた。白髭をたくわえた厳めしい王はまず、訪《おとな》った神を豪奢な晩餐でもてなした。貂《てん》の毛皮の小姓十人と深紅の絹服の執事にかしずかれた食事が終わり、金の高脚杯《ゴブレット》で薬味入りワインをくつろいで賞味するにおよんで、ようやく王は己の窮境を語った。そして自分の鼻が落ちて弛《たる》んだとこぼした。そこにもはや威厳はなかった。どこから見ても嘆かわしい、と杯に注ぎ足しつつ王は言う。なにしろ民は鼻を崇めており、高く大きく聳《そび》え、逞しく瑞々《みずみず》しい鼻のない男には一顧も与えないのだから。

ジェラルドは軽い疑いをもった。ウーの魔法*に誑《たぶら》かされたのでもないかぎり、どうにも説明のつかぬ類《たぐい》の災厄だ。だが口には何も出さなかった。ただ、その悲しむべき有様はどんなふうに起きたのかと聞くにとどめた。

王が話すには、リトレイアの聖なる鼻から、テンホーの鼻から、さらには王国のあらゆる鼻から、若さと活力がすっかり失われてしまったという。そしてそれは、建立《こんりゅう》者ペテロ王の霊廟に近ごろ居座った女魔術師の荒廃魔法のせいらしい。

「そこには」テンホーが言った。「覆いをかけた〈二つの真実の鏡〉が秘匿《ひとく》されておる。しかしその鏡さえ女魔術師は屁とも思わない」

「そんなもの僕だって恐れません。なにしろ僕は第三真実の主ですから。それはそうと、その女はどう見てもウーですね」

「そうかもしれぬ。あえて言うが、それほど恐ろしい可能性は頭に浮かびさえしなかった」

「テンホーさん、全知なのはわれわれ神のみです」ジェラルドが親切げに言った。「ですから一介の王は、神ならぬ者の盲目を恥じるにおよびません」

「――なにしろ、御身に会うまでは、そのウーなるものは耳にしたことさえない」

「あなたは運がよかった。誰にせよあんな化け物は知らぬにこしたことはありません。ところでその女は何という名ですか」

「イヴェイヌだ」テンホーが言った。「今ではあそこに居座っておるので、ペテロ霊廟の貴婦人《レイディ》とも言われておる」

ジェラルドは四杯目を干し、しゃっくりを一つして、それから言った。「あなたの問題は、少々込み入ってはいますが、絶望には早すぎます。僕は若さを携えてきました。ひとつあなたの萎《しお》れた鼻を蘇らせてあげましょう。どんなウーであれ、手玉にとる力が僕にはあります。このウーを祓う神の言葉を授けてあげましょう。そうです、リトレイアからあの女を厄介払いするのです。たとえ不運《フードウー》を消去《アンドウー》するために、しかるべき作法《トウードウー》でウーを口説《ウー》く必要があるにしても」

「どうか」とまどいの顔でテンホーは言った。「もう一度言ってもらえないか。もう少しゆっくりと」

ジェラルドは仰せに従い、さらに続けた。「そうです、ディルグの天のもっとも聖なるもの——これは神だけが知るもので、失礼ながら繰り返しません——に誓って、ウーを平らげ、その鏡とやらをわが神眼で閲《けみ》しましょう」

「だが言っておくが」とまどいを大きくしながら、テンホーは言った。「あの鏡を直《じか》に覗く者は、二つの石ころに変わってしまう。だからこそ鏡はペテロ霊廟の奥深く隠され、ずっと幕を垂らされているのだ。もちろん誰もあえて近寄ろうとはせぬ」

「誰もあえて近寄らないのなら、どうして鏡は誰であれ二つの石ころにできたのでしょう」

「それはつまりだ、鏡が人を石二つに変えざるをえぬのは、それが法だからだ。鏡が悪いわけではない。神であり全知である御身も、今はたらふく聞こし召し、物が二重に見えていようが、そこまではわかってもらえるかね」

「あなたの説明で、頑迷な物理の法を前にしては鏡に罪がないということだけはわかりました。そしていかなる神も他の人々にかかわる物理の法に逆らいはしません」

「だからこそ民は鏡に近寄らぬ。この法を知っておるからな。もっともなことであろうが」

「ある意味ではそうでしょう。でもなぜその法を誰も疑わないのでしょう」

「何よりも古くかくも有名な法を、誰であれどうして知らずにおれよう。この、あらゆる史実に先立つほど畏れ多くも敬うべき源《みなもと》より出ずるものを」

「では誰がその法を敷いたのでしょう」

「どうしてそれがわかろう。この法は記されたあらゆる史実より古いものだと、今言ったではないか」

「法は千ポンドあっても、そこには一オンスの楽しみさえありません。それに世の中には法が多すぎます」ジェラルドはそう言って、黄金の杯の上で赤毛を嘆かわしそうに振った。「法《ロー》には自然法、立法、国際法、海事法、教会法、戦時立法があります。大数《たいすう》の法則も、サリカ法典も、母音推移に関するグリムの法則もあります。ユダヤ法も、捕獲法も、重力の法則もあります。最初にミシシッピーの経済開発を行ったジョン・ローもいますし、偉大な神秘家ウィリアム・ローもいます。論理学には思考法則が、天文学や物理学や政治経済学にはケプラーの法則やプレヴォーの法則やグレシャムの法則があるように。つまり、法はどこにもかしこにもあって、たえず人の迷惑になります。法に訴えるものは時間と金を浪費し、友と安息を失います。法は富くじであり、底なしの落とし穴であり、万人の顔をぴしゃりと打つ驢馬《ろば》の尾です。ですから王よ、よろしいですか、世界はこんなに法に満ち溢れてるんですから、あなたの法なんかはきっと余計なもので、したがって誤ったものです」

だがテンホーはジェラルドの仮借ない論法に降参しなかった。ただこう言っただけだ。

「御身の言うことは、御身の行うことと同じく、わしにはとんとわからん。だがひとつわかることは」――ここでテンホーはくしゃみを、裁判官のような重々しさで放った――「物の道理を変える力はないということだ」

「それは」ジェラルドは陰気な顔で認めた。「そのとおりです。何物もそれを変えません」

「したがってこの鏡はこれからも、覗いたすべての者を石二つに変えよう。しかし、だからといって地獄のなかのマッチ一箱ほどの騒ぎにもなるまい。なぜなら法がそのようであるからには、誰もあえて鏡を覗こうとはせんだろうから」

「このとても簡単な質問に答えてもらえませんか。もし知性があり、迷信を信じない者が鏡を覗き――そして石にならず無事で戻ってきたなら――この法が正気の沙汰ではないことが証せられはしませんか」

「証せられるものか。その者が騙《かた》りということが証せられるにすぎない。その者が石にならなかったという事実は、当地ではいかなる法廷においても、法を遵守するいかなる場においても、その者が二つの真実の鏡を覗き込まなかったことの法的証拠になるにすぎない」

ジェラルドが言った。「いえもう十分いただきました。お代わりは結構です。では神殿に行きましょう。お互いの腕で支えあいましょう。あなたのワインは、いかに極上のものであれ、事をありのままに解き明かしはしないようですから」

第十六章　リトレイアの聖なる鼻

白髭の厳めしい王と赤毛の神は聖なる鼻の神殿まで来ると、腕を組んで中に入り、従者が後に続いた。内陣に寄ると巫女頭《みこがしら》が進み出《い》で、クテイスすなわち大きな銅製の櫛を示し、テンホーに差し出した。王は受け取り、巫女の髪を真ん中で分け、〈宮入りの言葉〉を唱えた。

「誇り高く、隆々と、余は入る。驕《おご》りに満ち、条理を外れ、喜びを存分に味わう。だが何人《なんぴと》も罰しはしない」

巫女頭が応じた。「まだそのときは」

テンホーは唱えた。「だが三月《みつき》たち、三月たち、さらに三月たつと、仇討ちが現われ余を嘲る、それ見たことかと余の有様を。余の行いは避けようもなく、予め定められていたと」

この儀式を済ませた後、一同は内陣に入った。三人の巫女がジェラルドをそこに鎮座した、崩れて萎《しぼ》んだ偶像に案内した。ジェラルドは口笛を吹いた。

「――あなたがたはこれを」ジェラルドは言った。「鼻と呼ぶのですか」

「客人よ」巫女たちは言った。「わたくしどもはそう呼びます。弁《わきま》えのある者なら誰しもそうします」

「だが僕ならこれを呼ぶのに」ふだんからすばらしい顔つやは、テンホーの極上のワインのせいで、それとわかるほど紅潮していた。「他の器官の名をもってします」

「客人よ、それは」巫女たちは答えた。「わたくしたちの習いではありません」

「しかしながら」重々しく赤毛の頭を揺らせてジェラルドが言った。「米国聖公会の書にこう記されてあります。大船《おおぶね》が荒海の中で小さな櫂《かい》で操られるのとまさに同じく、万人は等し並みにある小さな器官に導かれる……」

巫女たちは言った。「それにしても——」

「そしてこの器官は、使徒教父たちからもよく言われていません。この器官は乙女を破滅させ、その征服は血に汚れる。寡婦に未練を残し、もっとも賢《さか》しい長者さえ欺くというのです。それの、すなわち、その器官の赤らんだ色合いは、その非道な歴史に、まったく似合っています」

かれらは答えた「しかしながら——」

「それは荒々しく誇らかな器官です。書物にはきわめて正当にもこう書かれています。『あらゆる種類の獣や鳥や、地を這うものや海に住むものを人は馴らすことができ、実際馴らしてきた。しかしこの器官は誰にも馴らせない。これは手に負えぬ器官で、無慈悲にひたすら獲物を求める、反抗する、突出し持ちあがる、往々にして命取りの毒に満ちる器官である』と」

かれらは答えた「そうは言っても——」

「したがって僕が思うには、ここに象《かたど》られている器官は崇拝に値しません。あなたがたリトレイア

かれらは腕を組んで中に入った。

の民が崇めるのに、こんな萎びた偶像と化した舌をもってするのはいかがなものでしょう。たとえ鼻と呼ぶにせよ」

巫女たちは答えた。「上のものに下のものは倣うと、至上の神秘家は言っています。客人よ、あなたは理解せねばなりません。あなたの言には敬虔と広い学識が表われていますが、それでも〈鼻〉という言葉はそれなりの含蓄があり、解剖学の上でも明白な対応があるのです」

「あなたがたの話はさっぱりわかりません。何を言いたいか見えてきません。僕の知るのはただ、義人聖ヤコブの言に協調するなら、そして米国聖公会の書に従うならば、この器官は舌です。僕だって、この舌は、つまりあなたがたの異教徒風な育ちが鼻と呼ぶようにさせたものは、妙に悪い状態にあることは認めます。美《うま》し髪のフー、助け護る者、第三真実の主の聖なる言葉は、この偶像を救い保つよう誓いました。何ができるか見てみましょう」

そう言うとジェラルドは指先を大洋の攪拌の一滴で湿らせた。最初の水隙の姫がジェラルドの額になしたと同じことを、ジェラルドはリトレイアの萎《な》えた偶像になした。

それは変化した。もはやぐにゃぐにゃとはしていない。みるみる色づき、太く青い静脈がうねると、縺《もつ》れあい分岐し、つやつやと輝きだした表面に浮きあがった。そこにはたくさんの細い静脈も現われた。明るい赤色をして驚くほど曲がりくねっている。それは膨らんで聳《そび》え、逞しく瑞々《みずみず》しくなった。それは脈動し痙攣した。触ると熱かった。屹立するその先端のごわごわした軟骨は、ローマ皇帝の紫衣の色で輝いていた。

時を同じくして、リトレイアのいたるところでイヴェイヌの魔術は祓われ、誰の鼻も本来の均整と活力を取り戻した。若い恋人たちが物蔭に隠れ、二人だけでくしゃみする姿があちこちで見られた。娘たちはすでにハンカチを取り出していた。そして三人の巫女は若返った偶像を、さわやかな水で沐浴《もくよく》させた。それからインドの木橘《ウッドアップル》の葉で飾り、その前に花と香料と砂糖菓子を供えた。そのあいだずっと巫女たちは聖なる鼻を讃える朗《ほが》らかな歌を唱《うた》っていた。

テンホーと宮廷の老貴族たちと貴族の寡婦たちが恭《うやうや》しく跪《ひざまづ》いた。ジェラルドはただ一人、リトレイアで崇拝される偶像と同じように傲《おご》り直立していた。

「僕も礼儀に則《のっと》り」ジェラルドは言った。「この舌の精を無下には扱いません」

「だがこれは」今にも癇癪を起こしそうにテンホーが言った。「舌ではない。リトレイアの聖なる鼻だ」

「書物に記されたこと、それから論理を前にして、不機嫌の翼をぱたつかせませんように。先ほど言いましたが、僕は礼儀に則りこの器官を無下には扱いません。それでも米国聖公会の信徒であり、ディルグ神話体系の一翼を担う僕は、いかなる者のものであろうと、これほど奔放で激しやすい器官を崇めることはできかねます」

この言葉にテンホーは膝を起こした。そしてジェラルドに詰め寄った。白髭をたくわえた厳めしい王の口調には今、癇癪よりも憐れみが籠っていた。

「御身はその言を悔やむことになろう。それもまたリトレイアの法だからだ。しかし、われらの鼻を蘇らせた褒美をとらせよう。何なりと望むがいい。だがこの神殿で聖なる鼻の精に発した瀆神の言は、やがてそれなりの代償を払うことになろう。御身や他の若者が喜んで払うとは言いかねる代償を」

　ジェラルドは答えた。「あなたの鼻の修復の代償として、そしてペテロ霊廟にいる呪われたウーを宥《なだ》める罠の代償として、黒いルースター（cock の性的な含みを避けたいときの雄鶏の呼び名）を一羽、僕にいただけますか」

「してそのルースターとは何かね」テンホーがたずねた。

「もちろんルースターとは、暁の触れ役にしてオムレツの父、若雌鶏《ピュレット》の現実の幸運の最初の欠片《かけら》、すなわちガルス・ドメスティクスの雄です」

「われらは雄の鶏をその名では呼ばぬ――」

「そうでしょうとも」ジェラルドはうなづいた。「しかし呼ぶべきです。呼ばぬ者はとうていアメリカ人とはいえません」

「だがなぜ、御身らアメリカ人はその鳥にかぎりルースターと呼ぶのだ。駝鳥と火喰鳥以外の鳥は止まり木《ルースト》に止まり休む。ならば空飛ぶ鳥はことごとくルースターではないか」

「僕たちはリトレイアの者が理屈をこねるようには理屈をこねません。〈ルースター〉の名に実《じつ》はありませんし、解剖学上の対応関係もありません。それでも、どの国にもその国の習《なら》わしがあります。雄の鶏をルースターと呼ぶのは、アメリカの名家のあいだでの習わしです。あなたがたがあれを鼻と呼ぶのが習わしであるのと同じように」

「だがわれらがあれを鼻と呼ぶのは、事実それが鼻だからだ。もう何度御身に言ったかわからぬが、あれはリトレイアの聖なる鼻に他ならない」

　ジェラルドはこの王国の者の物わかりの悪さに愛想が尽きた。

「それであっても」ジェラルドは言った。「もしあなたが真実をお望みなら――」

それからかれは舌についての真実を、己がそう思うままに語った。だがその発言は歴史から失われている。耳にした誰も記録に留めようとは思わなかったから。

その代わり、聞いた者は一人残らず怖気をふるった。かれらはジェラルドに黒い雄鶏を与え、神殿から追い出した。かくてコレオス・コレロスへの拝跪を拒むことからはじまったジェラルドの旅は、この地でリトレイアの聖なる鼻を侮辱することになった。

第十七章　ペテロ霊廟のイヴェイヌ

今ジェラルドは銀の雄馬を、はるか太古から一面苔におおわれた建立者ペテロ王の霊廟に向けて走らせた。左の小脇には黒い雄鶏があった。魔道の徒なら誰もが持つ自然な関心から、ジェラルドは神木がこの霊廟の傍らに伸びているのに気づいた。かれはまたもや考え込む表情で口笛を吹いた。それからかれの輝く雄馬を、霊廟の入口に永遠に屹立する、何とも大胆なものが彫《え》られ画《えが》かれてある杭に繋いでから、ジェラルドは中に入った。

かなり広い霊廟の内部は、天井に揺れる十九のランプで照らされていた。そのおかげでジェラルドの眼にまず入ったのは、肌色の布で覆われた、大きな四角の鏡だった。その前で火桶が煙をあげている。傍らに女の立ち姿が見えた。その左手に幅広い寝台、右には無花果《いちじく》の葉が山盛りになった鍍金《めっき》の豚用飼葉桶《かいばおけ》があった。この葉を女は一枚一枚細かくちぎり、火桶に燃《く》べていた。

女はジェラルドの儀礼的な咳払いを聞いて振り向いた。ジェラルドは心を奪われた。

ペテロ霊廟のイヴェイヌは、これまでかれの目が見たどの女より、比べようもなく愛らしかった。この美しい娘の双眼の色はよく釣りあい、鼻はその両方から等距離にあった。その下に口があり、また一対の耳もあった。この娘は若く、どこも不細工なところはなく、恋に落ちた若い男の目はいかなる欠点も見なかった。知人の誰かと似ているなと思ってジェラルドは頭をひねった。機敏な頭は謎をすぐ解いた。この女はイヴリン・タウンゼンドを思わせる。

そればかりではない。思ったとおりこの女は狐の精だ。それをジェラルドは見てとった。その証に、このペテロ霊廟のイヴェイヌからは、魔術の力が発散している。あらゆる獣を支配下に置くあの魔法が、今ジェラルドを襲った。この襲撃はなかなか面白いな、とかれは少し愉快な気分になって考えた。

「これは獣の蠱術《ゲーティ》だ」かれは思った。「男を発情期の獣同然に狂わせ自制を失わせる、ウーの野蛮な魔術擬《もど》きだ。あやうくこの僕も自分を、いつかは肥料《こやし》になる細胞が寄り集っただけの存在と信じ込まされるところだった。そうだ、僕の人生もこの瞬間には、ありふれた人生と同じ、あきれかえった欲求と突拍子《とっぴょうし》もない妄想からなる不満だらけの短い一季節にすぎなく思えてくる。僕もまた、忘却した過去から予知できない未来へ歩むだけの人間にすぎないように思えてくる。このささやかな肉欲魔法の襲来のもとで、僕はまたも、世俗の人間がリッチフィールドであれどこであれ生活と呼ぶ猫をかぶり通しの孤独に入り込むように思えてくる。僕の生活の基盤の貧弱さと危うさを頭から追い払えればどんなにいいだろう。そんな忘却は、この狐の精がその中に隠れているような皮をすっぽりかぶって、のっぺりとした動物性物質と肌を接触すれば得られるのではなかろうか……そんな馬鹿げた考えも浮かぶ。そうだ、僕は今、何と言おうか、欲望で頭がおかしくなりかけている。狐の精の、あえて言うなら、抗《あらが》いがたい魅力の犠牲になりかけている。数知れぬ男を破滅させたこの魔術擬きが不遜にもしかるべき土俵の外に出て、いかにして神のところまで打って出るのか、それを眺めるのはなかなか面白かろう。それにしてもこの戯《たわ》けた魔術はどんなふうに、救世主で太陽神の僕までを丸め込むのだろう」

こうした思いを頭に過《よ》ぎらせながら、ジェラルドは声を張りあげて言った。「ごきげんよう！」狐の精イヴェイヌは、直接答えるかわりに、胸からオレンジほどの大きさの白い宝石を取りだした。そして空中に放りあげ、またそれを捉えた。あれはあいつの魂だなと思ったが、口には出さなかった。

かれはイヴェイヌに雄鶏を見せ、言うべきことを言った。「どうか僕のルースターを――」「しかし」博識なイヴェイヌはたずねた。「この、シンドからミャンマーまでのインド北部、コーチシナ、ティモールまでのマレー諸島、それからフィリピン諸島にもともと棲息していた赤色野鶏《バンキーヴァ》が家畜化されたものの子孫を、御身は何と呼んだ」

「アメリカ合衆国では、ごく簡単に、そしてさまざまな理由から、この鳥をルースターと呼んでいる」

「それは」イヴェイヌは答えた。「大プリニウスの観察したところでもある。すなわち紀元二十三年に生まれ紀元七十九年にウェスウィウス山の噴火により死したローマの偉大な博物学者が言うには、いかなる国もそれぞれ独自の風習を持つ」

そういうと狐の精はみごとな手さばきで雄鶏の首を、生贄用の斧を使って刎《は》ね、東のほうを向き、必要とされる言葉を三度《みたび》唱えた。すると深紅のコート、黄色のベスト、薄緑の半ズボンを着た者が入ってきた。頭はマスチフ犬に似て、おまけに二本の角と驢馬の耳、それに子牛の脚と蹄があった。ジェラルドが和解の供物かつ罠として狐の精の主人に貢《みつ》いだ黒い雄鶏を持ち去った者はそんな姿をしていた。

ジェラルドは微笑んだ。そして博識な狐の精イヴェイヌと丁重に握手した。

「僕は」ジェラルドは言った。「神だ」

イヴェイヌは答えた。「われは八百万《やおよろず》の神に仕える者。物理的、倫理的、歴史的、あるいは同音異義語や異音同義語に触発された語源学的誤謬の産物としてその存在を学者たちが多様に説明した神的存在のあらゆる族《うから》を、われは敬《うやま》う。だがわれはその恭順への報酬を求める」

「その報酬とは何だ」

イヴェイヌは教えた。

言いながら、狐の精はかれに詰め寄った。近づくにつれどんどん悩ましくなった。もしイヴリン・タウンゼンドをますます思わせるようになっていなかったなら、とても抗《あらが》えはしなかっただろう。

「よろしい」愛想よくジェラルドは言った。「報酬は明日の朝払おう。そのときまだそんな下らないものにお前がこだわっていればの話だが」

そしてすぐ言葉を継いで言った。「しかし、ほんとうのところ、姫よ、お前は僕をたいそう誤解している」

それから二言三言、言葉を選んで、二人の関係をより穏当な土台に据えた。

すると狐の精イヴェイヌは笑った。かくの如き無責任な言葉が神の口から出るとはまったく驚きであり、世界七不思議、すなわち、一、エジプトのピラミッド、二、バビロンの空中庭園、三、マウソーロスの霊廟、四、エペソスのディアナ神殿、五、ロドス島の巨像、六、ペイディアースのゼウス像、七、アレクサンドリアの大灯台にも匹敵する。イヴェイヌは続けた。それでもそちは信頼するに足る者と思われ——

「そんなことはやめてもらいたい」ジェラルドはきっぱりと言った。「お前のすべてを与えるなどと言わないでほしい。とうてい勧められない。なぜなら、指摘せざるをえないが、褪せぬ若さと全知の博識を持つお前は、今わが魂が宿る肉体より何千年も年が上だ。お前の前で僕は単なる少年だ。少年であることは往々にしてたいそうな不利となる。自分よりかなり年上の女の愛の信頼と寛大に屈することは、やがて呪いとなる。それは健全ではない。アメリカ的でもない」

「すると近寄って触れたくなるくらいにわれわれが御身を好きになるのは、サン・ディエ・デ・ヴォージュの大学で地図学を教えていたヴァルトゼーミュラーが一五〇七年に発表した論文『コスモグラフィア』によって、はじめてアメリカと命名された、あの西半球の大陸の作法に適《かな》わぬというのだな」

「いや、それは遺憾ながら万国共通のものだ。それにことさらお前のことを言ったのでもない。われわれ双方が知っているように、年端もいかぬ少年を食い物にする女性もいるということが言いたかっただけだ。そういう女は、目的のために信頼と寛大を総動員しても、少しも良心に恥じない。今は無情で辛辣で皮肉な男だって、その多くはもともとは、あらゆる聖なるもの美なるものを信仰し憧れていた。それが少年期のとば口で、中年女性の人を信頼する性質と寛大のせいで、そして事後にその女を利用したのなんのと言われることで、その信仰と憧れを粉々《こなごな》にされたのだ」

「御身は紀元二十五年ころスペインに生まれ紀元九十五年ころ死去し、皇帝ウェスパシアーヌスとドミティアーヌスの庇護を受けたクインティリアーヌスが弁論の主要な徳として推奨した、明晰さをもって話したのかもしれぬ。それにもかかわらず、われが御身の話を一語たりと理解できぬには変わりがない」

「――そうは言っても」ジェラルドは続けた。「もし少年が望ましい清潔な友情を年嵩の女性と結ぶなら、それは人生に起こりうるなかでもっとも価値があり有益な経験となる。そのような友情は僕には美しい観念のように思える。年上の女性は――とりわけ何千年も年寄りだと――母親の未熟な半世紀やそこらの皮相な知識ではとうてい教えられないことを女性について教えられる。少年を啓発し導くことができる。野心に火をつけられる。激励もできる。いかなる方面であれ自由な教育をほどこせる」

「〈平坦〉を意味するギリシア語〈プラテゥス〉に由来する常套句《プラティテユード》を喋りまくるという御身のアメリカ流儀は、とうてい理解するわけにはまいらぬ――それらすべてを行おうとしていた矢先に」

「ああ、だが教育は何であれ口頭でなされるものに止《とど》めるべきだ。そしてお前の小さな手も止めておけ――そう、その方がずっといい」

「独立独歩の者には己の道を行かせよ、とは古代の賢者、紀元前六世紀にコリントの僭主であったペリアンドロスが言ったとされる――というのも御身は、われが何もせぬのにわれに報酬を与えるほうを選んだのだからな」イヴェイヌは少々不機嫌になって言った。

ジェラルドはその種のことは一切しないほうを選んだ。しかし真の意図を口に出すと厄介なことになるので、何も言わずにおいた。

そのあとジェラルドは博識な狐の精に質問をした。イヴェイヌは喜んでかれにリトレイアの法を説き、それらが入った籠について語り、それらの法が産婆と石工からなる委員会によりいかに施行されるかをわかりやすく説いた。それから自分がリトレイアにかけた魔術について語った。テンホーについても語った。テンホーがいかにして青春の盛りに長鼻のテンホーと称されるようになったかを語った。その統計についての知識は瞠目すべきものであった。それからイヴェイヌは、星々のあいだに吹く風について、ギリシアのものであった壮麗について、ホブスンの選択について、デイヴィ・ジョーンズの監獄について、火山噴火の原因について、補助司祭の卵について、禿頭の最上の治癒法について語った。というのも、すべてを知り、すべての神に仕えるイヴェイヌの叡知からは、いかなる知識も隠されていなかったからだ。

ジェラルドは言った。「お前は博識な女らしい。お前の考え方がたいそう気に入った。だからお前の全知の蔵からもっと語ってくれ」

かれはそのあいだずっと幕の垂れた〈二つの真実の鏡〉に目をやっていた。だがもちろんこの鏡のことは何も口に出さなかった。今やるべきことは、この教養ある禍々《まがまが》しい生き物をまったき破滅へ誘い出すことだ。

というのもこの狐の精は、ジェラルドの見るところ、今も男を狂わせるウーの獣《けもの》魔術をジェラルドに向けており、次から次へ、かれの野獣性を煽るのに絶好の邪《よこしま》なことがらを語り続けたから。人生の戦いについて、理性の祝祭について、運命の皮肉について、豪奢な生活について語った。不吉な前兆について、有名人名簿について、若者の辞書について、銀の裏地のある雲について語った。そして二つの海に、面倒事に、上を向いた顔に触れた。不当な監禁について、朝早い時刻について、切実に望まれる完成について、暗く敬虔な灯りについて、湿気ではない熱について論じた。ギレアデの香膏について、日の当たる場所について、多勢による安全について示唆した。その後、もぐら塚から山を、雌豚の耳から絹財布を、必要から徳を作る秘訣《レシピ》を手際よく教えた。というのもいかなる種の邪な言い回しも、すべてを知り、すべての神に仕え、そして今、男を狂わせるウーの魔法をジェラルドに行使しようとするイヴェイヌの叡知から隠されてはいなかったからだ。

しかしジェラルドはただ微笑んだだけで、その笑みは是認のしるしにさえ見えた。この女はますますイヴリン・タウンゼンドを思わせるようになり、胸の鼓動はこれまでにないほど平静になった。

ジェラルドは言った。「お前は相当な知識を持っていて、それを支える語彙も恐るべきものだ。だから、僕としてはお前の知識を利用するだけでいい。お前が他の方面でたいそう諂《へつら》いながら差し出すものよりずっと僕の神としての目的に叶う」

今度はジェラルドが話す番だ。そこであぜんとしている狐の精に、自分は美《うま》し髪のフー、助け護る者、第三真実の主、天の寵を授かった者であり、たいそう力のある神なのだが、今は一時的に己の神話体系を見失っていると明かした。全知であり、ただどこでいかに己の知識が尽きるかを知らないだけの狐の精に、ジェラルドはリッチフィールドを発って以来、事件の続発した二十四時間の冒険を語って聞かせた。

　狐の精はジェラルドの純粋さを笑っていた。賢明なイヴェイヌは、美し髪のフー、助け護る者、第三真実の主、天の寵を授かった者は、クァット、ケツァルコアトル、カグン、オシリス、ディオニューソスと同類の文化英雄《カルチャー・ヒーロー》＊であることをすぐさま見てとったからだ。かれらとはみんな知り合いだ。頭の先から尻尾まで知っている。誰もがアンタンに向かう途上、すべての神に仕えるイヴェイヌを訪《おとな》ったから。だから誰であれ、文化英雄に会ったなら、それが文化英雄とわかる。

　どんな神話もそれら栄えある博愛主義者を一人持つ。ちょうど御身がアメリカ合衆国で生まれた如くに、謎めき優れた民族には、博愛主義者が一人、（博識な狐の精はそう言った）必ずといっていいくらい獣として、驢馬などの姿で、恵まれない民のもとに現われ、不思議な新技術と秘儀を教え、あらゆる種類の利点と繁栄をもたらす。ちょうど御身がデルサムやリトレイアの民に恩恵を施し、これからアンタンに恩恵を施そうとしているように。

　イヴェイヌはさらに指摘した。文化英雄がアメリカと相容れぬことはない。かの地にはケツァルコアトルがいたではないか。われはまた、きわめてはっきりイェトルを覚えている――鳥の姿をした訪問者はきまって相当に気難しいから――そしてポスハイヤンキャ、コヨーテ、エサウゲトゥー、それから大きな蜘蛛の姿で身分を隠し現われた――名は思い出せぬが――滑稽なインディアンの神もいる。これらすべてのアメリカ大陸先住民の文化英雄も、アンタンへの途上でわれを訪った。誰もかれも、少しばかり時代を遡ってはいるが、御身の同郷人ではないか。

「イヴェイヌよ、お前の力ある論理の光のもとでは、僕も自分が救世主であり太陽神である前に、確かに文化英雄だという気になってきた」

「だがともかく――愛しい、鈍感な、冷淡な子よ」狐の精が、これまでより相当単純な言い方で言った――「あらゆる神話は文献学匠に操《あやつ》られているのを知らぬのか。つまり御身がいかなる神話に属し、いかなる力を持つかを語れるのは学匠だけだ」

「お前の言うことはよくわからない」

「すなわち神は誰しも、コレオス・コレロスと聖なる鼻の屹立した精を例外として、遅かれ早かれアンタンに向かう」

「そのとおりだ。というのも、ケア・オムンで聞いたのだが、アンタンはそれにふさわしいすべての神にとって、神の務めを休める天国だということだから」

しかし狐の精は、悪い予感に捉えられたように頭を振った。「われなら、そんなことは絶対に言わぬ」

「ならばこの簡単な質問にだけ答えてくれ。あそこで神々はどうなるのだ。あのもっとも美しくもっとも崇拝される地で、神々を見舞うのはどんな運命なのだ」

「そんなことがどうしてわかろう。帰ってきた神が誰もいないというのに。知られているのはただ一つ、いかなる手段でか、文献学匠は、人が仕えたあらゆる神性を、すべての哺乳類――すなわち蝙蝠《こうもり》、温血四足獣、海豹《あざらし》、鯨目《もく》、ヒト、それに海牛目を含む脊椎動物の綱《こう》――の崇める神々を、至上神の一組を例外として、ことごとく始末したというばかりだ」

ジェラルドは浮かない顔つきになった。「イヴェイヌよ、お前の話からすると、どうやら、僕の前任者としてアンタンの王座に就いた者は敬虔を欠くようだ。そいつには真正の宗教的感覚がない。僕がそいつから王座と、それから偉大にして最上の魔術の語を奪ったあかつきには、その過ちは僕が挽回せねばならぬだろう」

「そのためには、子よ、クロノス、すなわち鎌と砂時計を持つ姿で通常描かれ、時の人格化である神がいまだ幼児であった時よりこのかた、人に崇拝された何百万もの神の誰も示せなかった力が必要となる」

「ああ、だがわが親愛なる姫よ、文化英雄であり、太陽神であり、救世主でもある僕は、さぞかし特別な力を持つ神に違いない。それに、お前の話からすると——その何というか、どうやら文献学匠は、僕自身が属するディルグ神話体系を損なったようにも見える。いかなる神だってそんな扱いに平然と耐えられるものか。そして神の憤怒は、かくて、僕の力を倍にする」

「だがそれでも、それでも、愛しい者よ、見目よく自惚《うぬぼ》れの強い坊やよ——」

イヴェイヌは口ごもった。そして同情にも見える目でジェラルドを見た。アンタン辺境のそここで、人が高き神々を哀れむように見せる、こんな軽薄な目つきに慣れることは今後もあるまい。そのまなざしにはたいそうな親しみがこもってはいるが、敬意があってしかるべきところに憐憫が、不敬を感じさせるまでにのさばっている。

ジェラルドは肩をすくめ、そして言った。

「だから僕は容赦しない。文献学匠に命じ、ディルグ神話体系を復興させ、世に広めさせる。もちろん学匠が付けたかもしれないいかなる傷も十分に修復させた上での話だ。その後で、学匠の王座ばかりか、文化英雄であり太陽神であり救世主としての僕の正当な地位も占めるつもりだ。それで問題は解決したも同然だ。そうすれば他のことにも移れよう。お前が恵んでくれた大いなる知恵の返礼に、お前に敬意を表する一篇のソネットを作ろう」

「たいそう美しいソネットだ――それぞれ十音節からなる十四の行からなり、単一の思想や感情の二つの相を表現している」狐の精イヴェイヌは言った。「われはその霊感の泉となったことを誇りに思う」

「お前は失念している」ジェラルドは言った。「僕がソネットをまだ吟じていないことを。今からはじめる」

そしてかれはそうした。

だがその声は感きわまって震え、前半の八行を終えると一息ついた。崇高な思考がこれほど適切に完全無欠の詩句で表現される、その美しさに抗うことはジェラルドの力の及ぶところではなかった。そこで少しのあいだ、かれは黙ったままでいた。

イヴェイヌの可愛らしい手をとり、震える唇に押しつけると、陽に干したホップの匂いがした。テンホーにあんな約束をしたのはたいそう悲しむべきことだ。アンタン辺境に彩りを添える愛しい女たちには、どこかしら共通のところがある。美し髪のフー、助け護る者、第三真実の主とのより親密な愛の移ろいもある程度似ている。かくも愛らしい者もほどなく滅びねばならない。そう思うと心は沈んだ。テンホーとなした神の約束を守り、リトレイアの男たちに今後悪さをしないよう、この女の命に止《とど》めをさしてしまえば、全知のイヴェイヌとその有用な知識の宝庫を後になって惜しむだろう。それがあらかじめわかっているだけに、例えようもなく恐ろしいことに思えた。

神は色事を避けなければならない。愛を通してのみ、神も傷つき得るということを見せてしまうだろうから——おそらく雨の日曜の午後や、少し飲み過ごしたときや——否応なく生命力が弱まる

そんな折、弄んだ人間にまつわる苦い思い出が繰り返し蘇る。愛しかった、たいそう愛しかった、取り戻しようもなく僕の不死の腕から捥《も》ぎ放された者たち……

こんな思いが頭を過《よ》ぎり、ジェラルドは溜息をついて――これはミルトン風のソネットだから、僕の詩はここで同じ句で先に進む、と含蓄のある注釈をしてから――朗誦を続けた。

終わると狐の精は満足げに溜息をついた。ミルトンの生涯の主なできごととその主要作品について、洞察と典拠を交えて語り、さらにこう言い添えた。

「たいそう美しいソネット、すなわちイタリアに発祥し一五五七年にサー・トマス・ワイアットがはじめて英語で採用した詩形の霊感の泉となったことを、われは誇りに思う。まさに御身が朗誦を中断した箇所で、生きとし生ける女性が、御身を信頼しすべてを与えたいという気持ちになる類のソネットだ。だからそろそろ寝台に来る気はないか」

「いやイヴリン、今夜はいけない――すまない、つい心がよそに行ってしまった。僕の言いたかったのは、もしお前があくまで、大らかな女心で信頼と寛大を見せつけようというのなら、箒《ほうき》で打ちのめしてやる――それもしたたかに――ということだ。下がるがいい、愛しい女よ、何が何でも。お前の教え諭《さと》す話しぶりがたいそう楽しかったために、こんな遅くまで引き留めたことを詫びよう。僕は夜の残りを神にふさわしい孤独のうちに、このたいそう心地いい安楽椅子で過ごすつもりだ」

そしてジェラルドはそうした。

第十八章　女狐の最期

イヴェイヌが眠り込むと、ジェラルドはおもむろに椅子から起きあがった。そして寝台に近づいた。たいそう気を配りながら、イヴェイヌの若い胸のあいだに手を差し入れ、奇妙な白い宝石をひょいと摘《つま》みだし、憐れみの目でこの真に愛らしい娘を見下ろした……

ジェラルドが触れると博識な狐の精は体を動かし、今度はぺったりあおむけに、口を少し開けて横たわった。これはイヴリンの寝相だ。イヴリンが鼾《いびき》をかくのはこのせいだ……

ジェラルドは肩をすくめた。そして贄《にえ》に使う斧をとりあげた。

夜明けが間近に迫る今、かれは霊廟から外に出て、神の栄光を讃える樹に歩み寄り、斧で樹を伐りはじめた。最初の一撃で灰色の樹皮から血が激しくほとばしり、ジェラルドは泣き叫ぶ声を聞いた。ジェラルドは上に目をやった。青い服を着た幼い子の姿が、樹の裂け目の中に見えた。見たところ七歳か八歳くらいの男の子で、雀斑《そばかす》があり、赤毛が乱れ、前歯がまだ上顎《あご》に一本*しかなかった。

子供は悲痛な声で泣き叫んでいた。「二つの真実に逆らい冒瀆する者が来た。自惚《うぬぼ》れすぎた馬鹿が、すべてが滅んだあとも残る一組を愚弄している。そいつの心得違いのために僕の生は拒まれた」

ジェラルドは斧を下ろした。体が震えていた。かれは自分の心に目覚めた愛と大きな憧れを嫌った。しっかりと腕を組んだ。緊張して、少し恐れながら、横目でこの少年を覗《うかが》いつつその場で待った。

「子よ」ジェラルドは言った。「お前が命の限りに栄光の樹から叫んでいるのはどういうつもりでだ」

「父よ、僕はあなたにもらえなかった命を、あなたに負っている命を、あなたが二つの真実を否《いな》むかぎり否まれる僕の命を、要求しているのです」

「子よ、僕は僕に定められた王国の要求に仕える。他の真実には仕えず、王国から僕を遠ざけようとする獣じみた女の必要にも仕えない」

「父よ、あなたの王国はあてにならない夢です。でも僕の母の肉体は現《うつつ》のものです」

「僕の夢はどんな女よりも愛《いと》おしい。あてにならないがゆえに、女の肉体より愛おしいものだ。女の肉体の形は知り過ぎるほど知っているから」

「父よ、あなたは二度と来ない快楽を拒むのですか」

「僕は神だ。僕は自らの意志の要求に仕える」

「父よ、神々もあなたが今歩む道を通ります。そして二度と戻ってきません」

「ならば邪魔をせず、われわれを通らせてくれ。だが女たちはそれを許さない」

「なぜならば女たちには、父よ、たいそう理に適《かな》った知恵があるからです」

「おそらくそれは正しい。だが神には合理を越えた夢がある。それはよりすばらしいものだ」

「父よ、その夢が女の腕の中で安らかに終わるなら、それで十分ではないですか」

「確かにそれで十分だ。それが習いというものだ。だが僕は美《うま》し髪のフー、助け護る者だ。約束された王国に行く第三真実の主だ。主としての力を僕は助け護らねばならない」

　ジェラルドはふたたび斧をふるった。樹が倒れると子も姿を消した。

　そしてジェラルドは樹に火を放った。小ぎれいな炎がぱちぱちと爆《は》ぜだすと、しかるべき言葉を唱え、その中心に奇妙な白い宝石——イヴェイヌの魂を投げ入れた。すぐさま耳障りな金切り声が聞こえた。建立者ペテロ王の霊廟から女狐が現われ、恐ろしい形相で叫び震えながら、ぐんぐん火に走り寄っていく。そしてついに炎の中に入った。沈黙がそれに続いた。すばらしい五月の曙光《あけぼの》もまた、髪が焦げ肉が燃える嫌な臭いに損なわれながらも、それに続いて現われた。

　それからジェラルドは全知の狐の精が立ち退いた霊廟に戻った。そして少し感傷的になって、乱れた空《から》の寝台を見た。それから、無花果の葉がまだ燻《くすぶ》る火桶の脇を通って、〈二つの真実の鏡〉に近寄った。

　鏡を覗く者はすぐさま二つの石になるという話はおそらくもう気にせずともよい。だが、この鏡がいかなる効果を太陽神であり救世主であり文化英雄である者にもたらすかということは、気にせずにはいられない。そこでジェラルドは肌の色をした幕を剝いだ。

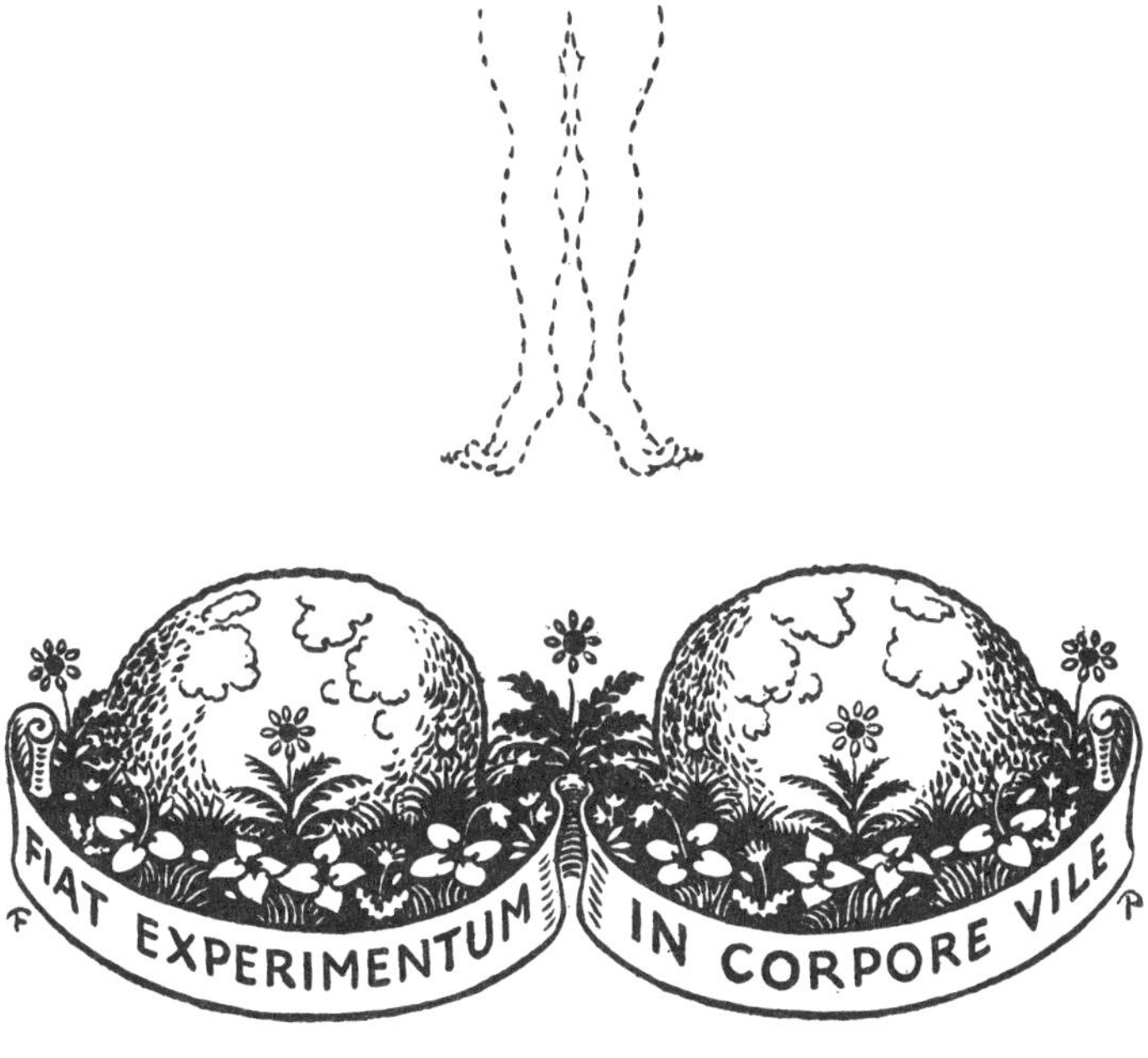
FIAT EXPERIMENTUM
IN CORPORE VILE

第十九章　覆いの向こう側

　だがジェラルドは二つの石にならなかった。対面したのは鏡でもなかった。肌色の幕の向こう側には、精妙に描かれた古《いにしえ》の絵があるばかりだ。だがその人間離れした尺度が絵を化け物じみたものにしていた。絵の主題は知られていない。ジェラルドが誰にも教えなかったからだ。

　しかしこの絵を見たジェラルドは頭を振ったといわれている。

「よくもまあ、これほどせっせと怪しげな絵具を塗りたくったものだ」ジェラルドが呟いた。「こんな益体もない絵を、リトレイアの阿呆たちは寄ってたかって〈二つの真実の鏡〉と信じていたのか。奴らは足し算さえ満足にできるかどうか疑わしい。この絵の性《しょう》については今のところはっきりとはわからない。とはいえ、ともかく僕は第三真実の主だ。だからお前が仰々しく描く二つのものが存在するすべてではないのを知っている。その二つのものが互いを探す終わりのない探求が、人生への唯一の態度とも思わない。すくなくとも僕は、まったく異なる態度で人生に臨むよう運命づけられている。そんな気がしてならない。もっと優雅で、清潔で、威厳のある――もしかすると永遠の重要性を持つ……」

ジェラルドは少し心細い気持ちになってあたりを見回した。この場所は今、孤独で曖昧な様子をしている。今立っているところのすぐ下にある地下納骨堂には、ジェラルドは知っていたが、ペテロ王とその大勢の家族のあらかたが遺したものが安置されている。何十もの変に嫌らしいものがそこにある。大いなる征服者とかれを喜ばせた妃《きさき》たちのすべてが遺したものすべてがある。強い英雄の誇りと名高い戦《いくさ》と多くの女たちの愛らしさの証となるものすべてがある……

「そうだ、そうかもしれない」ジェラルドは認めた。こんな思いで心を乱されることを好まなかったから、かれは半ば気分を害していた。「こう信じる僕は間違っているかもしれない。でもそれもまた、それを信じ続ける理由であるような気がする。ここに一人、全然知らぬ者たちの名残《なごり》の上に立つ僕は、気が少し滅入《めい》るのを認めざるをえない。僕は救世主でも太陽神でも文化英雄でもないのかもしれない。今この瞬間、そんな気がしてきた。僕だって死が待ちもうけ、死んだ後は忘れられる、頑迷なマスグレイヴ家の一人にすぎないのかもしれない。でも、僕がたんなるマスグレイヴだとしても、その不死性を否定するよりは信じるほうが美しくてずっと楽しい。自分が消滅するという考えは僕には面白くもなんともない。そしてこの件についての僕の信念は、しっかりした知識に基づいてはいないので、どうにも発展しようがない。たんなる個人の趣味と言わざるをえない。謙虚に考えるなら、何を信じようがこの問題には関係ないようにさえ思える」

またジェラルドはこうも呟いた。「だからさらにこうも思う、おお、まったく身も蓋もない絵よ、僕がたんなるマスグレイヴだとしても、何物かが僕の意識、僕の経験をすっかり終わらせようとしていると考えるなんて、せっかくの機会を無駄にしているとしか思えない。食指をまったくそそらないものよりは、むしろ美しい着想と戯れたい。すくなくともこう信じたい。僕という存在は、何らかの永続的で崇高な行為に——いつかはどこかで——関与するよう運命づけられているのだと。その行為は第三真実にかかわるもので、その真実は今僕たちの目の前にある消えることのないただ二つの真実よりも高貴で美学的にも好ましい。僕たちは交合し死ぬ。だがそれで終わりなのか——そうかもしれない。しかしそうではないかもしれない。この問題を狭い了見で判断してはならない」

ジェラルドはしばらく黙っていた。この嘆かわしくも赤裸々な絵と、その付随物は何もかも、狐の精の博識な妖術がこの廟に命を吹き込むことをやめた今では、心をひどく落ち込ませるものだった。それでもジェラルドは長い顎を持ち上げたままでいた。

「そう、誰にとってもこの問題に狭い了見は禁物だ。たとえ気を晴らすための安価な慰みものにすぎなくても、不死というこの刺激的な観念は大事にせねばならない。それはけして高いものにはつかない、なぜなら、仮にお前の不死という観念に根拠がないことが証せられたとしても、後日お前が軽信のために馬鹿にされる心配はないし、それどころか、お前が自分の誤りを見つける心配さえほんの少しもないから。いっぽうこのお前自身の永続性と奥に潜むその重要性を信じることはある意味で強壮剤になる。そしていろいろな意味で洗練された玩具にもなる。それは生と、そして死をも、耐えられるものにする。半時間でも時間が空いたときには、さまざまな思索に……ありうべき第三真実についての多様な思索に耽ることができる」

ふたたびジェラルドは思考を止めた。というのも、多くの先祖も行ったこの古来の自己説得を無意識に繰り返すうちに、自分が弄ぶこの宝石じみた考えに、異なる切断面《ファセット》があるのに気づいたからだ。それはジェラルドをひどく陽気にさせた。

「すると、死の不快と葬儀屋のひどく恥知らずな粉飾の彼方にある、どこか霧がかった薔薇色の地平にやがて勝利が――正義と良識と思いやりと他のあらゆる規範的な美徳の永遠の凱旋となるべき勝利がいつか来ると広く期待されている。来たるべきこの勝利はたびたび多くの人を威《おど》して、一般の益になるあれこれの質朴な徳を実行させる」

さらにジェラルドは呟いた。「ともかくそれはそんなふうに地に平和と安定と休息をもたらす。それは人々に、よく言われるように、拠り所を与える。事実それは大部分の国家の社会や法律の大まかな規則を支えている。そしてその勝利は幸いにも、誰しも持つ貪欲や悪念やあらゆる醜い欲望を制限して、何らかの即物的利益の獲得が、許される穏当な範囲だけで行われるようにしている」

ジェラルドはこうも言った。「そうだとも。やはり肉体が滅びた後に明らかになる何らかの第三真実を信じるほうがずっといい。一般的な信仰では、ただの人であるマスグレイヴさえ、その魂は不滅だと信じられているが、僕が思うに、その信仰は、ひらたく言えば、麻酔剤と警官の機能がほどよく混ざりあっているゆえに、まずまず値打ちのある考え方ではなかろうか。根拠があろうがなかろうが、ともかく好ましい信仰であり続けている。たとえこの丹念に描いた絵が、余すところのない真実を告げているとしても、それはこの絵に一顧も与えない好個の理由がひとつ増えたにすぎない」

呵責ない己の論理に丁寧に耳を傾けていると、やがてジェラルドの気持ちがすっかり楽になった。

「だから、〈二つの真実〉の馬鹿げた絵よ、僕はお前が描いた肉体の意義を否定する。僕が太陽神だろうが救世主だろうが文化英雄《カルチャー・ヒーロー》だろうが、あるいはたんなる解らず屋のマスグレイヴ家の一員だろうが、僕はお前が見せるいかなる真実も否定する。お前の物質主義を指で弾《はじ》いてやる。お前の不作法な解剖学的研究を鼻で笑ってやる。第三真実の主の神々しい足で、お前の古いキャンバスに蹴りを食らわせてやる。そしてこのペテロとペテロの廟を去ろう。約束された王国を探すために」

かくの如き次第で、ジェラルドはまたもやコレオス・コレロスとリトレイアの聖なる鼻を辱《はずかし》めた。

F
P

第六部　テューロインの書

「風見鶏は高く
持ち上げるほど容易に回る」

第二十章　奇跡を起こす者らの勤《つと》め

さらに進むジェラルドは、あいかわらず銀の雄馬に乗っていた。というのもその朝、狐の精イヴェイヌは結局、約束の報酬として馬を求めなかったからだ。そして次に到着し朝食をとったのはテューロイン*だった。ここは二色《ふたいろ》の魔術師たちに与えられた小さな自由都市だ。

あちらこちらでテューロインの民が術を行っていた。もともと魔道の徒だったジェラルドも、当然ながらかれらのさまざまな行いを興味深く眺めた。

最初に出くわした魔術師は、桃色の蠟に洗礼の油と聖餅の灰を混ぜ、それで人形《ひとがた》を作っていた。二番目の魔術師は不運なつれない女の頭から抜いた金髪でぞんざいに編んだ網に、恐ろしく太った蟇蛙《ひきがえる》を入れ、呪文を唱えていた。この蟇蛙を家の戸口に埋められた女には、やがてあまり嬉しくない運命が訪れる。三番目の魔術師は、糸杉の枝と折れた十字架と絞首台の破片が燃える炎に屈みこんでいた。手に持つ黒ずんだワインは大麻と女児の脂と罌粟《けし》の種で味が付けられ、大きな焦茶の猫の姿をした使い魔が、その苦い飲み物をぴちゃぴちゃと舐めていた。

さわやかな五月の朝というのに、怠《なま》けている魔術師はテューロインにいない。いつも忙《せわ》しい小さな町――その建物にはすべて星やペンタグラムや十二宮《ゾディアック》や三角形を組み合わせた古風な印が付され、忍冬《すいかずら》やアルムリリーや黒罌粟やベラドンナが気持ちよさそうに生え繁る――そんなテューロインのそこここで魔術師たちの探究するものは、おどろくほどの多様性に富んでいた。

「拙者は」一人がジェラルドに言った。「土星――あの冷たく孤独な、大凶を司る星に由来する秘密を究めようとしている。その特別な力は、あらゆる農夫と乞食に、老人とあらゆる位階の修道士に、福音伝道師に、陶工、鉱夫、庭師、牛飼いにおよぶ。また人を嫉《ねた》み深く、欲深く、頭を鈍く、疑い深く、頑迷にさせる術も学んだ。それから誰であれ任意の者を、一斉にあるいは別々に、歯痛や黒色黄疸やレプラや痔に罹《かか》らせることができる」

別の魔術師は言った。「拙者はあらゆる凶運を予知し、招き寄せる術を探究している――煙と矢と蠟と、卵と鼠と、死人の似姿《シミュラクラ》を使って――しかしお主《ぬし》も知っていようが、燃え盛る石炭に驢馬の頭を入れるととりわけうまくいく。そしてわが導師は蟹股《がにまた》の浅黒い宦官ではない。偉大なるサバトの師レオナルドだ」

第三の魔術師は言った。「拙者はテューロインで大いなる奇術袋を見つけた。なぜならわが導師はバールベリテだからだ。おかげであらゆる種類の未聞の、秘密の、愉快な妙技と神秘と発明を会得できた――」

「しかし」ジェラルドはたずねた。「お前の知識は何の役に立つのだ」

「他でもない、わが主バールベリテ、すなわち〈協調の師〉の寵を得たものは、夢で犯した罪を現《うつつ》にすることも、いかなる獄や閨《ねや》や会計所の鍵を開けることも、女の亭主を恥ずかしく萎《な》えさせ打ち拉《ひし》がせることも、内気な娘や人妻の欲望を煽ることもできる。身の丈《たけ》を七エルなり三インチなり伸ばし、体を透明で不死にし、猫や兎や狼に変身し、雷鳴や稲妻を自在に起こし、蛇を集めて会話をなし、その他にも」――ここで魔術師は咳ばらいをした――「五つの有用な、法外な、真正の術が使える」

だがジェラルドは肩をすくめただけだった。「魔術師ならその程度の学問でも十分やっていけようし、励《はげ》む者なら有用な知識をたんとテューロインで掬《すく》いあげもできよう。だが、約束された地に向かう神である僕は、そんなものより、より生命に溢れる神秘を習得したい。お前たちの術は黒魔術だ。人を傷つけるが助けはしない。お前たちの導師は悪魔だ。災厄と破壊にのみ勤しんでいる」

「そう言うのなら、町の向こう端に住む魔法使いを訪ねたらどうだ。あいつらを導くものは多忙と不満と無力より他にない。あいつらは地獄の代わりに、さほど由緒のない学識の本拠から直に助力を得ている。そんな奴の魔術だから、誰も言葉だけを使う」

「それでそれら同じ魔法使いの魔術は何を生み出すのだ」

「奴らは、お前より優れた者とお前が同等だという心地よい気分を生み出す。たとえ根拠がまったくない場合でも」

「どうもわかりにくいな。でもその魔法使いらを訪ねてみるか」

ジェラルドは馬に跨った。

第二十一章　毛布を被る者たち

かくてジェラルドは、あらゆる魔術を言葉で行うことを習いとする魔法使いのもとに赴いた。魔法使いらはかれが来ると、灰色で曖昧で、襤褸《ぼろ》の姿でうずくまる者にしては、やけに丁重にあいさつをした。一人一人が被った毛布は、酢の臭いがする雨を浴びたようにすっかり濡れていた。

最初に口をきった魔法使いは、紫色の毛布をかぶっていた。汚水をそこらに滴らせながら立ちあがり、人懐こい謙遜の笑みを浮かべながらこう言った。

「また一人、銀の馬に乗った方がやって来られましたな。ホルヴェンディルがまた一人、張り子人形を無益な旅によこしましたか」

「だが僕は――」ジェラルドが言った。

そのジェラルドを見もせず、二人目の、ずぶ濡れの緑の毛布をまとった魔法使いが鋏《はさみ》を置き、最初の魔法使いにやや熱を帯びて語りかけた。

「われらの良き友ホルヴェンディルを悪しざまには言うまい。年歯の重みは敬わねばならぬ。むろん奴の魔術にはすでに張りがない。嘆かわしくも衰えた魔術が、この張り子人形を陳腐な旅に赴かせたことは否《いな》みようがない。歯に衣着せず言うなら、この旅はかつて燦《きら》めき流れていたが、とうに干上がった河を渡ったことは認めざるをえない。知性ある魔法使いであるわれらは、退屈な霧がこの旅を巡り、厚く垂れこめるのを認めねばならぬ。その上空にはロマンスなる、ひどく青ざめて冷え冷えとした太陽がかかっている。この旅は不毛で活気に欠けているのを認めねばならぬ。それでも、この旅は、われらは無視してはならぬが、疑いもなく、あと知恵である。疲労した精神の時期後れの発明であり、絶望的で無分別な行為である。これらの理由により、どれほど悲しかろうと、われわれは、ホルヴェンディルの芸術家仲間であり、かれの幸福を願うものとして、この憐れなホルヴェンディルの幼稚園児並みの思考を、鬱陶しい悪ふざけを、貧弱で臆病な発想の限界を嘆かざるをえない。だがそれでも、かれの魔術には辛辣な言葉を一言も浴びせぬよう留意せねばならぬ」

「でも――」ジェラルドが言いかけた。

まことにもっともだと深くうなづき――だがそれはジェラルドとはまったく関わりなく――滴《しずく》の垂れる黄色の毛布をかぶった魔法使いが言った。

「拙者もまた、われらの同志であったあの実践者を弁護するにやぶさかではない。わが良心に照らして申せば、あの者の魔術には疵《きず》がなくはなかった。包み隠さぬなら、あの者の魔術は愚かしく仰々しく児戯に等しいと言わねばならぬ。憫笑に値し陰険で醜悪と言わねばならぬ。われらは初対面の日から胸襟を開いたというのに、あの者は自己満足の泥沼に浸《つか》り始終苛立っておったと言わねばならぬ。あの同志の行いは、白墨で壁に卑猥な言葉を書き、警察裁判所に連行されたのを自慢する悪童に瓜二つと言われても拙者は反論できぬ。不潔な臭気と品のなさと安物の冷笑主義《シニシズム》、それに獣性と下劣な気取り、それに汚水溜めでの聞きかじりやつまらぬ屁理屈は置くとしても、ホルヴェンディルの魔術を擁護するに拙者はやぶさかではない。何のかの言おうとあの者は真に重要な魔法使いだからという理由ではない。三流か四流の能力の者にも人は常に寛大であるべきだからだ」

「そうとしても――」ジェラルドが指摘しかけた。

だが今度は濡れそぼる深紅の毛布を被った者が、何やら難しい顔をして糊壺の蓋を開けながら言った。

「拙者もまた、まったく意見を等しくする。あの尊ぶべき同志を拙者ほど心から敬っているものはおるまい。少々水っぽい魔法の薬を始終混ぜ物で薄めていることを否定する者はめでたいとしか言えまい。あの者の魔術にうんざりする退屈さと下品な気取りがあることは否定できまい。ホルヴェンディルは誠実さに欠けると認めざるをえない。自分が優れた者だという人をいらだたせる素振り、耐えがたいほどのわざとらしさ、体のランプ臭さ。術の切れ味は悪く、精彩がなく、些細なことに拘泥し、我慢の限度を超えている。しかし、そうであっても認めねばならぬのは、あの者は、才能のなさが実生活の無知に結びついている者に期待できる限りのことはしている」

「しかし――」ジェラルドは説明しようとした。

それを遮った五人目の魔法使いは黒い毛布をまとっていた。この男からもやはり、知恵と水垢と、わけ知り風な愛想のよさが滴っているように見えた。

「本当のところ、あの勤勉で不器用な男にできるだけ寛大であることもまた、われらの義務であり特権だ。おそらくあの男だって己のあたうかぎりのことを行っているのだろう。だからあの男の術が平凡だからといって、それは実行の不手際の弁解にはならないという厄介な事実に、たとえ一瞬でも拘泥はすまい。実際、いかに活発な想像力の持ち主といえど、われらが同志のあの男がやるより拙い魔術を思い浮かべられるかどうか、どうも心もとない。非常に気前がよい人間とは己のことを思っていない。というのも、誓って――あの男の魔術は病んでいて、未熟で、悪質で、剽窃ばかりで、どうしようもなく退屈で、冒瀆的で、幼稚で、万物の贋物で――これは一番よい言い方ではなかろうが――野蛮すぎる皮肉屋で、救い難い感傷屋で、筆舌に尽くしがたくわれらを退屈させる。――だが今のところは、あの男の魔術にそれ以外の難点は各段認められぬ」

そんなふうに、水が滴る愛想のいい魔法使いたちは、ジェラルドに口をはさむ隙を与えず、心優しくも言葉のかぎりを尽くしてホルヴェンディルの弁護を続けた。

それから各人は着ている一枚きりの衣を脱ぎ捨て、消え去った。濡れた毛布がなければ、これらの魔法使いはいかなる意味でも目につかなかったからだ。ジェラルドは満足してこの地を後にした。己の旅の導き手にして後援者が、最上の審判者たちにこれほどまでに褒められたのは、当然ながら慰めとなったから。

第二十二章　スフィンクスの段落《パラグラフ》

テューロインの街を抜けて町外れに出ると、ジェラルドは馬を止めてスフィンクスに話しかけた。スフィンクスはそこに横たわり、黒い表紙の大きな本に、黒のペンで記帳係のように何か書いていた。この怪物が長々と寝そべっている様は、赤土に半ば埋もれているようにも見えた。

「その部分的に埋葬された状態は、奥方」ジェラルドが口をきった。「もしかすると『殿方』と呼びかけるべきかもしれないが――」

スフィンクスは答えた。「どちらの呼びかけも、どちらの半身にお前が語っているかによって、正しいものとなる」

「――それでは奥殿方、その半土葬は見るからにだらしない。それでは心地よいはずもなかろう」

スフィンクスは答えた。「だがわれは動けない。それは書き物を終えねばならぬせいでもあり、あらゆる動作や行為はいかなる類のものであろうと等《ひと》し並《な》みに無益なことを知るからでもある。かくして肉体ばかりか心の平安も永遠に保たれる」

「そんなふうに悟るのは麻痺も同然だ。麻痺は醜いものだ」

「醜を蔑《なみ》するでない」スフィンクスは諫《いさ》めた。「神々と神話的人物の道をはるばる辿る者よ、お前はこの道で、コレオス・コレロスとリトレイアの聖なる鼻以外に何か確たるものを見出したか。あの両者より醜いものが何かあったか」

ジェラルドは答えた。「あの鼻は、〈舌〉と称するのがキリスト教徒としての僕の義務だ。そしてコレオス・コレロスという名の姫君にはまだお目にかかっていない。それにしても、奥方よ——というのは、何といっても、お前の腰を頭にのせるのはあまり楽しいものでは——いやそうじゃない、女性として扱うほうがふさわしいと思う——」

「するとわれを醜いと思っておるのか」

「誤解しないでくれ。僕にはお前はまずまずしっかりして見えると言いたかっただけだ。それにケア・オムンの鏡にしても、やはり今もって尊ばれているではないか」

「あの黄金《こがね》の鏡を通す夢は終わることなく変化する。わが賢明な頭脳を通す思考も終わることなく変化する。だがこれら夢や思考はいつまでも不毛なままだ。何の決断もできぬほど不毛だ。というのもわれらは何も創らぬゆえ。いかなる実体も支配せぬゆえ。しかもわれらはいかなる目標も望まない。われらが無力のまま、二つの力以外は不毛である領域で耐えることを許されている理由はここにある。ここでは二つの力がすべてを支配する。二つの力のどちらも、もう一つの力が生き延びるかぎり、目標に迷いが生じることはない」

この言葉はジェラルドにはまったく珍紛漢紛《ちんぷんかんぷん》で、さほど興味も持てなかった。だからただ肩をすくめた。

「それでも、僕のどの世界にも」ジェラルドは言った。「醜さなどありはしないはずだ」

「するとお前は、多くの世界を所有しているのか」

「今はまだだ。僕が今言ったのは、やがて善悪の彼岸にある王国に到達したとき、〈第三真実の主〉としてディルグ神話体系に己の正当な地位をとり戻したとき、僕の造るはずの世界のことだ」

するとスフィンクスは眉を顰《ひそ》めた。「そうか、お前も、文献学匠のもとに旅をする落ちぶれた神のひとりだったか。とうにわかっていてもよかった。トールもテュポンにしても、ルドラもマルトの神々にしても、他の風神にしても、吹き荒れてアンタンに向かったものは、誰も赤い髪をしていたからな」

ジェラルドは己の腿をぴしゃりと打った。

「誓って、それは本物の手がかりだ。僕の知るあらゆる神話で、風神の髪は赤い。スフィンクスの智恵は僕という存在の秘密を解いたと思いたくもなる。違いない、僕だって風神だ。すぐに僕は二本の足で立つ全《まった》き汎神殿《パンテオン》になる。そしていつか僕のコートは純粋な一神教をも抱擁するようになるだろう。それはそうと奥方、なぜ神々を語るときそんなに無愛想な口ぶりになるのだ。われら神々に何か含むところでもあるのか」

「まず第一に、われの執筆の邪魔をし、そんな下らぬ質問で悩ませる人間を、神は創造したと言われている」

「奥方よ、むろん人間はお前の知恵を求めている。人の生の物語をすべて知るお前の知恵を」

「だが人の生の物語は一つの物語ではない。人の生には三つの物語がある」

「そうなのか。それはどういうものだ」

「むかし一人の旅人がいて、ある夜宿屋にたどりついた――」

「その旅人の上品とはいいかねる冒険の話なら聞いたことがある。二つ目の話を聞かせてくれ」

「二人のアイルランド人が――」

「その逸話もやはり、およそ考えうるかぎりの変奏を含めて、確かに聞いたことがある。それで三つ目は何だ」

「かつて若い夫婦がいた。最初の夜に――」

「その話にしても、夥《おびただ》しく変奏されて、すでに耳にたこができている。それにしても奥方よ、それほど耐えがたいほど陳腐な話に、人のあらゆる知恵が集約されているとでもいうのか。そいつはちと疑わしい」

「だがこの若い夫婦は　今話した二つの力に仕えることで、肉体の快楽を結果として得た。アイルランド人は二つの力が働く様子に思いがけない可笑しさを見出し、知的な喜びを感じながら、それを覚えやすい巧みな表現にして決まり文句にした。ちなみに二人のユダヤ人と二人のスコットランド人も同じことをした。そして旅人は翌朝、同じ二つの力の意志に屈した後で宿から旅立ったが、その行方は誰も知らない。そしていつもより暗いある夜、二つの力にもはや煩わされない永遠の孤独な眠りに落ちた。このように三つの物語は、人が人としての生で得られるあらゆるものと、知っておけば有益なあらゆる知恵を要約している」

「それはそうかもしれない。だが八百万《やおよろず》の神の終着地には、ここらの者が周知と決めつけているものよりも尊い力がある。僕はそう信じている。なぜなら僕は、人が互いに共感や同情や愛や自己犠牲を見せあうのを、かなりひんぱんに目にするからだ。僕に言わせれば、あらゆる芸術は自己表現の一形式だ。そこから推測できるのは、人を創った芸術家は、まったくの自己中心性が促すままに、共感やその他の性質を人に備えさせたということだ。神は己のうちにそうした性質を認め、それを是認した。だから人にも備えさせた。したがって、いやしくも省察する者で、人の生が何らかの友愛的な結末へ向かうと考えないものはいない。というのも博愛を己の心に感じるものは、己を創った者にも博愛が存することを疑いようはずがないからだ」

「お前が今喋っているたわごとは」スフィンクスはたずねた。「お前自身本当に理に適ったものと思っているのか」

「親愛なるスフィンクスよ。理に適うどころのものではないと思っている。相当にすばらしい考えと思っている。だからときどきそれを弄ぶ。だが諺《ことわざ》にもなったお前の知恵に敬意を表して、今はその考えから離れよう。そこで訊ねるのだが、もっとずっと喜ばしい啓発される知恵が、その黒表紙の本には書かれているのだろうが、それはどんなものなのだ」

「ああ、われの本か」著者ならではの一方《ひとかた》ならぬ関心を見せてスフィンクスが言った。「いまちょうど難しいところなのだ。最初の段落がなくてはならぬことはわかろう。第一段落は飛ばせやしない」

「当たり前だ。第一段落のない本など見たこともない」

「――そしてその第一段落は、言うならば、全体を要約しているべきだ――」

「それもまた、よく知られた修辞の原則だ――」

「今悩んでいるのは、その段落の構成だ」

「その相談相手として僕よりふさわしい者はいるまい。僕だって四つの相を持つ神になる前は、文章というちっぽけな術を齧《かじ》っていた。修辞の工夫なら何であれよくわきまえている。僕はかつて頸木語法《ズーグマ》と兼用法《シレプシス》の名手だった。代換法《ハイパラージュ》と交差対句法《カイアズムス》にも秀でていた。僕の緩叙法《マイオウシス》や軽口《パーシフラージュ》や撞着語法《オクシモロン》の手際は誰もが称讃したものだ。だからその草稿を読んでもらえないか。難しいところは全部なんとかしてやろう」

　スフィンクスは少しその申し出について考えているようだった。容赦ない批評が飛んでくると思って、この怪物は少し臆しているらしい。

「たとえこの段落に何の意味も読みとれないとしても」やがてスフィンクスは言った。「悪く思わないでほしい」

「必要以上の難癖はつけない。約束しよう。どんな技芸にせよ、はじめからうまくできる者などいない」

「――この段落がここに置かれたのは、ただ単に、埋めるべき空白があったからにすぎない――」

「よくわかる。だから読んでくれ」

　だが気後れしたスフィンクスはいっこうにとりかかろうとしなかった。そして内気な説明を続けた。

「したがって、愚者はそこに愚かしさを見るだろう。『つまらん《バザー》』と言うだろう。賢い者は知恵を働かせ、この段落は賛意を問うことなくここに置かれたと思うだろう。いかなる機知も重要な意義も作者はここに籠めていないと思うだろう。この段落はページをめくると同時に忘れられるだろう、何も重要なことが書かれてはいないと思って――」

「きっとそうだろうとも」少しいらついてジェラルドは言った。「だからその名高い段落を読んでくれ」

「――だからページをめくり続けてもらいたい。ちょうど居眠りする老いた〈時《とき》〉が、人生という厚い本を走り読みするように。そして『つまらん！《バザー》』とも、『兄弟！《ブラザー》』とも、心の促すままに言うがいい」

「お前の本が出版されたならきっとそうしよう。だがなぜその段落のことばかり喋って、書いたものを読んでくれないのだ」

「たったいま読んだところだ」スフィンクスが答えた。「喋りなどするものか。『たとえこの段落に』のところからずっと読んでいた。ちょうど今段落を全部読み終えたところだ*」

「なんと」ジェラルドは言って、意味もなく長い顎を掻いた。怪物に近づき、その前脚のほうに体を傾け、自分でも黒い台帳に書かれたその段落を読んだ。

「それで次はどうなるのだ」

「その問いに答えたなら、お前はわれより賢くなろう。だがむろんスフィンクスより賢い者はいない」

「それがこれまで書いたもの全部なのか」

「誰が書いたにせよ、これが今まで書かれたことのすべてだ」

「何世紀もたつのに、その段落より前に進まないのか」

「お前にこの難しさがわからないのか。必要なのは、いうならば、万物を集約すべき第一段落だ。説明してくれと始終せがまれる、人生すべてを要約する段落だ。それさえ書ければ第二段落*に書くべきものなど何も残ってはいない」

「何ということだ。それは物質主義じゃないか。神を現に目の前にしているのに、冒瀆以外の何物でもない。スフィンクスよ、そんな天晴《あっぱれ》なことを堂々とやられると、僕は目のやり場がない。どうにでも取れる段落でページを埋めているだけじゃないか――」

「たとえこの段落に何の意味も読みとれないとしても、悪く思わないでほしい」

「――こんなものは、僕のこの世界での崇高な義務とは何の関係もない――」

「この段落がここに置かれたのは、ただ単に、埋めるべき空白があったからにすぎない――」

「だがスフィンクスよ、僕は段落ではない。ただの人間でもない。何を隠そう美《うま》し髪のフー、助け護る者、第三真実の主、天の寵を授かった者だ――今旅しているのはお忍び《インコグニト》でだ。だからいつもの従者は連れていない――行き先は約束された王国だ。そしてあえて言うが、わが神の心にとり、お前の書き物はどんな意味もない――」

「したがって、愚者はそこに愚かしさを見るだろう。『つまらん《バザー》』と言うだろう――」

「――どんな価値ある教訓もない――」

「賢い者は知恵を働かせ、この段落は賛意を問うことなくここに置かれたと思うだろう。いかなる機知も重要な意義も作者はここに籠めていないと思うだろう。この段落はページをめくると同時に忘れられるだろう、何も重要なことが書かれてはいないと思って――」

「率直に言うが、スフィンクスよ、僕は段落じゃない。誓ってもいい、本当にアンタンを治めに行く第三真実の王だ。あの不敬な文献学匠がこれ以上邪な行いをするのを防ぐよう、そして新しいページを開くように運命に定められた征服者だ」

「だからページをめくり続けてもらいたい。ちょうど居眠りする老いた〈時《とき》〉が、人生という厚い本を走り読みするように――」

「案の定だ」微笑んでジェラルドは言った。「僕がきっかけになる喩《たと》えを言えば、お前はその欠片《かけら》をうまく嵌めこむだろうと思ってた。それにお前たち女性作家が、どれだけ自作を引用するのが好きかもちゃんとわかっている。それで、奥方、お前の非合理的な段落について何と言っていいかほとんどわからないことを、半ば謎めいた表現で言うとすれば――」

「『つまらん《バザー》！』とも、『兄弟《ブラザー》！』とも、心の促すままに言うがいい」

「まったくその通り。それでけりがつく。今お前は、会話の流れの中で、自分の完全版全集をそっくり丸ごと引用するという特権を行使した。そんなとき女性作家は、さぞなごやかな心持ちに包まれることだろう。僕が不満なのは、お前が自分の主題ではなく僕の時間を使い尽くしてしまったからだ。何はともあれ第二段落はあらねばならない。僕は今、神が持つ専門知識から話しているのだが――お前の愛書狂《ビブリオマニア》風の隠喩を使うなら――先ほどのページをめくらぬかぎり、もっとも輝かしいロマンスにはとりかかれない。それがあらゆる宗教の肝《きも》だ」

「死人が暗い墓の中で読んで楽しめるとは、それはいかなる種類のロマンスなのだ」スフィンクスは驚きを隠そうともせずたずねた。

「それは性急に話すべきことではない。第二段落の本性について、ディルグの宗教が何と主張しているか、僕も今は知らないから、お前の第二段落を、さらりと手渡してやるわけにはいかない……。というのも、スフィンクスよ、多くの有徳の賢者の見解によれば、その段落は大いなる太陽の舟での旅を扱っているという。遥か西方への秘められた国への旅なのだが、その前に乗客の各人の心が羽根より軽いかどうか秤《はか》られ、四十二人の審判によって自由通行の要求を快く認められなければならない。しかし同じほどの徳と知恵を備える、そして数においても劣らぬ反対者が断言するところでは、あの段落の主題は快楽の園であり、そこでは身だしなみのいい人々が緑のクッションで覆われた黄金の寝椅子に陶然と凭《もた》れ、ロトスとバナナの木蔭でくつろぎ、永遠に円《つぶ》らな瞳の天女の処女を奪うほか仕事はないという。しかし、他の賢者が断言するには、あの段落は橋を渡り——妙に親切な犬に案内されて——明敏なアムシャ・スプンダの面前に罷《まか》り出ることを扱っているという。その一方で、さらに別の尊敬すべき人たちが主張するには、お前の第二段落は黄金と碧玉で築かれた四角形の市《まち》を扱っているはずだという。その土台は十二の層が重なったさまざまな宝石で、自らの内にある水晶の海から水を引いているという……。というのは、繰り返すが、最上とみなされる宗教どうしでも、この第二段落の本性については、見解が非常に異なる。もし僕があまりに性急に喋ったために、わが神話体系に背いたのであれば、それは非常に悲しいことだ。しかし何はともあれ僕は、いかなる種類の第二段落の存在も否定するような病的な物質主義には、いかなる共感も持たない」

そう言うとジェラルドは眉を顰《ひそ》め、馬に跨った。

第二十三章　タオルの不思議な変化《へんげ》

ジェラルドはテューロインを過ぎ、ミスペックの沼地を横切り、老いぼれ婆の住む今にもつぶれそうな小屋までやってきた。

「婆さん、名を教えてくれないか」

「お前さんには関係ないことさ」老婆はむすっとして答えた。

この皺だらけの化け物のざんばら髪のあいだから覗く顔ははなはだしく赤らみ憤っていて、ひどく醜悪に見えた。頭には汚い白いタオルを巻いていた。

「婆さん」ジェラルド「名前は言葉だ。そして僕はとりわけ言葉に興味がある」

「それじゃ言ってやるよ、にんじん頭の若いの。あたしにはたくさん名があるよ。あれこれの名を使って全部の男とつきあうのさ。でも今は衰えて、先月も今月も同じようで、何も変わりゃしない。辺りはみんな色褪せて、ちっとも色がなくなった。もうあたしに出番はないね。今は老いぼれ穀《ごく》つぶしの白髪の弛《たる》んだ化け物で、ちっとも暇がなかった昔の日々を——ああ、そして昔の夜をしのんで震えんばかりなんだよ——もう二度と帰ってきやしないけどね。兄さんよ、あんたには想像もつかなかろうけど、かつてあたしはアスレッド、〈小さな神々〉[*]と多くの他のものの母だった。あらゆるものから精気と色を吸いとって、男どもを家畜に変えて、盛んに鳴らしていたものだよ。でも今や世は老いて、世界とは双子のあたしも老いた。元気をすっかりなくして、先月も今月も同じようなもんで、何にも変わりゃしない」

「僕はあらゆる活力と若さをもたらす神だ」ジェラルドは言った。醜を蔑《なみ》するなというスフィンクスの言葉を覚えていたからだ。

ジェラルドは定められた言葉を話した。そして最初の水隙の姫の儀礼にしたがって、ぶつくさ言う老婆に洗礼を施した。すぐさまゆらゆらする頭に巻いた汚いタオルが変化した。このタオルは今では、少しばかり驚くことには、トランプ一組の四つのスーツからなっていた。公爵の宝冠の苺《いちご》の葉のように四つのスペードと互い違いに四つのクラブがぴんと立ち、この冠の帯には浅浮彫で八つのハートと十六のダイヤが象《かたど》られてあった。

事実ジェラルドのまわりの何もかもが変化した。右手にも左手にも緑の草が気持ちよさそうに生《は》え出し、つぶれかけた小屋は真新しい樅《もみ》のコテージになった。さらに興味深かったのは、皺くちゃのむすっとした老婆がとても感じのよい女性に化したことだ。といってもくちばしの黄色い娘ではなく、生の盛りにある女性にだった。このアスレッドは、女の言うとおり、そしてかれの思い当たった他のすくなくとも二つの理由から、麗しの胸のマーヤという名だと察せられた。

だがマーヤは続けてこう言った。「あたしがこうして若がえったからには、家に見張り番もいないことだし、あんたは旅を続けたほうがいいね。さもなきゃどんな噂がたつかわかりゃしない。

寡婦《やもめ》の場合――」

「おやおや。僕を信じようとしないのかい」

「きっかけがあろうがあるまいが、いったん噂がたったら広まるのが速いこと速いこと」マーヤは話を続けた。「あんたみたいな若いのを信じるったって、そんな馬鹿げたことは聞いたこともないね。女が年配の男を信頼できるっていったら、夜にだって十分信頼できるってわかってしばらくたったあと、昼間に会うときだけさ」

「するとお前は僕にすべてを与える気さえないのか」

マーヤは理性ある女だった。「食事をごちそうしてあげるよ。それに帽子もね。皿を洗って、寡婦としての対面も保たなくちゃならないのに、宿なしの神さまに近くをうろついてもらっちゃ困るからね」

「ここに」確信をもってジェラルドは言った。「普通でない女がいる。この女ほど妙な挙動《そぶり》をする女は、歴史という本のページのどこをさがしても見当たらない」

そしてジェラルドは思った。麗しの胸のマーヤにはどう見ても、これまで自分の目に映った女たちより秀でているところはない。だが二つの目の色はよく調和し、まずまずの鼻がそのちょうど真ん中にあった。その下には口もあり、唇はむっつりしていたが悪くはなかった。かすかに茶色がかった髪は、奇妙なふうに十九本のきちんとしたお下げ髪に編まれていて、その下には疑いなく耳があった。この少々物憂げな顔の女は、まだ若いといってもよく、せいぜい三十七かそこらと思われた。不細工なところはどこにもなかった。容姿はなんとか保たれ、胸は人を誘う魅力があった……。

「食事をごちそうしてあげるよ。それに帽子もね」

ようするに、値踏みする若者のまなざしは親切な二十八歳の目でもって、このマーヤに重大な欠点を見なかった。

それにこの女には、この朝以前に会ったいかなる女を思わせるところもなかった。

そこでジェラルドは言った。「僕は満足した。ここに滞在して食事をいただこう。お前が差しだすどんなもてなしでもありがたく」

するとマーヤは答えた。「でも、実際、生意気坊や、あんたはあたしがちっともわかっちゃいない。あんまりなれなれしくしないで。あんたがさんざん付き合ってきたような女と同じにしないでおくれ」

ジェラルドは声音に機嫌をとるような震えを込めて言った。「でもどうか、この簡単きわまる質問に答えてくれないか」

マーヤは答えた。「いやなこった」

そう言うと、八百万《やおよろず》の神を統治するよう定められた者の顎を殴りつけた。その後で二言三言、言葉を選んで、二人の関係をより穏当な土台に据えた。

FRANK C. PAPÉ

第七部　詩人たちの書

「行先を知らぬ者が
もっとも遠くに行く」

第二十四章　ミスペックの沼地にて

ジェラルドは食事を終えると、麗しの胸のマーヤを説き伏せ、夕食まで休ませてもらった。旅は終わったも同然だ。ミスペックの沼地にある賢女の家を越えて、アンタンの茫《ぼう》とした低地へ至る道が、遮《さえぎ》るものもなく続いているからだ。かの地では女王フレイディスとその伴侶《コンソート》たる文献学匠が、かつてやはり女王であったサスキンド*なる者の所有していた赤い柱の宮廷に居住して国を治めているという。

　だがこのアンタンについては、今にいたるもジェラルドは確かなところを知らなかった。なにしろアンタンに向かった神々や神話的人物は一人として戻ってこないのだから。おかげで残念ながらいまだに、これらお歴々が、ジェラルドがケア・オムンで思いを馳せたとおり、かの地で想像を絶する光輝のもとで仲よく暮らしているのか、それともリトレイアで流れていた不吉な噂どおりに、文献学匠の手で倒されたのか、とんとわからぬままであった。

　ともかくアンタンはミスペックの沼地*からはっきりと見えた。だから後は、朝の軽い運動がてらに馬で一時間も走れば、運命が定めたとおり、約束された王国の征服が完了する。そこでジェラルドは今日は休息を、もてなしが過ぎるとはいいかねる女主人《おかみ》の家でとることにした。この女主人はジェラルドに訳もなく疑いの眼《まなこ》を向け、(真夜中近くに知ったのだが) この女は自室に閂《かんぬき》をかっていた。かれがこの動かない扉から押し入るのではという馬鹿げた考えを起こしたものと見える。対抗上かれは面目を潰《つぶ》さぬよう抜き足差し足でそこを去った。そして明日に迫る自らの偉業のクライマックスに万全の備えをしようと休息した。

かれはまた、麗しの胸のマーヤに自分の未来の王国について聞いてもみた。あまり評判が良くないところだね、とマーヤは答えた。なにしろ詩人とか、神話に出てくる貧相な奴らとか、詮索癖の強すぎる奴とか、立場をなくして僧侶や神殿もろとも地に落ちた神さまの屑とか、そんな者以外は行かないからね。そう言ってマーヤは尊大にうなづいた。奇妙な宝冠が、頭を動かすたびに陽気にきらめいた。というのもマーヤは木漏れ日を浴びながら繕《つくろ》い物をしていたからだ。あんな屑どもがアンタンに着いてどうなろうと知ったもんかね——

「なるほど。だがテューロインの魔術師や妖術師について、ここらの者は何と言っているんだ」

「そんなのにわざわざ頭を悩ますことはない、というのがあたしらの考えさ」

「そうか。だがお前はどう思うんだ」

マーヤは繕い物から顔をあげ、控えめながら露骨な驚きの表情を見せた。「ほんとうに糞たわけたことを聞くもんだね。あんな宿なしのぐうたら野郎どもに思うことといえば、通りすがりに何かちょろまかしていかなきゃいいけど、ということだけだよ」

そこでジェラルドは今度はフレイディスについて聞いてみた。

「その女なら聞いたことがある、もちろんさ」マーヤの返事は繕い物に熱中しているためか上の空だった――「でもいい噂は聞かないね。たとえばあの女は鏡を持ってて――」

「ああ、鏡を持っているという話は始終耳にする。だが、その鏡で何をするか、はっきり教えてくれた者はいない」

「そういやジェラルド、鏡ならあたしも持ってるよ。それだけでいいんだったらね。鏡なら誰でも持ってる。ほんとのところ、鏡ならここにたくさんある」

「知っている。コテージのそこらじゅうにあった。それにしても女主人《おかみ》、お前の鏡はどうしてみんな薔薇色なんだい」

――マーヤはこれに、繕い物から顔もあげずに、見当はずれの答えをした。「でもあんた、はじめからあたしが賢女《ワイズウーマン》*って知ってたんじゃないかい。ともかく、フレイディスの女王さまは自分の鏡を自然に向けて掲げるし、それからいかがわしい客に掲げるのもためらわないって話だ。だってほんとにいかがわしい奴らだからね。神さまであることは、もしそれがいつまでも続くんなら、そりゃ結構なことさ。でも続きゃしないよ。そういやあんた、何聞いてたんだっけ。そうそう、そうだったね。おかげでテューロインの偉いさんたちは、いつ見てもここらの人より仕事熱心に見える。あれには疵《きず》ひとつないって話だよ」――やれやれようやく話が〈隠れ子たちの鏡〉に向いてきたなとジェラルドは推測した。――「それにちっとも歪んでない。見る者を嬉しがらせもしない。誇張するような親切心もない。あたしの気のきいた薔薇色の鏡とは大違いさ。だから、あんな鏡がいいっていう人は、もちろんどこにもいやしない」

「それでも、もし本当にそんな鏡があるなら、その前に立ってみたいものだ。明日わが王国に乗り込んで、文献学匠の偉大な言葉を解放して、ディルグ神話体系を再興したら、さっそくそうするとしよう。実を言えば、その神話では、僕は四つの相を持つ神なんだ」

「なに馬鹿なこと言ってんだか」マーヤは愉快そうに言って、かがり卵（裁縫用具）に別の靴下を滑りこませた。

それからジェラルドはマーヤに打ち明けた。そして自分がどういうわけで、たとえいかなる称讃に値しなくても、あの向こうの想像を絶する驚異すべてを受け継ぐ者であるかを語った。自分こそ他ならぬ美《うま》し髪のフー、助け護る者、第三真実の主、天の寵を授かった者であることを語った。これまでの向かうところ敵なしの冒険で起こったあらゆることを語った。実際に起きたことに少し色をつけて語った。無敵なるジェラルドという美しい着想を押し広げ、そのため語りは一篇の叙事詩となった。さらにジェラルドは、八《や》百万《およろず》の神の終着地をどのように治めるかを語った。夏の離宮と冬の離宮について、ハーレムに予定された人員、当面の家事を担当する者、そして自分が創造するはずの世界の概略を語った。そして寛大にも、王国に着いたあともマーヤのことは忘れないと約束した。

マーヤはそのあいだじゅう黙々と繕い物をしていた。男ってのは本当にどいつもこいつも——

「でもさっきから言ってるように、僕は神だ——四つの相を持つ神なんだ」

それがどうした、とマーヤは思った。神なんて、あんな頭のとっちらかった風来坊の碌《ろく》でなしどもは、これまでずっと見てきたぶんには、どれもこれも同じ穴の貉《むじな》だ。四つも何かを持つというんなら、ますますそうだ。それにしても近ごろのストッキングがどれほどすぐ破けるか、とても信じられないよ。まあでも男が変な夢を見るのは仕方ないけどね。アンタンみたいな嘘臭いところにまで夢を見るなんて——まあとにかく、この人は明日自分でアンタンの何もかもを知るつもりでいるんだろ。なぜって、もしあたしがこの人をコテージに一生縛りつけておくつもりだと、ほんのちょっとでも思ってるなら——

「歓待というのは世に知られた徳だ。お前にはそれをやる義務がある。お前がここらで一番見栄えのいい女なんだから」

「でもねジェラルド、たとえそれが本当《ほんと》だとしても——もちろんあたしをかつげるなんて思ってもらっちゃ困るけどね——まさにそのために、あんたがここに居座ったらどんな噂がたつかわからないじゃないか」

「なら変な疑いを持たれぬようしっかり気をつけよう。誰にとっても不当なことだから——」

「いいからとっとと失せな。そしてこのストッキングを一足残らず拾っておくれ。あんたが床に撒き散らしたんだからね。赤毛の疫病神《ペスト》、あたしは本気だよ。あんたの馬にしても——」

「おおそうだ、僕の馬だ。もちろん目敏い女からすると、世界で一番立派な馬には見えまい。今お前が言いかけたのは、おおかた、あの馬は僕にはふさわしくないから、何とかして始末しろってことだろ——」

「なに馬鹿なこと言ってるのさ。あれはたいそう立派な馬だよ。なんか予言がある馬だって言うじゃない。だからもしあの馬を手放すなら、あんたは見かけよりもっとひどいお馬鹿さんだよ」

「そうだな、確かに、お前の言うことにも一理ある」

「――それでね、あたしの言いかけたのは、もしあんたが邪魔をせず、ほんの一分なりとも喋らせてくれたら――」

「なら僕はこれから、上品な席での噯気《げっぷ》くらい静かにしていよう。喋るなら喋れ」

「それじゃ言うけど、さっき言いかけたのは、あの馬に乗れば一時間でアンタンに行けるってことさ。道はひとりでにわかるよ。それに言っちゃなんだけど、あのフレイディス女王っていうのは、聞いた話じゃ、あんたが人を乱暴につかんだり叩いたり、あたしの家事を邪魔したり、何のかのと不作法をしでかしても、何も文句を言わないんだって。そんなのには慣れきってるらしいね。でもあたしはごめんだね。もしあたしに一目置いてるんなら、そんなことはするはずないって思うからね。あたしが言ったりしたりしたことで、あたしが悪く思われたのなら残念なことだ。その針であんたが自分を刺すなら自業自得というもんだ。言いたいのはそれだけさ」

　ジェラルドは答えた。「お前には悲しいくらい、お前の性ならではの人を信頼する気持ちと寛大さが欠けているな。お前の態度よりひどいものは想像さえできない。それでも、水曜まではいなければ。さもなければお前の魔術を判定できなかろうから」

「上等だね」もう一日ジェラルドに耐えねばならない嫌さを隠そうともせずにマーヤは答えた。

第二十五章　神はなじむ

というのもジェラルドは、少し考えたあげく、水曜までミスペックの沼地にとどまればさぞ楽しかろうという結論に達していたからだ。水曜でなくては、マーヤは魔術の精華を披露できないという。木曜は、賢女があらかじめ率直に釘をさしたように、掃除をする日だった。家のなかを散らかしたままで客を招くわけにいかなかったからだ。

「それからダーリン、あらかじめ言っておくけど」ジェラルドは言った。「お前の見世物で金なんか取らないでくれよ。大道魔術を拝見する光栄のお代として僕の持っているのは馬だけで、他には何もたいしたものはないんだから」

「ふん、馬なんか一頭たりとも要るもんかね。もう何十頭もの馬が沼地で草をむしゃむしゃやっているのに。それからいつの間にあたしが、あんたみたいな疫病神の〈ダーリン〉になったんだか、教えてもらいたいね」

「そうじゃないのかい。僕がお前を見た瞬間にさ」

「息抜きにでもいいから、せめて半分なりとも道理をわきまえた話をしておくれ。もちろんあたしがいつもやってるのは、特別懇《ねんごろ》になった男たちを、何かの家畜に変えて、ほんとうの幸せを味わわせてやることだけどね。馬になったのもたくさんいたよ――」

「僕はそんな慣わしは断じて許さない。それに女は突拍子もない夢を持っている。そして男は遅かれ早かれ、女どもに余計な口を出すより夢に浸らせるほうが面倒事が少ないと学ぶようになる。ともかく、神はそんなけちな魔法にはかかわらない」

「そりゃそうさ」マーヤは認めた。「頭のとっちらかった、口ばかり達者な、髪がにんじんの、あらかたは轂《ごく》つぶしの神さまがかかわることといえば、あばずれのフレイディスといちゃいちゃすることだけだから」

ジェラルドはこの当てこすりを振り払うように手を振った。そしてより切実な問題について話し続けた。

「それでもお前の話は気になる。あんな馬を持っていては滑稽だ。そこで、僕の神的な雄馬を、お前の変な馬の一頭と取り換えちゃどうだろう」

「だめだよジェラルド、あたしは気が進まない。魔法で馬に変えてやった殿方らは、もとは騎士や男爵や、王さまでさえあった――それどころか皇帝も二人いるよ。小者だけどね――だから本当をいうと、まだちょっと名残惜しいんだよ」

それから麗しの胸のマーヤは無花果の葉に安息香《ベンゾイン》と麻酔果《マチス》と蘇合香《ストーラクス》を混ぜて燃やした。そしてジェラルドに水星の性のものを意のままにするやり方を示した。水曜日のものであるささやかな魔法をいくつかやって見せた。それから――午前中いっぱいしか時間がなかったのであっさりとではあったが——学識を要する職業に、予言術に、椅子に布張りするときに、山を動かして海に投げ込むときに、渡れない河に橋を築くときに、薔薇色の鏡を用意するときに、批評に、弁論に、法律業務に、そして聖書の無難な解釈をするときに役に立つ凡庸さの秘密を明かしてみせた。ジェラルドも元は魔道の徒だったので、そうした秘訣を面白く聞いた。神に生まれついてもいないのに、おそろしく豊富な知識と能力を会得しているマーヤを、ジェラルドは深い敬意を払って見た。

しかしそれら魔術の効果は、マーヤから与えられた眼鏡をかけないうちは現われなかった。この眼鏡をかけると目がひどく楽になるので、かれはコテージに滞在中ずっとかけていた。

つまり結局ジェラルドは週末までここに居座ることにした。それというのもマーヤがあまりにつっけんどんにかれを追い出そうとしたからだ。その熱意はジェラルドの自尊心を傷つけた。ここにいる僕は女たちに始終追いかけられ、我慢できないくらい悩まされている神だ。それなのに、こともあろうに田舎の女魔術師風情《ふぜい》にそっけなくあしらわれている。見栄えも頭もさして良くないくせに、この厚かましさは何だろう。この麗しの胸のマーヤに、どんなに自分が下等か思い知らせてやらねば。そこでジェラルドは、自分でも驚くくらいひたむきにマーヤに言い寄った。何がなんでもこいつを征服し——なんとすばらしい考えだ——しかるのち捨ててやらねば。こいつが二度と神の意志を軽んじることのないよう教え込んでやる。

いっぽうマーヤは神であることを隠すよう勧めた。テューロインの郷士が遍歴の魔術師として来ていると人には紹介しなければと言うのだ。

「言っとくけどね、ジェラルド、ここらの立派な人たちは、みんな魔術のどこかの派なんだよ。だから誰も、天国とはかかわりがないのさ。もっと違うところと結びついてるんだ。だからといってあたしたちが分をわきまえず自惚れてるとか気位《きぐらい》が高いとかいうんじゃなくて、たまたまそうなったにすぎない。それでも、神さまたちは大勢必死になって、怪しげな目的地を目指して、文献学匠に会おうとしてる。その学匠とやらが神さまたちに何をしてくれるのかは知らないけど、ここらの立派な人たちのあいだでは、ああいった神さま連中は、隠し事は嫌だから言うけど、あまり付き合いたくないタイプだと思われがちなんだよ」

「でも僕は――」憤懣を抑えられなくなってジェラルドは言った。

「わかってるよ坊や。あんたは全然違う。あたしは心が広いから、そんなのちっとも気にしない。でも他の人はそうじゃない。だから魔術師のほうがずっと聞こえがいいんだよ」

だがジェラルドは厳めしい声できっぱりと言った。そんな詭弁には一瞬だってごまかされるものか。あらゆる傑出した白魔術の主であるこの僕が、悪魔風情と罰当たりな取引をしてその後援を受けるような、そんな汚らわしい魔術師のふりをするなんてまっぴらごめんだ。だが結局ジェラルドは遍歴の魔術師ということになった。

第二十六章　なんという芸術家が！*

そのうちジェラルドは旅人たちとお喋りを楽しむようになった。かれらは女王フレイディスとその伴侶の文献学匠の宮廷へ赴く途中で、賢女マーヤの木と漆喰のこの瀟洒《しょうしゃ》なコテージの前を通りかかる。君主たるもの、将来の臣下と親しんでおくのが抜かりのない良い策とジェラルドには思えた。いい塩梅《あんばい》に道端に生えている栗の樹の蔭に腰をすえ――いわば身を窶《やつ》して――言葉巧みに道行く者を会話に誘おうとした。

「やあ友よ、あらゆる驚異の市《まち》に何をしに行くんだい」ジェラルドは見通しのいい道の傍らに座った最初の朝、そう声をかけた。

一人が――腹が膨れ、黄色い髪で、肌に妙な斑《ぶち》のある男が――われわれは詩人で、アンタンに行くところだと答えた。八百万《やおよろず》の神の終着地、真《まこと》の詩人がくつろげる隠遁所であるその地で、詩人たちは日ごろ渇望しながらもお目にかかれなかったすばらしいものに出会えるのではないかと思っているとも言った。これはすばらしい知らせだ、とジェラルドは思った。ありがたいことに、これで将来の臣下が増える。

だがジェラルドは口に出しては何も言わなかった。そのあいだにも腹の膨れた、斑のある、脚の細い、金の星を鏤《ちりば》めた紫のローブを纏《まと》った紳士がジェラルドの最初の質問に答えるついでに言った。われこそはネロ・クラウディウス・カエサル、あらゆる詩人の王であり、そしてこの貧弱な旅の相棒、両肘が破れかけた茶色の上衣《ダブレット》の男は、なかなか才のある芸術家で、ガリア地方の出で、名はフランソワ・ヴィヨンという。

ジェラルドも、ケア・オムンの鏡で見たものを思い出し、少し興味を惹かれた。見捨てられた二人の名士に顔を合わせる機会は、そんなにあるものではない。だがジェラルドは、それも口には出さなかった。そのかわり、さらにネロに問いを投げかけ、二人の詩人がフレイディスの宮廷に足を運ぶのは、広い世界でそこだけが芸術が正当に扱われるからだと知った。実際そこでは、ありきたりの粘土を原料《もと》に、オドラの炎で魂を吹き込まれた、真の芸術家が製造されるという。

ネロが聞いたところによると、ポアテム出身の古の英雄の誰かが最初にこれら土の人形《ひとがた》を象《かたど》り、フレイディスが暇を見て、それに命を吹き込み、取り替え子《チェインジリング》として地上で生活させるようにしたという。だがネロの言うには、なによりアンタンでは、この世の真《まこと》の詩人たちが、神話的人物や神々に交じって幸せに暮らしているそうだ。かつて詩人らに美しい主題を授けた者たちを目の当たりにして、詩人たちは当然のことながら、いっそう麗しい詩を作っているという。

しかし緑の紐で細い首にかけたエメラルドの片眼鏡《モノクル》を意味なく弄びながらネロはこう思った。この女王は粘土で人を作ったりしそうにないし、ローマ帝国の輝かしい時代に自分がそうだったような芸術家を宮廷に迎えたりもしないのではないか。ネロの知るかぎり、いかなる洗練された技でも、かれを越える者はいない。舞踏でも弁論でも、レスリングでも（獅子のような手ごわい相手を向こうに回しても）、歌唱や奏楽でも――二輪戦車乗り《チャリオット》としてでも悲劇役者としてでも――そして何より詩作でも、劇詩であろうと抒情詩であろうと叙事詩であろうと――いかなる競技でも例外なく金賞を射とめた。そして驕《おご》り高ぶった様子を隠さなかった。いかなる批評の規範《キャノン》といえど、赫赫《かくかく》たる勝利の一覧は無視できまい。すなわちローマで、ナポリで、アンティウムで、アルバで――パルティアの大会、イストミアの大会、オリンピアの大会で――すなわちネロが皇帝として君臨するあらゆる王国の競技会で収めた勝利に匹敵する記録は、他のどんな芸術家も持たない。世界の偉大な天才たちといえど、美を追求する営為のあらゆる分野をかれほどは極めてはいない。

もちろん、ネロは歴史家でもあったので、永遠に生きる芸術家は、同時代の者から見た位階によって選ばれるものではないと認めてはいた。同時代人の目はしばしば、芸術家の愛想や美貌といった、時を超越する芸術には本質的ではないものに左右される。さらに言えば、世故に長《た》けていたネロは、自分を必ず優勝させる聖なる競技の審判は、かれへの称讃に下される巨額の褒賞と、さほど正当ならぬ判断が下されたときの巧妙な責め苦に影響されていることも認めていた。

だがこのうえなく重要にして争われぬ事実は、みずからの生を一篇の詩となしたことだ。これは自己表現の技としては唯一無二の傑作だった。自分は他の誰にもまして、あらゆる詩人の技が目的とするひとつのものに仕えたが、しかもそれを人間存在の真の本質を顕わすことによって行った。すなわち自らのうちに見出した特徴の各々を、愛らしい丹念さをもって、後世の記憶に残る行為を通して体現した――いわば沼地や流砂や、他の人間が恐れて行かないところで、それだけがあらゆる人間の欲望の複雑きわまりない性質を表現できる、あの奇妙で官能的な色彩をした蘭を育てた――

「その蘭という隠語《ジャーゴン》は少し古臭くなった」ジェラルドが言った。「でも、博物館の標本としてなら――そうだ、まったく古臭いものでも洗練されれば奇妙な美を見せるようになる。それは魅力を獲得し、浅大皿《パテイナ》、駕籠《かご》、背に長く垂れる鬘《かつら》、貞操帯、それに甲冑といったものは、昔はたいそう役に立ったが、今は永遠に時代遅れという事実によってあらゆる詩人の心を揺さぶる。だから認めてはどうだ、皇帝よ、はるかな昔、あなたは悪魔の眷属であり、淑女たちのあいだで始末におえぬ放蕩者だったと――」

「だが、それを言うなら――」ネロが言いかけた。

「わかっている。あなたは心が広いから、どちらの性も貶《おとし》めることはなかった。愛についてはギリシアの徒だった。いくぶん外科医でもあった。それは認める。だから私《わたくし》ごとの細部は割愛してもらえないか。恥ずかしさで顔が赤くなってしまう」

そこでネロは話を続けた。他の皇帝にだって同じくらいの機会はあった。だがあいつらは機会を育《はぐく》むに必要な才がなかった。もちろん小芸術家ならいた。たとえばカリグラだ。奴は喉切りみたいなつまらない仕事もたんとやったが、すくなくとも一つ、さほど悪くない霊感の迸《ほとばし》りがあった。というのは月を無体にも襲おうとしたんだ。これは本当にすてきな思いつきだった。それから、ドミティアーヌスやコンモドゥスやティベリウスは褒めてやれるだけの野心を見せた。ティベリウスはちょっと気の利いたことを素人臭くカプリで行った。カラカラも割によくやった。しかし芸もなくただ斬って干すだけの処刑に耽りがちだった。首をちょん切るだけじゃ、いくら数をこなしても芸術とはいえない。おまけに野外の断頭台でやるものだから、どうしてもやり方が雑になる。それからヘーリオガバルス。あの若造は、抒情詩風の色ごとの方じゃ紛れもない素質が細々とながら脈打っていたが、わが叙事詩スタイルを真似て、持続する傑作をなすにはスタミナと熱意に欠けていた。

わたしだけが、自己表現のあらゆる分野で、誠実で練達の芸術家であり、己の手仕事を、芸術が要求する目新しさでささやかながら絶えず富ませた。自分にふさわしい舞台を〈金色の館〉に築いた――

「あの家は一面金箔貼りで」ジェラルドが懐かしそうにいった。「どこもかしこも宝石と真珠で飾られて、一マイルの三層の柱廊玄関《ポルティコ》と、巨大な回転式宴会場と、たえまなく香水と赤薔薇の花弁を撒く大理石の天井があるくらいに豪奢な館だった――」

その言葉にネロはエメラルドの片眼鏡を取り出し、それを透かして、誠実な芸術家が虚栄心をくすぐられたときに見せる子供じみた人懐こい目でジェラルドを見た。

そうとも、とネロは認めた。わたしはこの館でも己を表現しようと努めた。〈金色の館〉は〈隠喩《メタファー》を弄ぶなら〉わが人生という詩集の洒落た装幀だった。この空前絶後の舞台装置の中で、わたしは己のあらゆる人としての特性にあらゆる色彩の価値を与えた。〈金色の館〉で蘭を育て、率直で痛烈で何物にも制限されない自己表現への通行路を何本となく、人間性と称される少々複雑なものに向かって拓《ひら》いた……

ここで話は少々露骨な細部に及びだした。ジェラルドは皇帝の語り口に遺憾にもアメリカ的ならざるものが増しつつあるのを感じ、もじもじと落ち着かなくなった。

「ふたたび提案する」ジェラルドは言った。「私《わたくし》ごとに立ち入るのはやめて、そうした蘭のけばけばしさに無花果の葉を散らしてはどうだろう」

おそらくわたしは、と皇帝は話を続けた、もちろん真に偉大な芸術家の例に漏れず、少しばかりアンソロジストの気があった。わたしは多くの芸術に秀でた一方、新しい芸術形式はまるきり何も発明しなかった。わたしは先人たちから数多くの霊感と一つ二つの定石を受けついだ。それを否定するつもりは少しもない。しかし見事な職人性は皆わたしのものだし、他と区別されるとりわけネロ的なものとして、ロマン派的アイロニー*のタッチがある。このおかげで芸術家たるわたしは優雅に殺戮し、愛撫しつつ破壊し、己の人間性にもっとも大切なものすべてを、それを殺すことによって高貴にした。ネロは次いで己の妻の死を語った。オクターウィア、ポッパエア、一晩きりの妻たち。それからスポルス、アイエテス、ナルキッスス、そしてもう一人のきわめて美しい少年、アウルス・プラウティウスについて語った……

ふたたびジェラルドは抗議の手をあげた。「あまりにもアメリカ的ならざる人たちの話はやめよう。あなたの母アグリッピーナの話はしてもらえないのだろうか」

斑のあるネロの顔に恐怖にかなり似たものを見てジェラルドは驚いた。皇帝はただ一言「断る」とだけ言った。

それはともかく、と景気をつけるように皇帝は、年ごとの幸福な事件を語り続けた。わが時代にキリスト教が世界制覇に向けて進みだしたとは、まったくついていた。こいつはわが生涯という大いなる詩に、移り変わる時代の渦中の活動という必要かつ適切な挿話を与えてくれた。処女と噂される娘や世評の高い人物を、客を驚かせ興がらせるためだけに炬火代《たいまつ》わりに晩餐会で燃すなどは、歓待の術が要求するままに常に目新しいものを探している主人《ホスト》なら誰でも思いつく。だがそんな特製燭台が後に勝利を収める教会のもっとも輝かしい栄光となったため、その晩餐会は、それ自体はほんのささやかなものなのに不滅となった。わたしは、愛国心の欠けた（ここでまた隠喩《メタファー》を弄ぶなら）百パーセント純粋なローマ人ではないという疑いをかけられた者を素材に自己を表現したと自分では当時考えていた。だがそればかりではなかった。後ほど明らかになったように、聖者や使徒や、列聖された殉教者を使ってわたしは自己を表現したのだった。これはそんじょそこらの芸術家が主題や素材として利用できるものではない。わたし以後のキリスト教徒の意気を挫く試みは、美学的に見て、精彩を欠く印象を後世に与える。それらを試みた者はこの分野に参上するのが遅すぎた。悲劇の血脈はすでに完成したあとだった。もっとも派手な可能性は、偉大な芸術家であるこのネロによって試しつくされたあとだった。マルクス・アウレーリウスやディオクレーティアーヌスや他の大勢の者も、力の限りに、折ったり剝いだり断ったり燃やしたりした。だが後世の記憶にほとんど留《とど》められていない。これら融通の利かない者らは模倣者《エピゴーネン》にすぎず、想像力を欠くわが剽窃者にすぎない。

その結果として、あらゆるローマの皇帝のなかで、そしてあらゆる国と時代の暴君や独裁者のなかで、自己表現という芸術に携わり、人の本性が――時代の義務から解放され万能となったいわば裸の状態で——いかなるものになるかを示した者のうち——そのような者すべてのうち、ただ一人の名だけがいたるところで忘れられずにいる。ただ一人の名だけが不滅である。ただ一人だけが不死の神話的人物となった。そしてその一人こそネロである。わが伝説は、他のすべての者が多かれ少なかれ心ならずも未実現のネロのままでいる世界で、逃避文学の最高の形式になっている。ネロ伝説は永遠に忘れられられない詩であり、あらゆる言語で親しまれている。今では万人が心から讃嘆し、そこに喜びを得ている。なぜならこの詩を評価するときに、今時点の道徳規準や己の身の安全を心配する必要は、時が消し去ってくれているからだ。今では自分は書物中の登場人物にすぎない。ちょうど——ここでネロはおかしなことに、いまだに持ち合わせている文学趣味をひけらかした——イアゴーやヴォルポーネやタルチュフと同じように。ある本を歴史と呼ぼうと、詩や戯曲と呼ぼうと、当然のことながら、そこに描かれた人物の印象や活力や複雑味には関係がないし、人間存在の不滅の真実に関する適切で啓発的な開示の価値にも関係ない。

「というのも確かに」ネロは言った。「ひたすら混乱した生から生じる抑制から解放されたときの人の性《しょう》のあらゆる精髄を、わが人生は、他のどんな芸術家も及ばぬほど、自然のままに表現している。すなわちわが人生は目利き《コネスール》が産んだもので、アンチクライマックスの深刻な罠からさえ逃れた芸術作品だ。それというのも、わたしは何も欠けるもののない生を終えたからだ。わが失脚と死を巡る状況はあまりにも審美的に正しかったから、芸術家としてのわたしはこれ以上ないほど楽しんだ。これ以上の趣味のよさはとても考えられない。なぜなら一夜にして、君も覚えているかもしれないが、わたしは世界の王座から、潰れかけの別荘に隠れ、ぼろぼろでひどく色褪せた青い上掛けをかぶって、わが手で身を滅ぼした――しかるべき悲劇詩を口ずさみながら――友は誰一人残っていなかった。どんな悲劇にもこれほど大胆には構成されまい。アリストテレスの三一致の法則にも正確に適っている。そこにいたる筋道も、このうえない満足を与えるものだった。というのも、ちょうどわたしの詩が大詰《デヌーマン》めにさしかかったとき、ラレースの彫像が奇跡のようにぐらついて落ち、お気に入りの乗り馬の後ろ半分が猿のに変わり、アウグストゥスの霊廟の扉がひとりでに開いて、墓から神の声が、わたしに滅ぶよう呼びかけた。くりかえし言うが、こうしたできごとは、わたしに満足を与えた。なぜならそれは、わが芸術の行使が天に嘉《よみ》された証《あかし》だからだ。そうとも、わたしは特別な寵を授かったのだ。

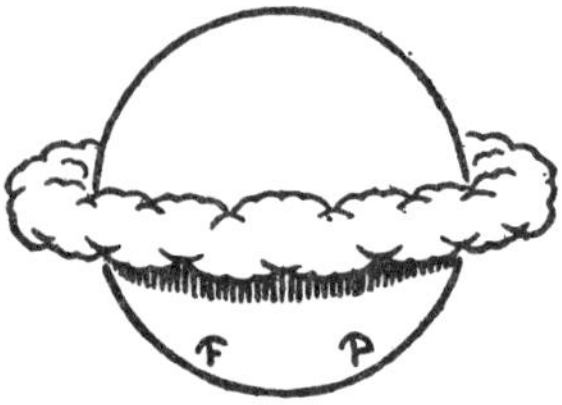

第二十七章　星々へのまなざし

ヴィヨンは何か考える顔つきをして、黄ばんだ歯のあいだから唾を吐いた。考えごとを続けながら、傷があって窄《すぼ》まった下唇に指を触れた。それからネロの言葉にはたいへん多くの点で異議があると告白した。

「お前の話は印象深かった。お前の人生は能ある者の仕事で、そして大胆に実行された。その特有のメロドラマ的な面における長所は誰も否定できまい。だがそれは、なくてはならず、それなしではどんな芸術も一流にはなれない優しさを欠いている。真に寵を授かったのは俺だ。俺は己の生を疵《きず》一つない詩にした。王座とか、市《まち》への放火とか、金無垢の麗しい処女を獅子如きにくれてやるとかいう、けばけばしいアクセサリーのない詩にした」

そしてこのフランソワ・ヴィヨンは、自らに与えられた偉大な恩寵について語り続けた。俺に授けられたのは優柔不断、猥褻、貧窮、臆病、そして酒の誘惑へのたいへんな弱さ、生来の不正直、病でぼろぼろの身体、それからその他の、俺を望みうるかぎりの軽蔑に値する悪漢《ごろつき》にするに必要なものだ。

「つまり俺は、紳士諸君、俺自身がどこか他のところで言ったように、声を持つ豚だ。だが俺みたいな声は誰も持たない」

というのはあののたうつ、好色な、臆病な獣が歌うのは泥沼からだからだ。いま俺は嘲り歌う。世界をまるごと風刺と嘲弄と毒舌で愚弄する。汚物を投げつける。――何もかもがすこぶる上等の芸術だ。なぜなら己が己の運命より優っているのを見ることは人を喜ばせるからだ。今俺は突き刺す勢いで、死は万物を平らげ滅ぼすという偉大な常套句を歌う。この感情には誰もが耳をそばだてる。なぜなら、これこそがどんな人間にも当てはまるただ一つの感情だからだ。しかし、何よりも、俺は過去の自分のけしからん行為を嘆く歌を歌った。清浄な霊へのあこがれを歌った。――「滑空する」*ヴィヨンは感嘆すべき自己満足で引用した。「誠実と歌の星が縫われた翼に乗って、天国の扉へと」――俺は神の愛を信ずることを人々に告げた。神の愛は、最後には、正しく悔悟した者を、かれらの所業のこの世における論理的帰結から救済し、正しく悔悟した者の悲惨な生に、ハープとリュートの音に満ちた色彩《あざ》やかな天国をそのハッピーエンドとして贈ってくれるという。そして人ももちろん、俺の言葉を好んだ。なぜならそんな哲学は万人のいささか生温《なまぬる》い慰めとなり、特に理由もないのに心の広さを感じられるからだ。

かくて俺は偉大な詩人になった。その芸術は浮かれ騒ぎと哀感《ペーソス》と信仰の混淆だから、アンタンで高い評価を得られると思う。そこでは――もしそんなところが本当にあればの話だが――詩人が適切に報いられるというからな。そして俺の地上での汚辱と堕落の生活は、今では、俺の人生という極上の詩のなかにふんだんにあるピクチャレスクな成分にすぎなくなった。なにしろ今じゃ俺だって――わが相棒のローマ人が言ったように――書物の中の人物と見なされているからだ。違いは俺が心の正しい放浪者という不死の神話的人物になったことだ。それから、もっとも卑しく放埓な犯罪者の中にも、そして堅気《かたぎ》の生活に失敗した者たちの中にさえ、どれだけの善がいまだ生き残っているかを表わす寓話でもある。ヴィヨン伝説はかくて、ネロ伝説によって証明されたものと正反対のことを証明する。片方の伝説は、人は禁じるものがなくなったとき、欲望と残虐のみを願うという人の本性を証明する。だがもう片方の伝説は、表面がどれほど汚れていようが、その奥には不変の善と愛があるという、人の本性の真の土台を証明した。そしてヴィヨン伝説は――とヴィヨンは繰り返した――その中に優しさがある。――一抹の優しさと、糖蜜のように健康な養分を含む感傷は、詩にはなくてはならぬものだ。それがなくてはどんな芸術作品だって、世間に訴える力という点で、第一級とは言いかねるものになる。

「というのも、紳士がたよ、わが人生は極上の寓話だった。それはしかるべく評価され、聖書に剽窃されるという栄に浴した。まったく何てこった。新約聖書の放蕩息子の寓話は良い芸術だと言いながら、俺みたいにそれを精魂込めて実地に演じきったら芸術として劣るものになるというのか。俺だって女の助けを借りて財産をすべて蕩尽し、豚にまざってごみ屑を漁《あさ》るまでに落ちぶれた。だが一時も忘れなかったのは、やがて俺は、永遠の愛と子牛のカツレツで慰められるはずだということだ。つまり、俺はやむを得ず溝水《どぶみず》に浸かって生きたが、目はいつも星に向いていた」

するとジェラルドは、自分が以前に棄てたこの人格に向かって言った。「すばらしい、ムッシュー・フランソワ。君の音《ね》はわが心の琴線を響かせた。君の弁論術は始終効果的だった。理由はわからないながら、どれほど嘘臭い内容を伝える発言だろうと、〈星〉という言葉で締めくくると啓発的になり崇高になる。僕たち詩人は、自分たちも含めたあらゆる人に、星を見るという行為にはある隠秘学的な徳があるということを確信させてきた。だから君がたったいま、『俺はやむを得ず溝《どぶ》水《みず》に浸かって生きたが、目はいつも星に向いていた』と言ったとき、僕はひどく心を動かされた。あらゆる人間が切望から発する、弱音だけれど尊い、嘆きの叫びを聞いたと思った。しかし、もし君が日々の習慣として、すくなくとも雲のない夜に、惑星に――あるいは　彗星や小惑星に――目を注いだといったならば、僕はちっとも感動しなかったことだろう」

「理由がわからないにせよ心を動かされたのなら、それで十分じゃないか」ネロが言った。「それが詩の魔術だ。わたしは事《こと》あるごとに、わが最上の詩を、オレステースやカナケーやオイディプースの悲しみを偲《しの》ぼうと披露したが、そのとき聴衆を震撼させる恐ろしい苦しみが、自分ではよく理解できなかった。奴らは泣く。失神する。何人もの女が早産する。そこで近衛兵団に扉や窓を見張らせなければならなかった。いつも決まって多くの者が、わが芸術が惹き起こす耐えがたいほどの恍惚から逃れようとするからだ。これが偉大な詩の魔術というもので、当の詩人にさえ完全には説明できないものだ」

するとジェラルドは言った。「しかし、君たち二人の詩人は、二つの真実だけが生き残り、唯一の教えは〈われらは交合し死ぬ〉であるアンタンの辺境を旅しているが――八百万《やおよろず》の神の終着地アンタンに着いたなら、第三の真実を見つけようとはしないのかい」

二人の神話的人物は用心の表情を見せた。どうやら問いをはぐらかしたいようだ。

*"Although I lived perforce in the gutter,
yet my eyes were upon the stars—"*

「俺はやむを得ず溝水に浸かって生きたが、目はいつも星に向いていた」

ネロは答えた。「詩人には、真実など想像さえすればいくらでも存在する」

そしてヴィヨンは言った。「俺なら少し言い方を変える。俺に言わせれば、真実の数はどんな詩人が想像するよりもさらに多い。だが結局は同じことだ」

「そうだろうとも」ジェラルドは肯《うべな》った。「それは言い逃れにしかならない。しかし、やはり詩人である僕は、第三の真実というあの美しい発想に信を置き続けよう」

そしてジェラルドは己自身も詩の技《わざ》に手を染めたことがあると言った。「その証に」かれは鷹揚に言った。「僕のソネットの一篇を朗誦してさしあげよう。いかにもこの場にふさわしい詩だ」

「犬は」帽子をあげてヴィヨンが答えた。「犬を食わない」

ネロも恐ろしい早口で、まことに遺憾だが驚異の市へ急がねばならないのだ、と言った。

かくて神話的人物は連れ立って出発した。主張は正反対なくせに仲のよいのは少々驚きだった。そこでジェラルドは二人に注意をうながした。今のアンタンをせいぜい満喫しておいてくれ。というのも明後日《あさって》には、第三真実の主、つまり君たちの興味を持たないでもない相をいくつか持つ神性が、文献学匠の力をまるごと引き継いで、その神的な意向の促すままにフレイディス女王と交渉するからと。

それからジェラルドはマーヤのいる食卓へ向かった。己に約束された王国に世界中から本物の詩人が、ご機嫌をうかがいに集まりつつあるのを知った今、その足取りはうきうきとしていた。あのあらゆる驚異の市に早く行きたいと気がせいた。だが今はそのアンタンに背を向けて、王冠をかぶり女王然とした賢女マーヤの瀟洒なコテージへの坂道をゆっくりと上った。恋の対象にはなりえない女だが、その料理は素朴ながらたいそう美味しかった。

第八部　魔法使いの書

「秀でた学者が
秀でた教師とはかぎらない」

第二十八章　マーヤの懇《ねんご》ろな魔術

ジェラルドは金曜まで出発を延ばした。麗しの胸のマーヤの懇ろな魔術を心から楽しんだからだ。マーヤを見るときと同じく、魔術も薔薇色の眼鏡越しに見た。目の慰めが尽きぬようにと賢女が貸してくれたものだ。何もかも結構至極だった。

もっと愛らしい、そしてもっと才気のある女なら、後にしたリッチフィールドでも、アンタン辺境へ旅する途上でも、たんとお目にかかった。だがマーヤはかれを満足させた——四度《よたび》にわたる長く優しい言い争いのあと——あらゆる女が期待していると思《おぼ》しい体への注目を怠《おこた》ってマーヤを失望させるのは、かれのけして望むところではなかった。

そのあと、マーヤは王冠を脇に置いた。ジェラルドは二度とそれを見ることはなかった。

それからまたもや、居心地いいコテージを去る日は日曜よりあとに延ばされた。朝食を手早くすませた後、まっ先にすべきことは、約束された王国に入城し、文献学匠の大いなる言葉をわがものにし、己を神とするディルグ神話体系を復興させ、己が天上の権威を行使する第三真実を会得することのはずだった。そのことはジェラルドも十分にわかってはいた。

ところでミスペックの沼地に滞在しているあいだ、ジェラルドは気ままに、憐れみさえも少しこめて、マーヤの愛が注がれた先人たち、すなわち裏をかかれて家畜に変えられた男たちを眺めた。かれの神馬も、去勢されおとなしくなった獣たちといっしょに草を食《は》んでいた。この獣たちはかつて騎士や男爵や国を治める王だったのだが、今は満足げに瀟洒なコテージの周りを、たくさんの子牛や羊、それから三頭の騾馬《らば》といっしょにぶらぶらと歩いている。この三頭にしても、もとは貴族や民に慕われた君主だった。

ジェラルドの見るところ、これらの家畜は己の運命に不満を託《かこ》ってはいないようだ。しかし、かつては亀であり獅子であり魚であり猪であったジェラルドの目からも、これら高貴な人々が重い責任と世俗の栄誉がある座から拐《かどわ》かされ、王座や馬上試合や巨額の貯《たくわ》えを失い、牧場の草を齧る様子は、少々理不尽と思えた。そしてマーヤのささやかな魔術に抗する適切な方法を知らないかれらを心から憐れんだ。

あの愛《いと》しい女のほうは責められない。かれらの果敢で輝かしい偉業を引き留めずにいられなかったのは、あの女の純粋な親切心と愛情のおかげだから。家畜でいるほうがずっと安全で幸福と本気で信じているのだから。

そして実際、マーヤは自分の慈悲心をもっともらしい理屈で正当化した。それによれば、男なら誰でも家畜になった後のほうが満足が大きいという。自分の恋人たちの場合は特にそうであるとも言った。――あんたも自分の目で見れば、今は牛や馬たちが色恋ざたにまったく煩わされてないのがわかるだろうさ。どんな道徳の見地から考えても、あの人たちは二重に変身を遂げて、より善いものになってるのさ。卑しい女の尻を追わず、血に逸《はや》る嫉妬もせず、夜はまともな時間に床につくんだからね。あたしはこの人たちを貴顕紳士や一国を治める君主だった頃から知ってるけど、もしあんたもその頃この人らを知ってたなら、善くなったのは一目でわかるから、あたしがあれこれ言うまでもなかったろうよ。

それに、家畜どもには雅量と他を思いやる心があるから、すべてを滅ぼす戦争へ拍車をかけたりはしない。吝嗇は質素にとってかわり、馬鹿げた浪費癖は自尊心に変わった。宗教は騾馬をいかなる説教壇にも嘶《いなな》かせないし、羊は用心深いから、始終おせっかいを焼いて害をなす厄介者になる心配もない。つまり家畜は人間のいかなる美徳をも歪めない、まったくつきあいやすい生き物なんだよ。いっぽう、どんな女にせよ、これだけの人数の男を家のまわりに侍《はべ》らせようとするなら、いったいどういうことになるんだろうね。あまりに多くの夫を（すくなくともその一部は）失ったマーヤは所論を最後までは語らなかった。しかしその表情は頓絶法（話を突然切る修辞法）を補って余りあるものにした。

ジェラルドは毛ほども疑っていなかったが、自分だってもし神でなく、相手の技を凌《しの》いでいなかったら、麗しの胸のマーヤはとうの昔に、純粋な親切心と愛情から、自分を羊か牛か何かの役に立つ四足獣に変え、約束の地アンタンへ行くのを妨げていたことだろう。だがかれはマーヤを責めなかった。あの穏やかで愚かな、愛しい女はただ、満足がすべてではないのを理解していないだけだ。壮麗に生き、英雄主義と博愛の流儀で偉業をなしとげる義務が神にあるのを理解しないだけだ。

むろん、まさしくあの女の言葉どおり、いかなる土地にせよそこを啓蒙し改善するために――合衆国の尺度からするならあまりに非道で未開でおそらく民主主義に反するであろう地を救済するためにといえども――闘士《チャンピオン》が現われて勲《いさお》を立てれば、いやおうなく住民が慣れ親しんだ日常は転覆する。アンタンは、コテージのポーチから見下ろすと、自足した静かな領地であるように見える。いかにアメリカ的ならざる基準によってあの地で人々が生きていようが、そんな基準を改めようとすると、狼狽と混乱を招くことだろう。まさしくマーヤが言ったように――自分もまた満ち足りているというのに――満ち足りきっている人々を煩《うるさ》がらせるのは無慈悲な行為だ……。それでも、神には義務がある。満ち足りていること、日々心配ごとのないこと、日々何も欠けていないこと、そして毎晩、夫婦愛を通して心身を回復させる深い眠りにつくこと。それは神が望むものすべてではない。あの向こうに第三の真実がある。約束された王国はあそこにあり、このミスペックの沼地にはない。彼方で神々と人間の夢は高貴で有益な目標に達する。彼方にはフレイディスがいる……

フレイディスのことがますますわからなくなってきた。誰もかれもが、フレイディスこそ彼方の丘と平地を――明日には、遅くとも来週にはジェラルドのものとなる丘と平地を――治める者と告げていた。そしてこの女王があらゆる点で文献学匠――ジェラルドによりお払い箱になる運命の者――を支配していると告げている。しかし、ジェラルドの知るかぎりでは、いかにして自分がフレイディスと渡り合うかについては何も予言されていない。あらゆる点から見て、それはかれの神意に委ねられた選択だった。まあ、噂ではたいそう美人だという女には、あまり惨《むご》いことはしないようにしよう。そうジェラルドは決意した。半ばうとうととして。というのはマーヤの用意してくれた眼鏡とドレシングガウンと茶色の部屋履きスリッパを身に着けて座っているとたいそう心地よく、またマーヤのすばらしい料理をすっかり堪能し満腹していたから。

第二十九章　レウコテアーの歌

さらに別の日、ジェラルドが道脇の栗の樹の根元に座って食事を待っていると、男が三人連れ立ってアンタンへ向かう道を歩いてきた。三人とも高貴な風をしていた。ジェラルドは最高位の魔術師だけが知る合図で挨拶をした。男たちは挨拶を返したが、その合図の魔術はジェラルドが親しんでいるものより古かった。

第一の男が言った。「わたしはかつて、ラーエルテースの息子、オデュッセウスだった者だ」

そこでジェラルドは目の前にいる男が、またしても己が捨てた人格の一つであるのを知った。だが口に出しては何も言わなかった。

オデュッセウスは続けた。「わたしには知恵があった。判断に秀でたわたしの知恵は、職業を問わず万人の注視の的となり、名声は天に届くばかりだった。わたしは西方の島にある王国イタケーを治めた。脛当《すね》てをつけたギリシア人を率いて心ならずもトロイアーを征伐に出かけた。この企てはわたしには軽率と感じられ、益があるとも思えなかった。しかし引き受けたからには、慎重に行動し、最後には、単に勇敢なだけの男たちがしくじったところを、慎重さによって成功させた。十年にわたりトロイアーはアキレスとアイアースの力に挑んできた。トロイアーは赤褐色の髪のメネラーオスと神のようなアガメムノーンのあらゆる努力を嘲笑《あざわら》った。だがオデュッセウスの知略は一晩でトロイアーを破った。わたしは戦利品の分け前を取った。栄誉はそれを望む者にくれてやった。わたしは世界を渡り、もっと思慮深い望み、すなわち岩だらけの故郷《ふるさと》イタケーでの静かな慰安へ戻った。盲目のキュクロープスの祈り、地も震えるポセイドーンの憤怒、立腹したゼウスの白い稲妻、アイオロスの十二の風、すべてがわたしの敵になった。わたしは打ち勝った。海妖スキュラ、あの十二の腕を持つ、誰も生きては通さない途方もない女性の前をわたしは通り過ぎた。あらゆるものを呑むカリュブデスも、わたしまで呑むことはなかった。無花果の葉を慎重に身に着けていたからだ」

「その通りだ」ジェラルドが言った。「あの葉は非常にしばしば身の護りとなる」そしてギリシア語を学んだ者にふさわしく早口に言い添えた。「おお、忍耐あり力強いオデュッセウスよ」

「それればかりではない。太陽の娘である美しい髪のキルケー、そして女神たちに崇められる輝く女王カリュプソー、この二人はより大きな親しみを見せ、やはりわたしをひきとめた。わたしは二人を抱きしめた。二人の寝台でわたしは怠惰でないところを見せた。かれらは女神だから欲情も憤怒も一瞬のうちに起きる。女神を拒む者は賢明とはいえない。それら不死の者の愛しい腕を振りほどいて、わたしは望む目標へ進んだ。だが四六時中分別のある者はいない。人を貪るセイレーンの島に船が近づいたとき、水夫たちの耳は蠟で塞《ふさ》いだが、自分自身はマストに縛りつけさせただけだった。レウコテアーが歌い、パルテノペーとリゲイアが甘やかな楽を奏するのが聞こえるようにだ。

わたしはその歌を、害をこうむることなく聞きたかった。歌はあまりに美しく、さほど用心のない者は歌手の腕に惹きつけられる。よく知られているように、そのときかれらを待つのは黒い死だ。わたしは歌を聞いた。歌と演奏をする者のまわりがどれほどの浅瀬かには気がついていたが意に介さなかった。浜は銀さながらに輝き、薄い明かりのなか、殺された男らの骨がやたらに散らばっていた。わたしは躍起になって、灰色の水面に身を躍らせ、レウコテアーのもとに急ごうとした。だが縛《いまし》めに押しとどめられた。両手両足はひどく頑丈な縄で縛られていた。黒い船は前へと進み、樅《もみ》材の磨かれた刃で海原を白くした。共に前に進むわたしは涙をこぼした。己の破滅から遠ざかり、わが知恵が望む目標へ向かっているというのに」

「歌声に魅せられ、きっとあなたはおかしくなっていたのだろう。だがそれこそが優れた詩の魔術だ」ジェラルドが言った。「それは詩人にさえ、あまねくは説明できないものだ……。だが、知略豊かなオデュッセウスよ、僕の記憶では、あなたは目的の地に着いた。そして故郷イタケーの柱が林立する広間で、あなたの奥方が寡婦になったと信じ、求婚で煩わせる男どもを殺戮した」

「もちろんわたしは目的の地に着いた。わたしはオデュッセウスだった。もちろんわが財を九年のあいだ飲み食いで蕩尽したものに止《とど》めをさした。首が一つ一つ切り落とされるたびにひどい呻《うめ》き声があがった。床は血に浸った。家畜たちやワイン壺や妻や他の家のものにあまりに勝手なふるまいをした無分別な輩《やから》にオデュッセウスが立ち向かったのは至極当然のことだ。だがやがてわたしは、自分の望むものは岩だらけのイタケーにも、ペーネロペイアの優しい抱擁にも、秩序あるわが館の静けさにも、見出すべくもないとわかった。わたしは法を敷いた。訴えを聞いた。羊飼いどうしの争いに決着をつけた。首尾よくトロイアーに火を放ったわたしが、今は牛に焼き印を押すのを監視している。イタケーは戦《いくさ》に乱されることはなかった。イタケーの王を他国の王はみな恐れたからだ。それほどわたしは有名だった。何不自由しない富があった。安楽にも暮らせた。だが命を落とさずレウコテアーの歌声を聞いたものは誰もいない。もうあの歌は聞こえない。聞こえるのはわたしの力と慎重な知恵を讃える愚か者らの声ばかり。そしてその意味が完全にはわからぬ、分別ある妻の声ばかりだ。この心地いい、洗練された、秩序あるイタケーには、分別ある男の望むものは何も欠けてはいない。だがわたしは世界を旅したあいだ、あまりにたくさんのもの、ここイタケーではとても人々に許すわけにはいかない邪悪で乱暴なものを見た。あまりに多くのことを覚えてもいた。といっても、カリュプソーやキルケーやあの美しいナウシカーを懐かしがっているわけではない。あれらの女たちのもとには、気が向けばいつでも戻れよう。だが歌声がまだ耳に残るレウコテアーのもとに戻る勇気は出ない。命を落とさずにレウコテアーの歌声を聞いたものは誰もいないのだから」

「だがレウコテアーは何の歌を歌ったのだろう、おお、知略豊かなオデュッセウスよ」

「あれはわたしに憑いたものの歌を歌った。わたしが慎重な知恵により得たものを嘲る歌を歌った。わたしが真に歩みたい道の歌を歌った」

「ラーエルテースの貴《あて》なる息子よ、それはさほど露わな答えではない」

するとギリシアの賢者はジェラルドを暗い目で見た。だがやがて口を開いた。

「あれは分別ある男の魂をざわめかせ、豊かさにに自足する理に適った生活をだいなしにするものを歌った。つまりアンタンの歌を歌ったと言えば十分だろう。だからこそアンタンへ赴かなくてはならないのだ。そこにはわたしの望むものがあるかもしれないから」

——そのときようやくジェラルドは思い出した。あの黄昏のイヴァドネ、羽毛の脚のイヴァドネは、ホルヴェンディルの言によれば、海にいたときはレウコテアーと呼ばれたという。だがジェラルドは何も言わなかった。結局は自分にかかわりのないことだったから……

第三十章　ソロモンの望んだもの

次に二人目の旅人が口を開いた。かれは自らの時代を語った。あらゆる富、あらゆる快楽、あらゆる力をソロモンが、その六重の知恵のゆえに授かっていた時代を語った。人の世に生きるもので、イスラエルを治め、世界に君臨した時代のソロモン王に匹敵する力が与えられたものはいない。それもソロモンには六重の知恵があったからだ。かれは他の誰も知らぬ六つの言葉を知っていた。それらの発声法も弁《わきま》えていた。

まずは獣たちの言葉。それが発せられると、あらゆる獣の番《つがい》が、象から小蛆《こうじ》にいたるまで、あるいは歩き、あるいは地を這って、ソロモンのもとに参集した。かれらの首にソロモンの印《いん》が捺され、あらゆる種は以後その僕《しもべ》とならねばならなかった。かれらはソロモンに獣の知恵「滅びよ、しかして思い煩うな」を明かした。ソロモンはかれらを四平方マイルを覆う銀と鋼の卓で饗応した。ソロモン王は食糧庫の頭として給仕し、自らの手で獣や虫の一匹一匹に、象から小蛆にいたるまで、それぞれに応じた食物を運んだ。

海《モルスコイ》の言葉。それが発せられると、あらゆる種の魚がアスカロン近くの海面に浮かびあがった。

かれらおのおのの首にソロモンの印が捺された。次に十万の駱駝《らくだ》と十万の騾馬が収穫したての穀物を載せて現われ、海に棲むあらゆるものに餌が与えられた。その後かれらはソロモン王に仕え、海の市《いち》の知恵を明かした。

禽類の言葉。それが発せられると、空一面がソロモン王に忠誠を誓う鳥でおおわれ、アプサラサスの知恵をソロモン王に授けた。フップ鳥だけが姿を見せなかった。だが遅れて来て、「他者に慈悲をかけぬ者には、誰も慈悲をかけぬ」と鳴いた。ソロモンのもとに賢女バルキスを連れてきたのもフップ鳥だった。バルキスは王に、ガラスを透かし見るようにこの地を透かし見る技《わざ》を教えた。

反逆者の言葉。それが発せられると、サハルとエブリスのみを除いた地獄のあらゆる眷属がソロモン王に膝を屈した。女の霊鬼《ジン》は一瘤《ひとこぶ》駱駝に似て、蝙蝠の翼を生やしていた。男の霊鬼《ジン》は孔雀に似て、羚羊《ガゼル》の角を生やしていた。マジキーンとシェディムも来た。かれらおのおのの首にソロモンの印が捺されると、かれらは黒い知恵と灰色の知恵を明かした。

アラトロンの言葉。それが発せられると、ソロモン王のもとに天の七人の執事*が参上した。ソロモンの目が閉じ、跪く執事のおのおのの首に印を捺すとき、ソロモンの手が少し震えた。至上なる天の君主たちの非常な栄光に心乱れたからだ。かれらのうちもっとも恐ろしいものはオフィエルとフルであり、かれらの治世はいまだ到来していなかった。だがかれら七人の執事もソロモンに仕え、白い知恵を明かした。

鏡の言葉*。それが発せられると、王の前に三羽の鳩を入れた枝編み細工の鳥籠が現われた。鳥籠の傍らに三インチ平方の小さな鏡が置かれていた。

これら六つの言葉を賢者ソロモンは知っていた。ソロモン王が野の獣や空の鳥や悪魔や四大や幽霊を従え、海の底から天の智天使《ケルビム》にいたる主《あるじ》となったのは、これら六つの言葉の力による。地のあらゆる生き物はこの六つの言葉ゆえにソロモン王に震撼した。ソロモンの行く手を阻《はば》む王はなかった。ソロモンの軍隊に戦車《チャリオット》を差し向ける王もなかった。ソロモンの兵士は野の獣と繋る森であったから。猛禽が騎兵であったから。小鳥たちが捷《はしこ》い密偵であったから。そして提督は大鯨や海龍で、レヴィアタンもソロモン王の海軍に仕えた。かれの士官は地獄の監視係だった。最高位の天使たちが参謀だった。かれもまた、自分の鏡を持っていた。これら六つの言葉の力はきわめて大きかった。

だが言葉はもう一つ残っていた——始源からあり、他の万物が滅びても残る言葉。文献学匠が八《や》百万《およろず》の神に向け発したこの言葉はいまだ秘められている。ソロモン王もこの言葉だけは知らなかった。王の小さな鏡は、他の万物と同様にその言葉も映し出した。だがそれは王の読めぬ文字で書かれてあった。

「なぜその言葉で煩わねばならぬのです」王を愛し慈しんだすべての女が言った。王は答えた。「わたしにもわからない」妻たちと側女たちは九百の声で異口同音に、そんな馬鹿な話は聞いたことがない、と言った。王はふたたび答えた。「わたしにもわからない……」

かくてソロモン王はアンタンへの道を辿らざるをえなかった。偉大な力を持つ最後の言葉が発せられるのを聞くために。

第三十一章　マーリンの騎士道

それから三人目の賢者が言った。「わたしはマーリン・アンブロシウスだった。わたしの知恵は人知を超えていた。なぜならそれは父より齎《もたら》されたものだったから。だがわたしはそれをもって天に仕えた。地は飢え、病み、怖れに満ちていた。小首長らの群れが裸の荒野で争い、次々と古い森で待ち伏せられ、理由もなく殺されていた。わたしはそこを秩序ある領地とした。まずは王を一人据えた。王の剣には炬火《たいまつ》三十本分の輝きがあった。正義その他の天の意に叶う美徳を推し進めるため、剣はいたるところで閃《ひらめ》いた。ジャーゲンの投げ捨てたその剣キャリバーンには、それほどの力があった。剣は天に仕え、アーサー・ペンドラゴンとかれに仕える者らはわたしの気まぐれに仕えていた。かれらはわたしの玩具だった……。それを弄ぶとき、欠伸《あくび》する滑らかな顎をした少年とその髭面《ひげづら》の臣下に、ある理念を与えた。今度はかれらが自分たちで遊べるように。その理念とはかれら一人一人が、そして他の者も皆、神の子であり、かれらの父の地上における代理人《ヴイカー》であること。人の生は故郷への旅であり、尽きせぬ幸福への旅であること。天を継承すべき者はそれにふさわしい流儀で旅をせねばならぬこと。蛮人らはわたしを信じた。かれらは夜も昼も幸福だった。かれらは誰をも羨まぬこと、神を愛すること、不正に加担せぬことを学んだ。かれらは時節にあった礼儀正しい話し方を学び、寛大に与えること、身なりを整えること、歌うことと踊ることを学び、臆することなく悪と戦うことを学んだ。これらすべてがわたしの父*を狼狽させた……。だがわたしの理念は、わたしはいまだそれを疑っていないが、とても美しい理念だ。それはあらゆるところに美をもたらす。なぜならば、先も言ったように、天を継承すべき者は、それにふさわしい流儀で故郷に旅立たねばならない。そうだ、その結果は著しく絵画的《ピクチヤレスク》になった。カーリオンが現われた。アスク河の清らかな流れと森とに囲まれ築かれたカーリオンの楽しい町ほど、この地上に味わい深いところはない。アーサーはそこで、炎色の繻子《しゅす》を被せた高座に座した。腕の下には赤い繻子の肘置きがあった。卿や君主や騎士が、階位や身分に応じて、王アーサー・ペンドラゴンを囲み座った。虐げられた者や不幸な者がアーサー王のもとに来た。王は若者には父、老人には慰め役だった。王にとり悪は忌むべきもの、正義は尊ぶべきものだった。恐怖とはいかなるものかを王は知らなかった。わが父は王に少しも好意を抱かなかった……。だがわたしは自分の玩具に喜んだ。国のいたるところが、夢のような不思議な美しさで溢れたからだ。騎士たちが巨大な雄馬に乗り冒険に出る。馬を駆ると金属の響きがする。青色の甲冑に、深紅の甲冑に、銀の斑《ぶち》つきの緑の甲冑に身を固めかれらは行く。頭には鮮やかに彩《いろど》られた獅子や豹や海馬、甲《かぶと》にしばしば婦人服の袖が巻かれている。これら騎士の相手どる巨人は一食で豚六匹を平らげる強者《つわもの》で、これら騎士の相手どる龍は、輝く鱗と肉《にく》垂《すい》と大髭を持つ、とてつもなく巨大な蛇だった。かれらの救う姫君は陽光より愛らしい。巻き毛は黄金色で額に赤く光る帯を巻いている。なよやかな薔薇色の体に黄色の繻子を纏《まと》っている。彩《あや》なす革の沓《くつ》には金箔の留め金……。ようするに、天の跡取りたちが家路を辿る途上で道徳や警備の義務を果たす様《さま》は絵のようであった。かくのごとくマーリン・アンブロシウスたるわたしは英雄の徳と戯れた。かくのごとく父君の息子たるわたしは、わが慰みのため、天のいまだ創りえなかったほどの徳があり色彩豊かな人間どもを創った。しかし、それでも、これらすべての創造の元となった理念は、著しく常軌を逸したものだった。わが血肉を分けた玩具のふるまいは、愛しくも滑稽であり、心が痛むほど美しかったが、やがてわが願望を満たさなくなった」

瞑想じみた老紳士の発言が一段落したところで、ジェラルドは口をはさんだ。「あなたの願望は、マーリン、僕は覚えているが、あなたを出し抜いた裏切り者の女魔法使いに向かっていたのではないか」

「その言い伝えには誤りがある」重々しく微笑してマーリンは答えた。「わたしを出し抜くことなどできようか。このマーリン・アンブロシウスを」

そしてマーリンはジェラルドに、女神ディアナの娘ニミュエのことを語った。老いてくたびれ学び過ぎたマーリンが、若い郷士《スクワイア》のなりをして、この娘の前にまかりでたことを語った。春の森の中、水底《みなそこ》の砂が銀の粉のように輝く、澄んだ泉のほとりで長い間ニミュエと古の魔法で遊んだことを語った。笑みにたいそう魅力があるこの十二歳の少女を笑わせようと、マーリンはあらゆる邪悪な仕掛けを可愛くおどけたものに変えた。ニミュエのために、四月の森に、季節におかまいなくあらゆる果物や花が入り混じる、香り豊かな果樹園を出現させた。ニミュエの目を喜びで見開かせようと、亡霊たちが、甲冑の騎士や大主教や冠を戴いた貴婦人や山羊脚の牧神などの姿で踊った。何もかもすばらしく楽しかった……。それからニミュエがとても可愛らしく拗《す》ねたので、石や木や鉄を使わずに、世界が続くかぎり崩れない強靭な塔を建てる秘法を教えた。そしてニミュエは、膝にマーリンが頭を乗せて眠りにつくと、柔らかな声で呪文《ルーン》をささやいた。マーリンを優しく撫で続けながら、ニミュエは魔法の塔にマーリンを閉じ込めた。それは花盛りの白い山査子《さんざし》の繁みをかすめて吹く四月の魔法の風からつくりあげた塔で、その中で素晴らしく賢明で愛しい恋人を自分ひとりのものとしたのだった。

「久しいあいだわたしはそこで幸福だった」マーリンは言った。「玩具たちと遊ぶのはもうやめた。すると玩具たちは壊しあいをはじめるようになった。不和と欲望と憎悪がその中で目を覚ました。わたしが遊ぶため一人一人に授けたあの美しい理念を、かれらは忘れた。国はもう秩序のある領地ではなかった。わが玩具らは荒野と化した国で戦い、古い森で待ち伏せしたりされたりした。アーサーは近親相姦で生まれた己の私生児の手にかかり命を落とした。天の跡取りにしてはあえない最期だった。円卓は朽ちた。国は飢えて病み、恐怖に覆われた」

今は老いた詩人で、人形を作って遊ぶのを喜ばなくなったマーリンは、ここで口を閉じた。考え深げで、落ち着きのある疲れた目は、何を見ているでもなかった。それからまた話をはじめた。

「これらすべてはわたしの耳に入ってきた。だが気にしなかった。わたしは幸せだった。そうだ、自分を幸せと思った。わたしの生活はまったく家庭的だった。長い間そのままだった……。変化は訪れなかった。この小さな天国では子供も四月の魔法の風から生まれるから、変化は訪れようもない。敵もいない、反逆者もいない。何とかして改心させてやろうと思う奴もいない。幸せだけがあった……。ニミュエはいつまでも若く優しく美しく、わたしがいるだけで満足した。この子はわたしを愛した。だがそこには変化がなかった。わが父君の息子は、永遠に家畜ではいられない。そこでとうとうわたしマーリン・アンブロシウスは、己の望みはあの四月の風の塔にはないと気づいた。あるのは天国だけだった。さきほど話した、欠伸《あくび》する滑らかな顎をした少年とその髭面の臣下のときと同じく、変わらない幸せだけがあった」

「だがマーリン、もしその塔がほんとうに魔法にかけられていたのなら、どんなふうにその幸せな家庭生活の至福から抜け出せたのだろう」

「秘密をすっかり漏らすのは賢明とはいえまい」マーリンは冷ややかに言った。「むしろわが父君の息子はニミュエとあらゆる秘密を分かち合いたい。あの子はすっかりわたしを愛していた。わたしもあの子を愛していた。そうだ、地を舞う――〈歩く〉という言葉はあの子にはふさわしくない――他のいかなる生き物もニミュエほどには愛さなかった……。それでも、わたしはマーリン・アンブロシウスだった。だから終《しま》いには幼い女主人《ミストレス》のもとを去った。子供の純な心がこしらえた可愛い天国から逃れた。そして今、望みを叶えようとアンタンに向かっている」

賢者《メイジ》たちが三人とも話を終えると、沈黙が訪れた。

ジェラルドは頭を振った。「あなたがたの率直な話を、僕はありがたく聞いた。飾り気のない素朴さで、とても易しい短い言葉で、あなたがたは自分を語ってくれた。あなたがたの理由は力強いものだった。それの話からわかるのは、妻も女主人《ミストレス》も、さらにはハーレムさえ、八百万の神の終着地への賢者の旅を断念させられないということだ。それどころか、僕が推察するには、あなたがたは一人として、家庭的な環境に満足しなかった。そんな環境には、リッチフィールドにいてさえ、こちらが望む以上にしばしば遭遇する。だからこそ僕もアンタンに赴こうとしている。ここに滞在するのは週末だけのことにすぎない。しかし、あなたがたのような立派な人たちが、本当に望んでいるのは何なのか、まだ僕にはわからない」

「わたしはといえば、この世に望むことなどない」オデュッセウスが答えた。

「それなら、このとても簡単な質問に答えてもらえまいか。あなたがた三人は、アンタンに何を期待しているのだろう。なぜなら、誓ってもいいが、アンタンではこれからまもなく、政府や民にまつわる他の事柄が〈第三真実の主〉の手で変えられ——その神性には、興味深くないこともないいくつかの相があって、自慢するわけではないが、僕はその神性に少なからぬ影響力を持っている——やがて一通りの秩序が整った暁《あかつき》には、あなたがたにできうるかぎりの歓待《もてなし》をすることは、僕の大きな喜びとなることだろう」

だが三人の賢者にとくに感銘を受けた様子はなかった。

「わたしは賢人だった」ソロモンが言った。「すべてのことを知っていたが、ただ一つ知らないことがあった。始源からあり、他の万物が滅びても残る言葉をわたしは知らない。その言葉は、文献学匠の口から聞かないかぎり、いかなる神も知ることはない」

「わたしの望みは」マーリンが言った。「わが幼い女主人ニミュエにあった。だが望みのものを得たとき、それはわたしを満足させなかった。だからわたしがアンタンへ赴くのは、わたしが望める何かを見つけるためかもしれない。だがわが父君の息子は、いかなる神にであれ、願いを乞いはしない」

するとジェラルドは言った。「すると、アンタンの辺境――二つの真実のみが生き延び、交合と死より他に教義のない地を旅するあなたがたが、八百万の神の終着地に赴くのは、三つ目の真実を見出すためではないのか」

三人の神話的人物は人をはぐらかす用心深い顔になったようにジェラルドには見えた。

三人はそれぞれの口から、こう言っただけだった。「賢者なら、真実は信念にも希望にも影響は受けぬことを知っている」――「賢者なら、真実の各々を、それが顕われるたび受け入れる」――「賢者なら、真実が存在するという無謀な賭には応じない」

「謎々はやめてくれ。あなたがたの言葉は、単純な問いへの単純な答えではない。それに僕は、あなたがたの言葉を理解できない」

やがて三人は日没の方向へ威風辺《あた》りを払いつつ去っていった。見送りながらジェラルドは、ふたたび頭を振った。あの三人の神話的な賢者にはどこか良くないものがあるように感じられた。僕の将来の臣下の中には、優れた賢人が何人もいるだろうが、そういう者を満足させるのはたやすくはあるまい。なぜならあの三人を見るかぎり、かれらはその叡智にもかかわらず、己の欲するものを見つけていないようだから。

ジェラルドは肩をすくめた。ともかく自分は、この田舎の空気で、何をいますぐ望んでいるか知っている。そこでジェラルドはすぐに、質朴ながら秀でた料理人であるマーヤと食事を共にしに行った。

第三十二章　いてもいい子供

「あと何が要るっていうんだい」マーヤが聞いた。「この最後の日にあたしと楽しく過ごすためには」

——というのもこの日はまたしても、木と漆喰の瀟洒なコテージで過ごすはずの最後の日だった。マーヤは遠慮会釈なく、さあさあさっさと、あんたがやらなきゃと思いこんでるらしい馬鹿げたことを何でもやりに、あそこの評判の悪い窪地にお行き、そんなふうにぐずぐずしてると怖気づいてるみたいだよ、まああたしには、どうしてそんな無意味なことにしつこくこだわるのか、とんとわからないけどね……

するとジェラルドは言った。「僕たちの間に息子がいればいいだろうな」

だがマーヤはすぐさま反対した。ちかごろこいつ、僕の言うことにはすべて反対しやがる、すくなくとも諸手をあげて賛成したことはない、とジェラルドが思っていたまさにそのとおりに。

「だめだよ、ジェラルド。なぜってあんたはその子が可愛くってたまらなくなるだろうからね。きっとでれでれになるよ。別れたくなくなるだろうさ。ずっと一緒にいるだろう。するとどうなるかっていうと、あんたは死ぬまであたしの邪魔をして、夜はあたしの眠りをさまたげ、昼日中はあたしの足元でごろごろしてるんだろうさ――」

「だが僕は神だ――」

「そう言やそうだったね、ジェラルド。うっかり忘れてたよ。悪く思わないでおくれ。そんないきりたたなくてもいい。不機嫌面はおやめ。よくわかってる、あんたは神だ。あんたは死なない。あたしよりずうっと長生きする。アンタンで奇跡を起こす。結構なことさ。せいぜいやるがいい。ただ言いたいのは、あたしたちに息子なんかいないほうがいいってことさ」

「そんなやみくもに、僕の言うことなすことに反対しないでくれ。こんどお前が怒鳴ったら、僕の堪忍袋の緒だって切れるぞ。そうしたら暴れて騒いで、暴力もふるいかねない。僕は怒鳴り散らし、罵詈雑言を叫んでやる。僕の息で、こんな家吹っ飛ばしてやる。息子がいるのがどんなにいいことかわからないのか」

「それじゃまあいいさ」近ごろひんぱんに見せるむっつりした表情で、マーヤは魔術の大きな籠のほうに顔を向けた。

「――つまり年がいった子供ならいいってことだよ。赤んぼはろくに喋れない。やたら騒がしいし、お漏らしもする」

マーヤは琥珀の水盤からきらきら光る小さな蜥蜴《とかげ》を取りあげた。口の近くに持っていき、そっと息を吹きかけた。そうしながらジェラルドに返事をした。

「あたしは思うんだけど、あんたがどうしても息子が欲しいっていうんなら、その子ははじめから七歳か八歳のほうがいいんじゃないの」

それからマーヤは籠の蓋を開け、輝く蜥蜴を持った手をその青い籠に深くつっこんだ。すると籠から、マーヤの手にすがりながら、八歳ほどの雀斑顔《そばかす》の赤毛の少年がよじ登ってきた。青い服を着ていて歯はまだ前歯一本しかなかった。

「すばらしい息子ができたもんだ」ジェラルドが満足げに言った。「だが誰に洗礼して命名してもらおうか。もちろんこの子はテオドリック・クエンティンと名づけたい。僕の父や長兄と同じ名だ」

かくて少年はテオドリック・クエンティン・マスグレイヴという名になった。ジェラルドは子供に有頂天になり、〈第三真実の主〉の王国行きはまたも先へ延ばされた……

「だから言わんこっちゃない」マーヤが言った。

「するとお前、お前は僕が一人前の父性愛を感じちゃいけないっていうのかい。この子の人生の門出をすばらしいものにしてやらなければ。ずばり聞くけれど、一週間足らずでこの義務をやりおおせられる親なんてどこにいる」

「そんなこと言ってるんじゃないの。一人前の男のくせしてそんな戯言《たわごと》を――」

「見てろよ。次の火曜には、お前と子供から別れてみせる。どんなにお前が頼んだって半秒たりともそれより長くはいない。それはそうと、ほんとに可愛いなあ」

だがその子には妙なところがあった。まず舌がぜんぜん赤くなく、まっ白な肉からできていた。この不思議に気づいてもジェラルドは何も言わなかった。灰色魔術の限界がわかっていたからだ。

籠から、……雀斑顔の赤毛の少年がよじ登ってきた。

次に、テオドリックがこの世に存在して三日目、息子と遊んでいるときに、たまたま薔薇色の眼鏡を脇に置いた。すると息子はいなくなった。ジェラルドは肩をすくめ、おかげで身震いを避けられた。眼鏡をかけ直すとすべてが、雀斑の一つ一つ、赤い毛の一本一本にいたるまで元通りになった。

それからはジェラルドは眼鏡を外さなくなった。

テオドリック・クエンティン・マスグレイヴが愛しくてたまらなくなったからだ。世の父親と同様に、どうしてこの子が可愛いのか、理に適《かな》った説明はできなかったし、常識的な論理による正当化もできなかった。ジェラルドにわかるのは、このやんちゃ坊主が、利他心にも似た優しい気持ちを起こさせること、魔術師や妖術師でいっぱいのこの界隈で受洗できないのが気にかかること、坊主に触れると訳もなく嬉しくなること、わずかながらも知性の閃きを見せると、たちまちそれが他のあらゆる子を凌駕した輝かしく深い知恵に思えることだけだった。

テオドリックは何事にも目敏《めざと》かった。ジェラルドはとりわけわが子の知性と観察力を喜んだ。愚かなマーヤからは聡明さは受け継ぎようがないから、秀でた性格は明らかに何もかも父から来たものだ。

たとえばこの息子は、「あそこに女の人が一人いる」とアンタンの方角に指をさして言う。

「ああ息子や、女の人ならたんといるともさ」とジェラルドは同意し、大勢の美しい女神や神話的女性（それにしては女性がアンタンを目指して通りかかるのは見たことがないけれど）はきっと、ジェラルドが来週から治めるはずのあの王国をより栄《は》えあるものにする助けになると思った。

ジェラルドの手は雀斑坊やの肩に伸びた。来週はこの子とも永遠のお別れだ。子に触るだけで訳のわからない楽しさを感じるのが不思議だった。

「ああそうさ、きっとアンタンには立派な女の人たちが大勢いるよ」ジェラルドが言った。でもあちらの方角へ行く女性にたまたま一度も行き会わないとは実に不思議だ」

しかし少年は、僕の言ってるのは、向こうに横たわっている、とっても大きい女の人のことだよ。死んでるみたいだけど死んではいない。胸が息をしているから。

なるほど南西の方角にある山脈は、ここから見ると女性のかたちをしていた。仰向けに平たく横たわり、長い髪が四方八方に広がり、目を凝らして見ると横顔さえたいそうくっきりと形作られていた。喉と隆起した胸も見わけられ、そこから丘は小ぶりで平らな腹の輪郭へ下っていた。ちょうどそこで紫に色づいた広々とした輪郭は手前の緑の丘のところで途切れ、その丘にアンタンへ通じる道が伸びていた。それにしてもこの女性めいた姿はあらゆるところが完璧に象《かたど》られていた。そのうえ、ジェラルドは気づいたが、心臓があるであろうところに、山火事の煙が揺蕩《たゆ》たげに昇っていた。テオドリック・クエンティン・マスグレイヴが「胸が息をしている」と言ったのはもちろんこのことだ。

まる三週間ミスペックの沼地にいたジェラルドも気づかなかった山の形状に目をつけたテオドリックの賢さは、たいそう誇らしく思われた。だがこの奇妙な自然の戯れをマーヤに教えると、あんたが言ってるのは、二つの丘にすぎないよ、あの丘は何よりも丘そっくりだね、と言っただけだった。

第九部　ミスペックの沼地の書

「狼を馴らすには
狼を夫とせねばならぬ」

第三十三章　ガストンの限界

この時分、六月の半ばころ、ガストン・バルマーがリッチフィールドからやって来た。ジェラルドは、すでに日々の習慣と化していたとおりに、アンタンに通じる道端の栗の樹の下に座っていた。そして絶えず通りすぎるアンタンへ旅する者の中に、将来の臣下がいたらまた話しかけようと待ち構えていた。この栗の樹の下でこれまで、この世のものとは思われない巡礼者とさんざん話を交わしてきた。多少なりとも興味深い話をあまさず書き記したなら、たとえようもなく浩瀚な、たとえようもなく信じがたい書物ができたことだろう。

そんなある日、まんざら知らないでもない二人の山師が、パンチとジュディの見世物道具一式を持って去ったすぐあと、硫黄の色をした小さな雲が東からみるみるうちに近づいて来るのにジェラルドは気づいた。雲は降下し、近くまで来たところで扉が開いた。ガストン・バルマーが少しリューマチ気味に足をひきずって、その輝く内部から現われた。そして林檎の形を刻んだ青い石が端についた杉の棒を下に置いた。

それ自体は驚くことではなかった。己を神と知る前の、今は遠くなった日々には、ガストン・バルマーはジェラルドが学んでいた術の達人だったから。だが一週間かそこらのうちに、ガストンは驚くほど老《ふ》けていた。ともかくジェラルドは、旧友で導師で、長いあいだ義父も同然だった男にふたたび見《まみ》えて、たいそう嬉しかった。

だがガストンはコテージまで来て食事を共にしようとはしなかった。そしてマーヤと会うのは気が進まない、と打ち明けた。むしろかれの願うところは、というより、かれがここに来たそもそもの目的は、驚くべきことに、ガストン・バルマーの言によれば、賢 女《ワイズウーマン》の命取りの魔法からジェラルドを救うためらしい。

ジェラルドは言った。「そんな馬鹿な。そんな戯言《たわごと》で心臓が張り裂けないなら、代わりに腹の皮がよじれる。あなたの幻覚は、むろんほんの一時《いっとき》のものにすぎなかろうが、僕には言葉にできないくらいの衝撃だ。ともかく、僕の妻についてあれこれ言うのはやめてほしい。それよりはわが生身が何をやっているか教えてくれないか」

ここで二人はいっしょに栗の樹の下に座った。そしてガストン・バルマーは答えた――

「あの肉体は、お前の精神と別れてからは、高名な学者にして著述家になった」

「それはそれは」ジェラルドはひどく喜んだ。「するとポアテムのドム・マニュエルのロマンスは完成して、万人に称讃されているのか」

「違う。あの体は今言ったように学者になった。学者はロマンスなど書かない」

「でも著述家とさっき――」

「君の体はかなり高名な民俗学者になった。歴史上・科学上の真実を相手にしている。だからあの体が執筆する四つ折り判の大型本には、ロマンスなんかは、どんなに不謹慎なものであろうと、一行も入れる余地はない」

ジェラルドは気落ちして長い顎をさすった。「それでも、僕の肉体について今教えてくれているあなたは、かつて、いかなる科学も疑わない真実は二つしかないと教えてくれた」

「その二つの真実とは何だった」

ジェラルドはそれを口にした。

するとガストンは言った。「悪霊は首尾一貫している。というのも、まさにその二つこそ、あの体が専攻する分野なのだ。あの体が今執筆中の、たいそうな価値のある本の中では、その二つの真実の相互作用に伴う奇妙で興味深い習俗と、その相互作用のさまざまな代償とが、分類されたうえ解説されている。そうした習俗はあらゆる地方と時代に見られるからだ。今ではリッチフィールド中がジェラルド・マスグレイヴの学識と広がりゆく名声を誇りにしている」

「僕の体がそれほどの光輝に包まれているとは喜ばしい。きっとあなたの娘のイヴリンとも、同じようにうまくやっているだろう」

「ジェラルドよ」年上の男は、見たこともないような深刻な顔になって答えた。「わたしは君の従妹が、悪霊に憑かれた体と、それと知らずしてあれほど懇《ねんご》ろな友情を結んでいるのを見るに忍びない」

「ははあ、すると例の友情は続いているのか」

「続いているとも」ガストンが言った。「ずっと変わらず続いている。君の従妹イヴリンには今は息子がいる、きれいな赤毛の坊主だ。君が体をあの油断ならないサイランに譲り渡してちょうど一年たった後に生まれた子だ」

ジェラルドはにこやかに答えた。「やあ、そいつはすばらしい。フランクはいつも男の子を欲しがってた」

「わが義理の息子は、事実たいそう喜んだ。わたしが考えているのは娘についてだ。ジェラルドよ、この状況は娘にとってあまり好ましいものではない、そうわたしは感じる」

ジェラルドは答えた。「あの女が親しんだ僕というものは、たんに僕の体にすぎない。だから僕には何が変わったとも思えない」

「だが、あの美しくて洗練された高潔な淑女がと思うと――」

「ああ、ああ、しかし、むろんそうだ。あなたはリッチフィールドの、由緒ある言い回しで話している。僕だって自分がどうしてあなたの話を遮るのか、本当はわかっていない」

「あの淑女が、それと知らずして、たんなる悪霊の憑いた体と懇ろになっていると思うと――」

「そして信頼してすべてを与えたと」

「友情と、そして親族としての自然な愛情すべてをだ。そう、それは悲しい見もの《スペクタクル》だった。そこでわたしは思うのだが、君はマスグレイヴ家の一員として、南部の紳士として、すぐさま当たり前の人間の生活に戻る義務がある。とりわけ君の従妹イヴリンと終生の友情を保つ義務がある」

ジェラルドはふたたび言った。「そんな馬鹿な」

ガストン・バルマーの発想と騎士道的前提は、ジェラルドには、おのれに定められた神なる運命に照らして見れば、とうてい受け入れがたいものだった。単なる地上的な紳士規範や、地上の優雅な作法に則《のっと》った道ならぬ関係の適切な維持のようなつまらないごたごたに、神は何の関心もない。ジェラルドの信仰する米国聖公会から見ても、聖公会の神性により創造され支配されている惑星の何らかの事件に、ディルグの神が介入することは、どう見ても不敬であろう。というのも、もちろんジェラルドは、自らが神である宗教について何かもっとはっきりしたことがわかるまでは、当面のあいだ、自分が聖体を拝領した宗教を堅持しているからだ。

そこでジェラルドは言った。「わが善きガストンよ、あなたが僕を思って言ってくれているのは、僕だって疑いはしない。人間の立場からは、こんな問題に理解が及ばず、全知の目でそれを眺めえないのは、もちろんあなたのせいではないから」

年上の男は言った。「ともかくわたしにわかるのは、君が恐ろしい魔術擬《もど》きの餌食になって何年もずっとここにいること、それから君の目があの女の薔薇色の眼鏡で眩《くら》まされているということだ。そしてわたしは、何とか君を守れないかと思っている」

「あなたが僕を守ろうとするのは、あなたのささやかなリッチフィールドの田園生活のためではないのか。あなたは僕を、騎士道的で、頑迷で、容姿はよくとも頭は空っぽなマスグレイヴ家の一人にしたいのだろう。つまり、あなたは僕にお上品になれと勧め、僕の輝かしい運命を否定する。でもガストン、それは臆病者のやることだ。僕は否応なく神聖な義務を果たさねばならない。太古の予言を成就させなきゃならない」

「それはどういう予言だ」

「ディルグの予言だ。だがその予言がどんな言葉で発せられるかは問題ではない。むしろ——何というか、その精神こそが大事だ。あなたに知ってほしいのだが——妻の社会的な体面の都合上、すこし言い争った結果、ここらへんで僕は遍歴の魔術師ということになっている——だがガストン、あなたを信頼して言うが、僕が〈第三真実の主〉としてアンタンを治めることは、すでに定められたことだ」

「だれがそんな戯《たわ》けたことを君に告げた」

「路上で会った人たちだ。嘘は言ってそうになかった」

「それで君が〈第三真実の主〉と誰が言った」

「その点で僕の正しさは否定しようがない。なにしろ僕はそれを、美しく才に秀で貞淑な女性の口から聞いたのだから。それも二人でベッドにいるという、包み隠しは何もできないときに」

「それから行ったこともないアンタンなりどこなりをどうやって治めるというのだ。君はこの何年か、アンタンのそばでぶらぶら過ごしてただけじゃないか」

ジェラルドは違和感を感じたのか微かに眉をひそめて言った。「友よ、どうにも腑《ふ》に落ちないのだが、あなたはしきりに〈この何年か〉と言っている。いろいろなことに少し妨げられて、単に技術的で形式的な行為にすぎない僕のアンタン入城が遅れているのは認める。でも僕は今週の洗濯の日が来たらすぐミスペックの沼地を発つ。つまり木曜の午後に——」

「哀れなジェラルド、君が来週木曜と思ってる日には、アンタンに行くこともリッチフィールドに戻ることもできない。君はここで日付の感覚をすっかりなくしている。ここで過ごした時間がリッチフィールドでは四年にあたることさえ知るまい。あいつは魔術擬《もど》きと呪われた眼鏡を使って、君を誑《たぶら》かし、ここに引き留めている。そして今わかったが、君にしてやれることは何もない。皺くちゃ女神の魔術のうちでも一番命取りのものの罠にかかったのだから」

——それに対して、ジェラルドは三度目に言った。「そんな馬鹿な。神に力を及ぼせる魔女なんていうわけがない。それにあなたは僕の妻をまるきり誤解している。妻は早くアンタンに行くようにと毎日のように僕を急《せ》かすのだ」

ガストン・バルマーはなお尋常でない無遠慮な目つきで、憐れむようにジェラルドを見た。「なんとすっかり」ガストンは言った。「あの女はマスグレイヴ家の性格を見通しているんだろう。君の負けだ。かわいそうなジェラルド」

「——だからあなたの考えは根元《ねもと》から間違っている。でもあなたのせいじゃない。僕はすこしも責めやしない。あなたのふるまいは、人間の見地からは、たいそう正しく、たいそう友情に満ち、たいそう適切なものだ。だからあなたの笑うべき誤りにも、少しも気を悪くはしない。たとえあなたの言葉が本当で、あなたたち人間が測った時間で四年かそこら、僕がここでぶらついていたとしても、永遠をわがものとする神にとって、四年が何だというのだ。ガストン、どうかこの単純な問いに答えてくれ」

だがガストンはこう言っただけだった。「君は満ち足りている。君の負けだ」

第三十四章　茶色男の曖昧《あいまい》さ

ガストンはそれ以上話を続けなかった。ちょうどこのとき会話を遮《さえぎ》った者がいたからだ。二人はさっきから道端に座っていたが、そこに茶色男が仲間入りした。上から下まですっかり小ぎれいな茶色の服でかためてアンタンへ旅する男だ。

「やあ友よ」ジェラルドは声をかけた。「あのあらゆる驚異の市にどんな用事があるんだい」

茶色の男は立ち止まって、実は日常の業務にまつわるささやかな件で、女王フレイディスと相談したいのだと言った。かれによれば、あらゆる神は、初めにあった言葉に遭遇しようと急ぎ足であの地に向かっているという。――この茶色男はソロモン王とたいそう似たことを言った――ただあらゆる神といっても例外が一人いて、その神は教義を恐ろしく変えるので、信者はとまどい、どうしていいかわからなくなるそうだ。

茶色の男によれば、啓蒙のまずまず行きとどいた十九世紀という今の時代は、この天にいるカメレオンのために何かをなすのにいい機会だということだ。そしてさらに言うには、ともかくわたしはいつも女王フレイディスとのささやかな会談を楽しんでいる。なかなか可愛い人で――

「それそれ！」ジェラルドが言った。「するとお前は以前アンタンを訪ねたことがあるのかい」

「ええ、足しげく通っていますとも。なにぶんわたしは、あらゆる神の敵対者（サタンのこと）ですからね」

ジェラルドは当然ながら、自分に約束された王国について直《じか》に知っていると主張する男を興味深いまなざしで見た。だがもしこの茶色の男が〈あらゆる嘘の父〉なら、何を聞いても無駄だ。どんな答えも信用できないから。

「——というのも、僕の推測が正しければ」ジェラルドは言った。「神々や神話的人物の道を旅するお前は、僕の米国聖公会的教育でも知られていないわけではないあの男で、すなわち僕は今、近親者たちがしばしば僕について予想したこと、すなわち悪魔に話しかける光栄に浴したというわけだ」

「もちろんわたしには、セム族のものを含むあらゆる神話の中で、ささやかな居場所があります」茶色男は答えた。「そしてそこから、場合に応じて多少変化する声で、知性ある者らに語りかけるのです」

するとガストン・バルマーが立ちあがった。この年嵩の達人は、ジェラルドの知らない何かの仕草をした。

「するとお前はあれか」ガストン・バルマーは言った。「かつてその声が喋るのを、わたしの母方の祖父フロリアン・ド・ピュイサンジュが聞いたという者か」

「その推定には信ずべき節《ふし》があります。わたしも往時はやたらに喋りましたから」

「ピュイサンジュの一族から出た偉大なるジャーゲンも、むかしドルイドの森で、お前に似た者に出会った——」

「否定はできません。わたしはドルイド僧たちにも知られていましたから。この世の君主であるわたしは、わが王国で満足を与えようと努める過程で、何百人もの人たちと会ってますから、わたしが恩恵を与えたものを一人残らず覚えていろと言われても、すぐにわかってもらえましょうが、無理な相談です」

「それでも」ジェラルドが言った。「お前は、歴史上大きな事件が起こるごとに、奇妙で重要な役割を果たした。お前は最上級の人々と知り合いになった。だから興味深いことをいろいろ話せるはずだ。ここにいる僕の友は説得しても無駄だが、せめてお前だけは食事を共にしてもらえないか。僕の妻はそんじょそこらの神連中には会おうとしないが、悪魔が来たと言ったらよもや断りはしまい。だからどうか、僕の仮の住まいであるあのコテージで——」

　すると茶色男は微笑んだ。そしてこう弁解した。

「あなたの奥方とわたしは、まんざら知らない仲ではありません。最後にあの方と別れたのは、実をいうと、すこし気まずい状況のもとででした。今はあの人に会わないほうが、誰にとっても喜ばしいのではと思います。それでも、わたしがよろしく言っていたと伝えていただければ」

「でも誰からよろしくと伝えればいいんだ」

「奥さまがもっとも若かったころの友が、たまたまこの道を通ったとお伝えください。あの方が母親となる前に、少々親密に知っていたものだと。そう言えば間違いなくハヴァーにはわかるでしょう」

「だが妻の結婚後の名はマーヤだ。僕と結婚する前はアスレッドだった――」

「そうでしょうとも！」そう茶色男は、グラウムとそっくり同じことを言った。「女の名はいろいろ変わります。それでは奥方によろしくとお伝えください。というのもあの言葉は、いずれあらゆる亭主に同じ意味を持つでしょうから」

「伝えておこう」ジェラルドは約束した。「だがお前の警句《アフォリズム》の方は、誰か他の者が伝えたほうがいいようだ」

かくてジェラルドは二人の客と別れた。

老いた達人ガストン・バルマーはジェラルドを抱きしめてから、落胆のあまり黒ずんだ雲に乗り、悲しげな面持ちでリッチフィールドに帰っていった。茶色男は地上をさんざん歩きわまったふうの呑気な足取りで、アンタンのほうにぶらぶら歩いていった。

茶色男は急がなかったし、あたりに詮索の目を向けることもなかった。驚異の市へ赴く旅人との誰とも違っていた。この男は、アンタンへ向かう大勢の者のなかで、慣れ親しんだ道を踏んですでに何度も行った目的地へ行く様子を見せたただ一人の者だった。

第三十五章　カルキとドッペルゲンガーについて

そんなわけでジェラルドは今もミスペックの沼地に留まっていた。七月は何事もなく過ぎた。毎日が心地いい夏の日を、かれは道端の栗の樹の下で過ごした。樹は今綻《ほころ》びあでやかな白い花を咲かせ、甘たるい香りを撒き散らし、クリーム色に化したあと茶色に萎れた。だが今樹はふたたび緑一色になり、暗く輝く黄がちらほら色を添えているだけになった。そしてジェラルドは、来る日も来る日も何もせず、この着々とした変化のもとで、満ち足りて座っていた。

ジェラルドは大勢の巡礼者と話をした。だがそれはこの物語にかかわりがない。話の内容はほとんど例外なく同じだったからだ。十人のうち九人までは、昨日まで人々が仕え、世界のどこかの地で崇められていた神であった。今日かれらはもう人間を気づかうこともせず、八百万《やおよろず》の神の終着地へ旅立った。何をそこに期待しているのかとジェラルドが聞いてみても、この単純そのものの問いに、誰もが答えをはぐらかした。始源からあり、他の万物が滅びても残る言葉、八百万の神の誰も知らなかったその言葉を聞きに行くのだという。かれらはそれ以上語ろうとしなかったし、ジェラルドも深く思い悩むことはなかった。なにしろすっかりここに満足していたし、やがてアンタンへ行けばどんな謎だろうがたちまち解いてみせると思っていたから。

神馬カルキも満ち足りているようだったし、ぐうたらはしていたが見かけに変化はなかった。一様な不思議な光と金属めいた輝きはまだ消えてはおらず、この馬を無垢の銀でできたように見せていた。もちろんミスペックの沼地で草を食《は》んでいるとき俄《にわ》か雨に降られると、その直ぐ後にはかれの背は曇ってすべすべになる。広い脇腹には揺らめいてぬらぬらする筋がつく。だがそんなことがなければ輝く銀色を保ち、その色は他のどんな馬にも見られないものだった。

この神馬は、もともとは人間でマーヤの恋人だった馬たちといっしょに草を食《は》んでいた。他の馬たちに従《つ》いていって、コテージのまわりの斜面になった地を、それぞれの蹄《ひづめ》を少し滑稽なほど注意深く持ち上げながら、草を齧りながら前に進んだ。ジェラルドはしばしばその食事の様子を眺めた。これらの馬がてんでばらばらに風上に向かってゆっくりと歩く姿は、まるで蹄の一つ一つを壊れやすい包みであると信じているかのように、たえまなく蹄を拾いあげては取り替えるように見えた。ふらふら揺れながらぴんと立った重たげな首は、どれもいつも単調に他のすべての首と平行を保っていたが、ふたたびまっすぐ持ち上げるには首が重すぎるように思われた。眠気を誘う夏の午後にどうやって持ち上げられたのか。その疑問はジェラルドの鎖骨に不快な戦《おのの》きを起こした。

そんなふうにカルキは家畜に交じって一日中餌を食べ、風の強い夜はコテージの蔭でかれらと体を寄せ合ってうずくまった。日々カルキは目を伏せて歩き、たえず草を齧り、この神馬がミスペックの沼地の乏しい草を食むときその唇は始終揺れ動き、黒ずみ、咥《くわ》え、回り、鼻声を出していた。柵柱近くの口が届きそうもないところに生える、他よりも長くておいしい草を食べようとするとき、カルキは他の馬と変わらない貪欲さで首をひねったり唇をゆがめたりする。だが考えてみると、神馬ともあろうものがこれしきのことに熱中している眺めには、何かそぐわないものがあった。

　この雄馬はときどきその見事な頭をもたげる。そんなときカルキは物欲しそうな顔をしてアンタンの方角に目をやる。しかしすぐにまた草を食みだす。総じてカルキは世間の馬並みの楽しみで満足しているように見えた。だがこの馬は、以前ほど八百万の神の終着地のほうを見なくなったなとジェラルドは思った。

　そしてカルキは唯一無二というわけではなかった。というのも、ある朝ジェラルドが例の栗の樹のほうへ歩いていくと、遠くから旅人が一人、カルキにとてもよく似た馬に乗ってこちらに近づいてくるのが見えた。ジェラルドが街道までたどりつくと、新参者は本当にカルキの双子の兄弟といってもいい馬に乗っていた。

「やあ友よ」ジェラルドは言った。「何が君をあらゆる驚異の市に行かせるんだい」

　すると嘆かわしいことが起きた。若い乗り手はジェラルドの言葉が聞こえないふりをした。そしてミスペックの沼地を珍しげに見回したときも、ほんの数フィート先に立つジェラルドが目に入らぬふうを装った。

　旅人は目立つほど端整な顔だちをした若者*だった。青いコートと眩《まばゆ》い黄色のウェストコートを着て、その色は頭上の木の瘤とそっくりだった。首には白の高いストックタイと襞飾りを巻いていた。髪の色は赤に見えた。ジェラルドが目にとめたのは、この少年が急ぐこともなく、また足を止めることもなく、アンタンへの道を馬で行く途中、通りすぎざまにミスペックの沼地を眺めたときに見せた、怠惰で少し愉快げで、嘲り半分の目つきだった。とりわけジェラルドの目にとまったのは、驚くほどカルキに似た馬にまたがって通り過ぎた少年が、豊かな曲線を描くやや女性的な唇に浮かべたなんとも愛らしい笑みだった。

そこには紳士の雰囲気があった。だが紳士の礼儀がこの生意気な小僧になかったのは本当に残念なことだ。不当に鼻であしらわれた気がして、薔薇色の眼鏡の奥で目を瞬《しばた》き、そこに佇《たたず》んだままジェラルドはそう思った。

第三十六章　タンホイザーの狼狽した目

　別の日にジェラルドは、総身を甲冑で固めアンタンへ赴く途中の、なお見目麗しいが今は老いた神話的人物、すなわち騎士タンホイザーと話を交わした。

「向こうに行けば」タンホイザーは言った。「美しい淑女ウェヌスにふたたび見《まみ》えられよう。それから、お歴々の狭量で残酷なやり方に妥協しようとしなかった、勇気があり意気盛んな罪人たちにも」

「わが友よ」ジェラルドは穏やかに言った。「世間の紳士方のあいだにも、そこここで、かなりの徳が見出される。妥協にさえも徳はある」

　するとタンホイザーは叫んだ。「そんなことはない。わが一生がそれを否定する。そしてわが名が絶えぬかぎり、わたしはその嘘を否《いな》む。なんとならば、わたしを裏切ったのは善人たちや名士たちだからだ。誇りと世才と誠意の欠如が市　民《ブルジョワジー》に、そして聖職者にさえ存在するのをわたしは見た。悔悟する罪人をまず第一に支え導くべき者であるはずの聖職者にさえ。そこでわたしはふたたび、敬虔だが心の狭い者の忌み嫌う、露《あら》わに異教風な美のもとに舞い戻った」

眩《まばゆ》く輝く灰色髪の神話的人物は己の生涯を熱く語り、露わに異教風な美女を愛するあまりにヘルゼルの丘の洞窟に誘《いざな》われた次第を、そこで貴婦人ウェヌスの愛人となって露わに異教風の快楽のあらゆる手管を追求した次第を、そして七年間の露わに異教風の気晴らしのあと、中年の衰えに唆され悔悟に襲われたとき、教会の指導者たちや、教会の首長たちの心は、かれへの同情を少しも見せなかった次第を語った。めそめそして偽善的な教会の者に辟易したタンホイザーは、今ふたたび露わに異教風な気晴らしに、すくなくとも中年後期に許される限度内で、戻っていくところだという。

ジェラルドは耳を傾けた。そういえばケア・オムンの鏡のなかで僕はしばしタンホイザーだったことがある。考えてみれば不思議なことだが、いろいろ体験を経るうちに、かつては熾烈な偶像破壊者であった自分を、時が変化させつつあるようだ。というのも今、この老いて反抗的な神話的人物は――つまりジェラルドが捨てた人格の一つは――色彩があまりに鮮かすぎ、憐れなほど愚かに見えるではないか。その物語る話の結論は誤りだ。それは己の教会の首長と仲たがいする神の描写で終わる。それは、いくぶん不可避的に、ブルジョワ道徳を声高に嘲り、そしてタンホイザーが今攻撃している、静かで常識に従った生活を送るだけで何も悪いことはしていない者を弾劾する。これはジェラルドの目にあきれるほど幼稚に映った。名声隠れなき教皇が、高級娼館から出て来たばかりの心挫けた老色事師を歓待し甘やかさねばならぬ義理など、どう考えてもありえない。事実、ウルバヌス教皇をあれほど公然と戒めたとき、天は少々配慮が足りなかったとジェラルドには思えた。天は、あらゆる教会にいる協力者とのあいだで保持されるべき相互尊重の精神《エスプリ・ド・コー》を破った。そしてどのみち、タンホイザーの現在の宗教観は、神となったジェラルドが聞いて宜《うべ》なえるものではなかった。

それでもジェラルドは耳を傾け、それなりに親しげに微笑みかけた。

「わかる、わかるとも」ジェラルドは言った。「僕には、タンホイザーさん、あなたのことは何もかもわかる。あなたは悪行を悔い――実際あなたはさんざんそれを重ねたが――希望をもって信心に転向した。だがなんと、神の代理人らはあなたを追放した。あなたはかれらに、人間の弱さに従う人間を見た。教皇さえ――天の目から見るとどのみち――過ちをおかすのを見た。そして、無理もないことながら、その発見で目覚めた驚きと恐怖を、徹底的な放蕩のなかで、教会へ通う者たちへの辛辣な観察のなかで溺死させる道を選んだ。というのもあなたの発見は革命的だったから。人類が過ちをおかしつつあるのを見て、疑いなく星辰は軌道を震わせたことだろう。その眺めはたいそうつらいものだったに違いない。それでも、あなたはそんな形で、ロマン派芸術に有用なものとなった」

さらにジェラルドは話を続けた。「それにしてもあなたは何という影響をもたらしたことか。なんと多くの者が、タンホイザーがはじめて見出したものを発展させ、罪のない快楽を得たことか。あの支離滅裂と卑俗な精神は牧師や教会へ行く人にも見られる。だからあなたは、何世紀にもわたって、あなた一流の恩人となり続けることだろう。僕はそれを疑わない。だが僕はときたま思う。支離滅裂と卑俗な精神は、堕落したと認められた、教会にぜんぜん行かない人のあいだにも見受けられる。宗教はどれもこれも、大勢の信奉者を威《おど》して、徳のつつましい精神の行いをさせるようにする。あらゆる教会の会衆の望ましい質の平均は、なんのかんの言っても、売春宿の常連や、絞首刑執行役人のお得意さんの平均より、目立って高いように思われる。あえて否定しないが、僕の発見はまた、いかなる審美的な見地から見ても、革命的なものだ。あえて言うが、ロマンスの形では、まだ、誰も表現していない。考えうるかぎりのリアリストも、これほど注目すべき夢想を、忌むべきものとみなすばかりだ。だが僕は信じるが、いつの日か、この大胆な主題を果敢に扱った偉大な革新者は十分に報われるだろう。それはロマン派芸術に有用なものとなるだろう」

ジェラルドはこうも言った。「それに、あなたはこれからも、若者が血気にはやるときの口実として、慰めとして、このうえもなく重宝な存在でいるだろう。ただ、あえて言わせてもらえば、親愛なるタンホイザーよ、あなたの二度目の、一世紀にわたる放埓な生活は、立派な方々には、無理もないことながら、やり過ぎと思われている。僕たちはみんな多かれ少なかれ羽目を外してきた。だがそんな行為にもそれなりのやり方があり、なにより、いつかは分別をきかせて卒業せねばならない。それはどういう点においても、高邁で抒情的であるべきだ。なによりも抒情詩の簡潔さを持たねばならない。そして、なにがあっても、ヘルゼルの丘で生を終えたりしてはならない。かくいう僕だって、友よ、羽目を外したことはあった。だが僕はそれを、静かな、抑制のきいた、紳士にふさわしい作法で行い、則《のり》を越えることはなかった。その後僕はここで落ち着いている――もちろん一時的にだが、ともかく落ち着いている――淫らで熱に浮かされたようなヘルゼルの丘ではなくここで。満足した亭主がロマン派芸術に有用になる機会をもはや持たないこの地で」

「ここで生活できる者も中にはいよう。だが誰でもというわけではない」タンホイザーが軽蔑の口調で答え、その荒々しいまなざしでミスペックの沼地の静かな広がりを薙《な》いだ。

「ちょっと失礼」かろうじてそれとわかる笑みを浮かべてジェラルドは言い、薔薇色の眼鏡をタンホイザーの高い鷲《わし》鼻の上に乗せた。

一瞬の沈黙があった。ややあってタンホイザーは溜息をついた。

「なるほど」騎士は言った――「貴君だけの田舎の静かで小さな家、それに、奥方とご子息。それに庭から採れたての新鮮な野菜」

「まさにこんな家庭こそ、タンホイザーよ、あらゆる国で礎石となり、あらゆる徳の揺籃ともなり、そして何だったか今ちょっと思い出せないものの導きの星にもなる。それはまた何らかのものの王冠のもっとも輝かしい宝石でもあり、さらには、波止場や支柱や錨の働きを抽象化する際の助けにもなる。ここここそが、信じてほしいが、放蕩を終えるにふさわしい場所だ」

「わたしもあの可愛いエリーザベトと結婚さえしていれば、こんな家庭が持てたことだろう。何といっても結婚と良き女性の愛に優《まさ》るものはない。果てのない快楽追求をいつまでも続けていると、やがてその響きは空しくなる。家庭生活の単純で神聖な喜びに飢えるようになる。何がなんでも身を固めねば。こんな家を持たなければ」

希求するものすべてに対する思いが極まって、タンホイザーは眼鏡を外し、傍目もかまわず涙をぬぐった。そのあと老いてなお立派な騎士はしばらく黙りこくり、ひどく恐れた表情を浮かべて座っていた。タンホイザーはあらためてコテージと沼地に目をやり、それからジェラルドを見つめた。

「そして貴君はこの穴倉に、泥だらけの小僧と、頭が鈍く見栄えのよくない中年女だけを連れとして生きているのか。貴君を操る魔法はまったくたいしたものだ。ウェヌスがわたしを引き留めておいたのはすくなくとも知的な類の魔法だった」

「その言葉は」ジェラルドは満足げに薔薇色の眼鏡をふたたびかけてから言った。「無意味だ」

「無意味というなら、貴君をここに導いた人生こそが無意味だ。魂を潰《つい》えさせ陶酔させる無意味だ。そんなものからわたしは逃げる。恐ろしさの点ではまだましなヘルゼルの丘の魔法を求める」

するとジェラルドは問いを発した。「二つの真実だけが生き延び、交合して死ぬことが唯一の教えであるアンタンの辺境を旅したあなたは、八百万《やおよろず》の神の終着地で第三の真実を求める気はないのか」

しかし立派な騎士は、家庭生活に身も蓋もなく怖気立ち、おかげで質問が耳に入らなかったようだ。そのまま馬に跨り、狂ったようなギャロップでアンタンめがけて駆けていった。

第三十七章　場違いな神の満足

神である己の経歴の幕間《まくあい》と自分で認めた生活を送るにつれて、ジェラルドはそれに満足するようになった。ミスペックの沼地滞在というささやかな挿話《エピソード》はもうすぐ終わる。やがてそれは王であり人を超える者としての務めの重圧に潰されて忘れられさえするだろう。だがそれまではまずまず心地よい安楽に浸っていられる。心を煩《わずら》わせるものは何物もない。午前中は毎日のように、栗の樹の下でさまざまな興味を惹く天界からのはぐれ者に出会う。マーヤはあいかわらず簡素でさりげないがすばらしい料理を作る。このコテージが心地よく便利であるように気を配ってもくれる。

かれはマーヤのことを愛しく思った。近ごろあれは自分のすることに何にでも文句をつける。こうしたらどうだろうとテオドリックや家計のやりくりやテューロインでの社交について思い切って意見を言うと——あるいは窓を開け閉めしたらという発言にさえ——マーヤはすくなくとも九つの理由をたちまちひねり出し、かれの意見がまるきり馬鹿げていて、いやしくも知性のある人間ならけして口にしないものであると言い募る。そして豊かな想像力を駆使して、ジェラルドがどれほど自分勝手であるか、思いやりを欠いているか、妻の喜ぶことは何ひとつしない習性を持つかを指摘する。

ときには、一時間ばかりもぶっつづけに、どれだけジェラルドがあれやこれやで迷惑をかけているかをくどくどと、あらゆる点で自分は有能な女であり、ジェラルドのためによくできた妻になってやっていて、日ごろ自分がジェラルドについて言っていることから考えるとまあこれくらいしてやればいいやと思うよりもずっとよい扱いをしているかを言い募るのだった。

そしてジェラルドはテオドリック・クエンティン・マスグレイヴを愛してはいたが、その愛情がジェラルドを少し当惑させた。自分でもわかっていたが、衆に秀でた魅力や才能はこの子にはない。どう考えても、テオドリックがなぜこんなに愛しいのか、肉体的あるいは精神的才能の上からは説明のつけようがなかった。テオドリック・クエンティン・マスグレイヴは利発ではなく、見目もよくなく、特に人を惹きつけるわけでもない。それどころか、利己的な小暴君として君臨し、しょっちゅうコテージを散らかし、整頓された状態が好きなジェラルドを悲しませた。たえず余計な面倒事を起こし、両親の手を煩わせた。どうやら両親が自分に奉仕してあたふたする眺めが、面白くてたまらないらしい。

だがこの子の小さく暖かな、しなやかでたくましい、それでいて頼りない体に腕を回すと、そのたびジェラルドは自分の体が心地よい熱で溶けそうに感じるのだが、腑に落ちないことに、それは一種の恐慌《パニック》でもあった。この雀斑《そばかす》顔の毀れそうな生き物を馬鹿のように愛する一方、かれには確信があった。この親馬鹿はそのうち、どんな類の面倒事も裏表なく厭《いと》う自分にとって、不快に、もしかすると苦痛にさえなりかねない。この子ができてからは、ジェラルドの幸福は自分で左右できるものではなくなった。防御できるものでさえなくなった。この鬼っ子に何か降りかかれば、かれの幸福は危うくなる。己自身も頼りないと自覚しているジェラルドが恐れるのは、この子の頼りなさだった。人生は子供にたいそう残酷なものだ。人生はいろいろなやり方で子供を損ない傷つける。いかなる傷も、ジェラルドを苦しめることだろうが、それを防ぐ手立てはない。この子にキリスト教徒にふさわしい洗礼を施すことさえできなかった。ここらあたりは魔術師や妖術師がうじゃうじゃいて、そういう輩は誰もが知るように、未洗礼の子を、考えるのもおぞましい用途に使う……

それからまた、ジェラルドにはテオドリック・クエンティン・マスグレイヴなる子が本当にいるかどうか確信が持てなかった。かれは眼鏡を外したときの恐ろしい瞬間を記憶の隅にとどめていた、あのとき子供は消えた。あれは軽い消化不良のせいで、あのとき一瞬目が霞《かす》んだのは、胃の具合が悪かったからだと自分には言いきかせた。だがそれからは気をつけて、テオドリックを見るときは、マーヤの魔法がかかった薔薇色の眼鏡を外さないようにした。テオドリックはマーヤが創りあげた幻影かもしれない。だがジェラルドは何がなんでもその事実から目をそらすようにした。この子が笑うたびに乳色の異様な舌が赤く濡れた小さな口に白蛇のように覗くのにも慣れるようになった。

幕間にすぎない今の時を、マーヤは不遜にも永続化しようと企んでいるのではないかと、ときどき疑うこともあった。以前の来訪者を変身させた魔法を僕に試みる気はないようだ。どんな魔術師だろうと神にそんなことをする度胸はあるまい……。ジェラルドはわかっていたが、このあら捜しの好きな、少しも美しくない中年女との暮らしから得られる健全な単純さと散文的で人間的な慰安が、たとえ人生の幕間だけのことにしても、自分をここにひきとめているのだった。もちろんいつかは自分の王国へ向けて出発する。だがアンタンへの旅が実質的に終わり、行こうと思えばいつでも、半時間かそこらで王国と文献学匠のあらゆる力を受け継げる今、あわてる理由はどこにもない。

愛しくも愚かなマーヤが、何も魔術を使わずに自分を引き留めるという工夫を思いつけたのかもしれないと、折にふれてジェラルドは想像して楽しくなった。この工夫がうまくいったことでマーヤはひそかに得意がっているのかもしれない。全能の美《うま》し髪のフー、助け護る者、第三真実の主、天の寵を授かった者である自分をぺてんにかけているという妄想を実際に育んでいるのかもしれない。

いずれにせよ、ここでの生活は愛おしく、当面は満足できるものだった。この地の魔術師や妖術師との交際もそれなりに楽しく、それを曇らせるのはかれらが未洗礼の子をどんな風に使うかという頭にこびりついて離れない記憶だけだった。ジェラルドとマーヤはあまり外に出なかったが、隣人たちとは親しくつきあい、ときどき開かれるサバトにも顔を出し、テューロインでの出来事も耳に入れるようにした。それを除けば、家庭生活のささやかな出来事が第三真実の主を当面は満足させた。

そしてジェラルドはこう考えるようになった。ここからはアンタンはどこもかしこもすばらしく見える。小さなコテージの西向きのポーチに、とりわけ日が暮れるころに腰を下ろし、日没の光で桃色に染まった手摺《てすり》に足を乗せ、夕焼けの黄金《こがね》と深紅のすぐ下で灰色と茜色の霧に変わりつつある、あのいまだ訪れぬ広々とした野や丘では何が起きているだろうかと思いを馳《は》せることは、こよなく楽しかった。困るのは、神の想像力を授かる自分はさぞかし、あの神秘的な劇場で演ぜられる可能

The local circles of sorcerers and wizards were pleasant enough

この地の魔術師や妖術師との交際もそれなりに楽しく

性のあるどんなものよりもすばらしい出来事を今想像しているであろうことだ。

たとえば日が落ちると、アンタンにはきまって八つの灯《ともしび》が灯る。うち六つは視界の正面でひとかたまりになり、大まかに十字架を形作っている。残りの二つはずっと離れた北西で灯る。いつも変わらないこの大きな灯について、ジェラルドはすくなくとも二十の喜ばしい理論を立てた。ミスペックの沼地に留まるかぎり、どれもまことしやかに思えたが、いざアンタンへ行ったなら、そのうち一つしか真実にはならない。

だからアンタンに行くと、あの灯だけを考えても、十九もの美しい夢を壊すことになる。でもどうしようもない。約束された王国を引き継ごうとジェラルドは心から思った。あの地に何か欠けたところがあろうと、けちをつけたりはするまい。だが急ぐことはない。ここでくつろぎ、今みたいな美しい景色で目を楽しませるのは、慎重で先見の明があるふるまいといえる。そのうちこんな距離を置いてアンタンを見ることもできなくなるのだから。

夜が更けてからも八つの灯に変わりはない。だが日中にはそれと異なるもっと可愛らしい眺めがいつも見られる——丸みをおびて色彩に富んで、小ざっぱりとした丘のあちこちに、明らかに果樹園らしいやや暗い縞が、刷《は》いたように引かれている。さらにその向こうに平坦な頂をもつ山々がある。まるで青い大きな鰐が群れて眠り、そろって西に横たわり顔を北に向けているように見える。そんな慈愛に満ちた地の上でたえず行進《ページェント》をする雲は、リッチフィールドで見上げる平べったいものとは似もつかない。アンタンにかぶる雲は、ミスペックの沼地のジェラルドがいるところでは、眺める者と同じ高さにある。横からだとそれは漂う塀か絶壁、あるいは揺れるカーテンのように見え、そこを陽光が斜めに、手で触れられそうな大きく青白い束になって突きぬける。

この頃はいつもあの彼方に、広々とした茜の衣をまとった胸の高い女の体が、身じろぎもせずに、尽きせぬ炎を胸に燃やして横たわっている。それを見る者に奇妙な夢想が訪れる。いまだ誰の求愛にも応ぜぬ女王フレイディスは、あの女に似てやしまいか。この夢想は、非論理的とわかってはいても、いっこうに消えようとはしない。

「考えてもみろ」ジェラルドは呟《つぶや》いた。「女主人にあんなサイズは似合わない。あんなとりとめもない広さは、たとえ神にせよふさわしくない感じがする。でも僕はけっこう熱い心であの二つの丘を愛している。泥の堆積に光と影が軽やかに戯れるさまは、僕を讃嘆させるようになった。ここ以外の場所からはちっとも女に見えまい。そもそもこんな好色な発想は、正気の沙汰でないことは別としても、仮初《かりそめ》のものにせよ満ち足りた結婚生活を送る男には似あわない」

家庭の慰安は果敢《はか》ないだけにいっそう愛しいものになった。眼鏡をかけたまま寝る（ジェラルドはそれなりの理由があってそうしていた）のは不便だが、相応に報われるものがあった。夜中に目を覚ましても、マーヤの栗毛の頭の隣にテオドリック・クエンティン・マスグレイヴの乱れたやんちゃそうな赤毛を見ることもできる――それが目に入るのは、この子は夜もランプをつけておいてとせがむからで、母が夫と寝る代わりに息子と寝るのもテオドリックの要求であった。

戸外から、変身させられ今は馬となった先輩たちが夜の寒さに体をもぞもぞさせたり落ち着きなく足踏みしたり、ときには鼻を鳴らし嘶《いなな》くのが聞こえる。あるいは誤った道に導かれ今は子牛として生きる紳士が、ずっと遠くでもうもうと鳴く声が、あるいはマーヤの以前の亭主の一人がする咳が、不機嫌に嘲るようにくぐもった羊独特の声で聞こえる。するとジェラルドは先人たちの居場所と自分の心地よくふかふかしたベッドの暖かさとの差に、あるいは一日中自分のものである十全な肉体的安らぎに心が乱れた。というのも、こんな満足は仮初《かりそめ》のものにすぎないのを知っていたから。

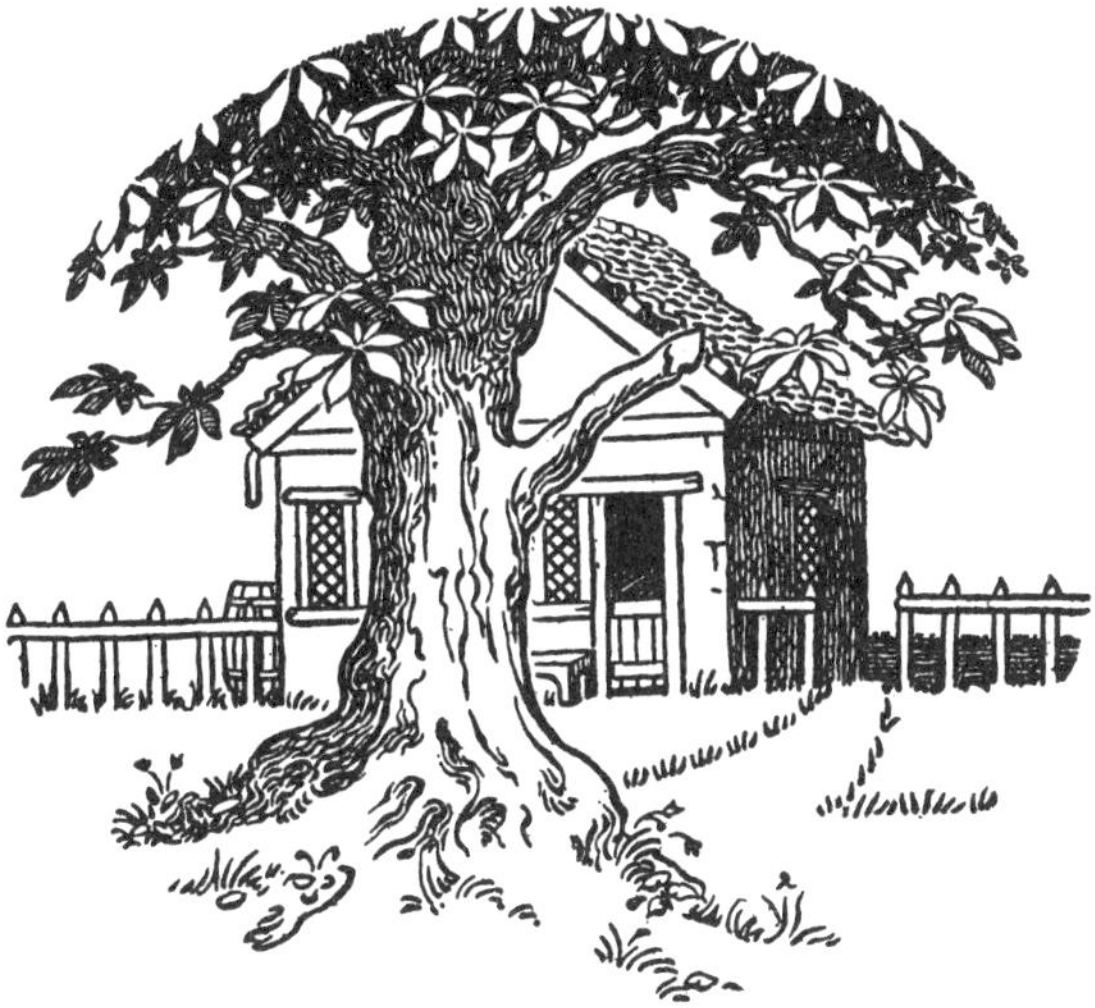

第十部　大詰めの書

「己以外は信用するな
されればお前は裏切られない」

第三十八章　主教の過去について

かくてジェラルドは満足し、心地のよい夏をまるまるこの地で過ごした。リッチフィールドで何年にあたるかもわからぬのに、過ぎた日を数えるというのも考えてみればおかしな話だ。ときどき自分を偉大なる先祖ドム・マニュエルと比べてみたくなる。あのはるかな昔、自分をただの人間と信じていて、人間くさいくだらない事柄に興味があった、今思えば奇妙な一時期、自分が書きかけたロマンスの主人公だったあのドム・マニュエル——なぜならあのポアテムの救世主は、記憶によれば、ダン・ヴレヒランの森で木の魔神ベーダと一か月をすごしたはずだから。そのときの仲間はことごとく邪悪な主義に拠《よ》る輩《やから》で、一日が過ぎるごとにマニュエルは一歳ずつ年を重ねた。

あれに比べたら僕の辿る道のりはどれだけ理に適《かな》って快適かしれない。家庭の美徳に囲まれていて、何日経っていようが気にならない。心は満ち足り、肉体だってどう見ても少しも老いていない。アンタンに行っても、これ以上に僕の好みにあう壮麗さを与えてくれるだろうか。そんな疑いもときどき湧いてきた。おそらくは来週——いずれにせよ九月より後ではない——善悪の彼岸にある自分の王国の赤い柱の宮殿に永遠に入ったあとは、マーヤの木と漆喰のコテージの単純で健全な生活が懐かしくてたまらなくなるのではないか。

それはそうと毎日のように旅人らがミスペックの沼地を抜けて、八百万《やおよろず》の神の終着地へ行くのを眺めるのは相も変わらぬ気晴らしになる。そうした巡礼者の中に、白い髭を生やし僧服を着た逞しい老紳士がいた。その姿を見たジェラルドは喜んだ。ようやくテオドリック・クエンティン・マスグレイヴに洗礼を施せる人が現われたと思ったからだ。

この老紳士はマーヤに食べ物を所望した。旅人を嫌うマーヤも子牛の白く柔らかい肉を用意し、上等の粗挽き粉を捏ねてパンに固め、竈《かまど》で焼き、ミルクとバターを取ってきた。コテージのポーチにいる主教風の男の前に料理を並べるマーヤはとても愛想がよかった。老紳士はずっと前から麗しの胸のマーヤとは知り合いで、疑いなく多くの夫に囲まれていた、人生のまさに始まりのとき知り合ったらしい。この時期についてはジェラルドはあえて妻に問うのを遠慮していた。

「お前とは筋道立った話は全然できなかった」ポーチで共に親しげに食事している最中に老紳士が言った。「お前はわたしの意図を解せず、お前の前にいた、険《けん》のある美貌と不埒《ふらち》な知恵を持つ女*が、お前の最初の男から去ったとき、お前は男を慰めるほうを選んだ――」

マーヤは答えた。「パンをもう一つ食べたらどうだい。あのマムレの原であんたが好きだったとおり焼いたものだよ。あんたがサラ*に逆上《のぼ》せあがっていたときにね。そうさ、いい娘《こ》は、ほんとにいい娘《こ》ならば、よくお聞き、愛撫は亭主のためだけにとっておくもんだ。いや、あんたの恋人だった誰それを非難してるわけじゃない。それは女がそれぞれ自分で決めることだ。ただ、あたしに言わせれば、まだ力を持っている神さまと惚れたはれたの関係になったら人目に立つし、結局は不幸に終わるしかないよ」

「でも――」ジェラルドは不機嫌そうに言いかけた。

マーヤはその手を軽く叩いた。「違うの、ジェラルド、あんたのことじゃない。あんたの力に限りはないし、ほかの神さまたちとも全然違ってる。あたし以上にそれを知ってるものは誰もいやしない。だからお客さんの前で駄々をこねるのはお止《よ》し。この人だって、あんたは神さまと思っているともさ」そして何でもないように客に向かって言った。「この人が取り乱してるのはそんなわけなの。なにしろ自分が甘し髪のフードゥーで、叫び偽る者で、あと何だかかんだかだと思い込んでいるんだから。それはそうとあの女、アダムはあの女を厄介払いできてほんとによかったねえ」

「だが」白髭の紳士が、思い出を懐かしむように微笑んだ。「あの男自身はいつまでもそう思っていただろうか」

「まあなんてこと言うの。あんたとあたしは、ああいうのがどんな輩かよく知ってるのに。もちろんあいつは、あの女の思い出を後生大事にしたろうさ。あのろくでもない女が、文字通り悪魔のもとに去ったあともね。でも顔は悪くなかった。ともかくそれだけは認めなきゃね。だからあの哀れな男は一度見たあの美しさをずっと覚えていた。誰かが独り占めにするには可愛すぎると、あの男はよく言ってたもんだ。あたしだってそう思う。地獄の審美家たちと争うほんの少しのチャンスさえなかった……。そしてあの男の息子どもときたら」マーヤは思いにふけるように鼻を掻いた。

「どういうわけかあの男の息子どもは、誰もがあの思い出を失くしてない。折にふれてあたしの娘たちに不満を感じない奴は一人もいない。そして半ば覚えているあの女のことを思い浮かべて物思いにふけるんだ。あたしの娘たちは、それに辛抱しなきゃならないのさ」

「聞いた話じゃ、あの女もあっちにいるそうだ」――そう言って老紳士はアンタンのほうに顎を向けた。そしてさらに言った。「お前の娘らのなかで、あのリリスの永遠に消えない記憶に嫉《や》いてない者は誰もいないんじゃないかな。アダムの息子らにとってリリスはいつも一番で、誰もその愛を完全に忘れることはなかった。あの女のおかげで大勢の男たちが、お前の娘たちの誰かに、身も心も捧げるのを拒んでいる。そういう男たちの数は、お前が我慢できるよりもはるかに多い」

「あたしたちは嫉《ねた》みぶかい。でも際限なくってわけじゃない」女主人らしく客に新鮮なミルクを注ぎ足しながら言った。「第二ヴァイオリンに甘んじる女なんてありゃしない。たとえ気のふれた詩人の心の中でもね。でもあたしの娘たちは、そんなのたいしたことないってわかってる。男ってのはある物に夢中でないときは、別の物に夢中になる。自分だけの無意味なロマンティックな夢にひたるけど、憐れな恋人や、あるいは何より女房に、お前もロマンティックになれと悩ますことはない。ちゃんとした女ならそんなのはぞっとしないからね――」

だが老紳士は溜息をついた。「お前はいささか痛いところを突いた。手を替え品を替え一心に、通俗ロマンスへのくるくる変わる需要に応ぜざるをえないような不運な奴が、わたし以外にいるとは夢にも思わなかった」

するとマーヤはたいそう親しげな笑みを浮かべた。「そうさ。でも、あんたはとてもうまくやったじゃない。実際、あんたくらいすばらしい人生を送った男なんていないよ。まるで昨日のことみたい――そうでしょ――あたしたちがみんな若くていっしょに例の園にいて、あんたの名声だってたんに田舎でだけのものにすぎなかった。でもあんたたちユダヤ人はほんとに要領がいいんだから」

「そもそもわたしはユダヤ人でさえなかった。だからうまくやっていけなかったんだろう。ミディアンの民*にとってわたしは風神*だった。だがどういう手を使われたのか、わたしはユダヤ人に拐《かどわ》かされた。まだ神の見習いで、シナイの断崖で余念もなく稲妻で遊んでいたころのことだ」

「そうだとしても、最上のキリスト教徒たちの仲間うちであんたが登りつめた地位と、あんたが今受ける教会での絶対的な尊敬と、あんたに霊感を受けたすばらしい詩のことを考えると、あとそれから、あんたがどこに行ってもどれほど有名かを考えると、あたしはあのことが誇らしいよ。あたしたちが今より若かったころ、あんたは一度」――ジェラルドはマーヤが可愛く頬を染めたのを見た――「あたしと他のことをするつもりだったじゃない」

「お前は」老紳士は言った。――今気づいたが、この男はまさにユダヤ人の風貌をしている――「わたしの最初の失望だった。そうだ、いくつもの点でわたしの人生は普通ではなかったと思う。そして最後にはわたしをたいそう気まずい立場に追いやった。何もかも思った通りにはいかなかった。どういうわけだか」

そこで逞しい、白い髭を生やした、主教の服装をした老紳士は、自分の最初の家族について語った。イサクという名の息子から生まれた子孫*がいかに道を外れたかを語った。家族の愛情を風神らしい強引な方法で繋ぎとめようとしたことを語った。だが何の役にもたたなかったらしい。何十回ものの疫病や洪水や捕囚や殺戮や心を挫く奇蹟があった。わたしはバビロンやペリシテや他の何十もの王国の剣を送り込み、かれらを殺戮させた。巨大な犬を送り、骸《むくろ》を千切らせた。猛禽と野獣の群れを送り、貪《むさぼ》らせ破壊させた。そこには髪一筋の愛情もなかった。かれらの市《まち》を荒らし、浜辺の砂ほどの寡婦をつくった。かれらを餓死させ、業病で穢し、雷光で燃やした。熱弁を奮い悲観的な預言をする者で悩ませた。要するに、かれらの愛情の衰えを促進できそうなことなら文字通り何でもやった。子孫を虐げれば虐げるほど、ますますかれらは本心ではわたしを愛さなくなるようだった。何か警告するとたちまち、あるいは父の立場から何か訂正してやるとすぐさま、そこから生き延びたものはますます誰か他の保護者《パトロン》を好むようになった。何もかもげんなりすることばかりだった。

老紳士は次男*の話もした。その語りは雲をつかむようで、できごとの全体像を把《つか》んでいないような話しぶりだった。その昔大いなる犠牲と贖《あがな》いがあったらしいが、それが何をもたらしたかについては、老紳士は理解するそぶりさえ見せなかった。あの贖罪を多少なりとも好意的な心持ちで見ていられるものはいるだろうか。父親なら誰でもあんなことはとても嫌で心が乱れるはずだと、わたしはひそかに思っている。ともかくそのできごとから一つの教会が生まれ、わたしはそれに、どちらかといえば義務感から付き合っていた。そしてまことにみっともないことに、かれらに正式に平和主義や許しや一般的な愛の優しさになじむよう説き伏せられたあと、どうにも理解できない僕《しもべ》たちが、道徳的に高い水準からやっているのだからと、前よりひんぱんに小競り合いをしたり人を殺したりするようになった。かれらは化体説を巡り、ギリシア語の二重母音を巡り、全身洗礼と頭部洗礼それぞれの利点を巡り、子供の地獄行きを巡り、信仰のみによる救済を巡り、そして他のたくさんの深奥なことどもを巡って争った。アラビアの風神であるわたしは、生涯のうちの真の自己形成期を田舎で育てられ、正規のアカデミックな訓練を受けることもなかったのに、そんな自分もそうした議論を理解することを期待されているようだった。何もかもげんなりすることばかりだった。

今いるところでも、昔よりさほど幸福ではない。職業のゆえに結びつけられた教会で、わたしはかなり高い位にいる。そうとも、と老紳士は、素直に困惑の顔を見せて、自分の名が崇められていることを認めた。だが自分の行為は何もかも——燃えさかる炉の中で信徒らと会議を開いたこと、鯨を使って使者たちに都市間の交通の便を与えたこと、太陽を止めたこと、そんな目覚ましい行為さえ——偉業はことごとく、風神にふさわしい癇癪と荒ぶりのあらゆる自然な発現といっしょに、詩人の創作とみなされるまでに矮小化されてしまった。わたしの存在そのものが、三重性によって複雑になった。その三重性は知性では把《とら》えられぬため、わたしの存在を万人が信じる妨《さまた》げとなった。初めて聞いたその瞬間からそれは、わたし自身には少しばかり受け入れがたい教義のように思えた。なにぶんわたしは、何千年ものあいだ、定例行事で三つに分離したりはしなかったから。そして千八百年にわたるこの三位一体性の教義を巡る思索は、わたしも公的な立場上かかわりを持たずにはいられなかったが、問題をあまりに複雑で謎めいた、田舎育ちのアラビアの風神にはとうてい理解のおぼつかないものにした。セイルやシナイの農民のあいだで宗教訓練をはじめてからこのかた、いろいろなキリスト教国の宮廷や大きめの尼僧院で、どれほど真摯で寛大であろうとしても理解は無理だった。それに、正直なところを言えば、自分の存在は疑いもなく、最高級の神学校を卒業した高位聖職者にさえ理解できぬ崇高な神秘であり、自分の行いはすべて詩人の創作であるといった考えは、さほどありがたく受け入れはできない。アラビアの風神の単純な頭でわかるかぎりでは、それだと人間の知性で現実として把握できるものはわたしの存在の中には何も残らなくなる。それは自分の推測できる範囲では、教会の教えを余さず受け入れた真に熱心な信者たちを、空虚への献身者にしかしなかった。何もかもわたしを底知れぬほどげんなりさせることばかりだった。

「要するに」僧衣の老紳士は言った。「わたしが思うに、キリスト教会におけるわたしの今の位階はどうにも理解のしようがない。ある意味でアラビアの風神を据えるべき場としては誤っている。教会のもとでわたしは老いた。わたしは公平であろうと努めた。ときには一歩譲ってこうも考えさえもした。ある者にいままで会わなかった人は、もしかしたら、その者が実は三人で、その行いはすべて詩人の創作と信じることもあり得るかもしれない。人の想像力は逞しいからな。しかしわたしは指摘せざるをえないが、わが友よ、自分自身についてそんなことを信じられる者は一人としておるまい。だから、わたしに関するこれら奇妙奇天烈な理論は、それを信じない懐疑家がすくなくとも一人、わたしの中にいることを要求する。そんな理論は実際、わたしの中にいる懐疑家の存在次第でどうにでもなる。わたしは直観するのだが、こんな論理は間違っているにきまっている。わたしの教会に結びついたあらゆる者のなかで、わたしひとりが不可避的に、懐疑家つまり無神論者のままでいることを運命づけられているのは不公平に感ずる。そしてわたしはそれらすべての不公平と非合理のもとで着々と老いた。もし若い頃の活力を保持していたら、率直に言って、つむじ風や雷光や、あるいはもう一度大洪水を起こして、いわば過去を水に流し、また一から始めるだろう。だが、なんと、愛しいハヴァーよ、お前とはじめて会って以来、わたしは老いた。説明のつかない神学と、かれらの言うところの合理化が、訳のわからないわたしの帰依者によってわたしに押し付けられた。それはこの千八百年ほどのあいだに厳密さを増し、論理的に見て自分の存在を疑いたくなるところまでわたしを持っていった。かれらがわたしについて語ることは、端的にいえば矛盾だらけだ。そして――」

そう言うと老紳士は意味ありげにアンタンに手を振った。

ジェラルドが立ち上がった。そして自分のミルクのグラスと子牛のサンドイッチを脇に片づけた。それから顔を輝かせて言った。「二つの真実だけが生き残り、『われわれは交合し死ぬ』が唯一の教えであるアンタンの辺境を旅する者よ――あなたはすくなくとも、米国聖公会の公的な指導者として、八百万《やおよろず》の神の終着地において第三の真実を見出すことを、確信しつつ期待しておられましょう。そこであつかましくもお願いしたいのですが、一つのとても簡単な問いに答えていただければ――」

「ああ、わが友よ」老紳士が困った顔で言葉を遮った。「もちろん専門的見地から言うなら、わが信仰はしかるべくあるものすべてだ。だがわたしには、考えの単純なアラビアの風神相応の度量しかない、しかも今は教会の実務から引退しつつあって、こんな風に薄々感じている。つまり、誰かがどこかでどんな形にせよ二つの真実の本質を理解したなら、その時こそ、頭を存分に働かすための第三の真実を要求する絶好の時ではないかと」

「その自明の理は否定できません」ジェラルドはがっかりして言った。「でも言い逃れにも聞こえます」

「事実」当惑した老紳士は、悲しげに頭を振って言った。「事実、わたしが三重性を得たとたんに、二重性*の廉《かど》でも告発されるようになった。今でも覚えているが、グノーシス派はまったく不親切なことをそれについて言っている。ヴァレンティヌス派もやはり無慈悲だ。とはいうものの、いまさらプリスキリアヌス派の見解を繰り返すのもいささか考えものだ」

「――ともかく」ジェラルドはきっぱりと言った。「どんな風に言い逃れようと、米国聖公会の義務から逃れるのはあなたのためになりません。世界はいまだに、僧職とそれが表象するものすべてを必要としています。あえて指摘しますが、僧職にあるものの荒ぶった話はいまだ多くの人を畏れさせ、質朴な心から生ずる、世間に有用な善行を積ませています。実際、あなたたち聖職者は、大衆に与える効果において、塩化水銀（下剤などに用いる）を思い起こさせます。なぜならその効果だって結局のところは有用だからです。他にも似た点があります。もし聖公会派的な行いの奇妙なやり方がときおりあなたを驚かせるとき、まず思い起こすべきは、それは結局は世間を善くするためであるということです。あと指摘せねばなりませんが、アンタンに行ってわたしの臣下の一人になることは、絶対にあなたのためになりません――」

「この人はね」マーヤはもう一度、噛んで含めるように客人に言った。「自分は神さまって思ってるんだ、わかるかい」

「だって本当にそうなのだから」ジェラルドが言った。「たえず茶々を入れるのはみっともないよ、マーヤ。それに今の状況にしても、米国聖公会員として受けた僕の教育から見ると、みっともないものだ。何が何でも避けるべき状況だ。この紳士はアンタンに行ってはならない」

「だからといって何をしろというんだね」

「なにも不安がることはありません。あなたの老化、そしてそれに伴うアンタンに行かねばという思い込みは、しかるべきディルグの神性でたやすく癒せます。わたしの助力を求めるよりほか、貴君の辿りうる賢明な道はありません。では少々失礼して――」

そしてジェラルドはなお少し心を昂ぶらせつつ、僧衣の老紳士を、残り一滴しかない大洋の攪拌で洗礼した。

第三十九章　マスグレイヴの洗礼

たちまち白い髭の老紳士は、たいそう魅力的な姿をした、うら若い東洋人に変身した。体は火のように輝き、頭の周りに小さな稲光《いなびかり》がたえず閃いている。かれは満足げに言った。

「すばらしい魔術だ。頑固で無慈悲なユダヤ人らに拐《かどわ》かされる前の、ミディアンにいたときの若さと活力が蘇った」

「それでこれからアンタンに行くのですか」ジェラルドが少し心配そうに聞いた。

「友よ、今のところそのつもりはない」陽気で逞しく若いアラビアの風神は言った。「あるわけがない。キリスト教徒としてのわたしの非論理的な地位と、訳のわからぬ外国人に合理化される心苦しさは、もう金輪際ごめんだ。ありがたくわがミディアン人《びと》たちのもとに、セイルに、シナイに、ホレブにあるわがささやかな祭壇に帰らせてもらおう。田舎のささやかな神となり、静かな生活を送ろう。まともで気心の知れた民の雨乞いの祈りを聞き届けてやろう。昔やったとおりに、幼児や山羊や、ときには捕虜といった合理的な贄《にえ》の煙を存分に吸ってやろう。そこではわが行いが正当に讃えられる。奴は三重身だなどという不快なスキャンダルもそこには広まっていない。それはそうと、わが恩人よ、お礼に何かできることはないかね」

「もちろんありますとも」ジェラルドは答えた。近所にこれほど大勢の魔術師や妖術師がうようよしている中での心配は、たえずジェラルドの頭の隅にあった。「お言葉に甘えて、ささやかなことをお願いします。あなたも見たように、僕たちには息子がいます。僕が思うには、これはテオドリック・クエンティン・マスグレイヴに米国聖公会の儀式にのっとった正式な洗礼を受けさせる絶好の機会ではないでしょうか――」

風神はユーモラスな驚きを交えて答えた。「このわたしが、聖公会の牧師に見えるのかね」

「もちろん突飛なお願いということは承知の上です。でもあなたは、僕の見るところでは、キリスト教教会のいかなる宗派においても公的首長の一人ではありませんか。そんな立場にいるのですから、われわれマスグレイヴ家のものが親しんだ聖なる儀式を司る資格が十分にあるはずです」

主教であったものはふたたび笑った。一瞬横目でいたずらっぽくマーヤを見た。それから神はテオドリック・クエンティン・マスグレイヴを呼び寄せた。

少年はものも言わずに進み出た。有史以来、これほど可愛い小僧はいるまい、とジェラルドは思った。利かん気でおどけた赤毛の悪たれ小僧は今、とまどいの表情を控えめに見せながら、興味深げに小さな顎を突き出し、風神の輝く顔とそのまわりで戯れる小さな稲光を見上げていた。非のうちどころのないその所作に、ジェラルドは親馬鹿としか思えない誇りを抱きながらその横に並んだ。ジェラルドは全身が熱《ほて》った。息子の洗礼という厄介なことを託せる人がとうとう、それも最高の権威者が現われたからだ。ジェラルドはにこやかに、そしてやや見当違いに愛しくも愚かなマーヤにうなづいて、テオドリックの所作の見事さに注意をうながした。少年は真のマスグレイヴ家にふさわしい落ち着きと立派な作法を見せていた。

次に風神は飲みかけのミルクのグラスに指を浸し、テオドリックが持ちあげた額に印を描いた。だが後から思い返すと、それは十字の印だったのか、ジェラルドにはどうもこころもとなかった。

「これはわたしに若さを蘇らせたのとは別種の洗礼だ。この子にはもう若さがあるから——どう見ても」風神は少し不思議がりながら呟《つぶや》いた。「だから、わたしの創造物ではないこの子を、あの女の束縛から、そしてこの子をこの地上で生きるようにさせた敵対者から、解放してやろう。わたしは七つの罪の赦《ゆる》しを命じる。七つの罰の免除を求める」

「でも、言っちゃなんだけど、あんたはとても長い間それにかかずらってきたのよ」マーヤが静かに指摘した……

ジェラルドは、儀式が終わった今、人目もはばからずテオドリックを抱きしめ、お前は成長して、もうキスにふさわしくなくなったと語りかけた。だがしがみつく子がこうたずねたので、何と言っていいかとまどった。「でも父さん、誰がそれを始めたの……」

風神はマーヤに話しかけていた。「忘れてやしないかい、愛しのハヴァー、わたしはあの子を、お前への奉仕から解放したということを」

落ち着き払ってマーヤは答えた。「するとあの悪たれ坊主は休みをもらうってわけだね。まるであたしはあの子におぶさってたみたいだけど、そんなわけじゃない。でも正直に言うと——これがはじめてじゃないけど——あんたが今、何を企んでるのか、もひとつわからないのさ」

第四十章　裏返る木の葉

かくて東洋の風神はシナイとホレブにある自分の古神殿を探そうと、日常の世界に還って行った。ジェラルドは幸せそうな面持ちで将来の臣下を見送った。だが一方では、あの人が僕の臣下になったらどうも少しやりにくいな、と感じざるをえなかった。その晩は穏やかに過ぎた。だがジェラルドには、洗礼後のテオドリックは、少し不機嫌で静かすぎるように思えた。テオドリックが子供とも思えぬ声を出したのは、ようやく次の日、朝食が終わってすぐのことだった。アンタンに行きたいと言うのだ。

ジェラルドの心は乱れた。だが強いて軽い口調で、こう言ってみた「もし――？」

「もしよかったら」半ばしか笑《え》まぬ、醜い、あまりに愛しい小僧は、素直に言い添えた。

「あんたの父さんの言うとおりに違いないよ」マーヤが答えた。ポーチを掃く手を止め、一瞬のあいだ、箒《ほうき》を傾《かし》げたまま、少年の希望について考えた。「でもたまには少し外に出てみるのも悪くなかろう。護りのまじないをしてやる。ただし、晩御飯の前に顔と手を洗えるように帰って来ると約束してもらわなきゃね」

ジェラルドは淋しげに言った。「それはそうと、お前がポーチから掃き出した、あの小さい黄色のものは何だい」

「プラタナスの落ち葉だよ。昨日の夜に風が吹いたのさ。今話してることとは関係ない、そんなたわけた質問をしないでくれたら本当《ほんと》に助かるんだけどね」

「するとそれは、夏が終わりかけてるってことじゃないか。これからは何も大きく育ったり愛らしくなったりはしないってことじゃないか。成長の時は終わったってことじゃないか」

「誓ってもいいけど、あんたがときたま言うような馬鹿げたことを、いい大人が言ってるのは、他のどこでも聞いたことはないね。まるで終わらない夏だってあるみたいじゃないのさ」

「そりゃそうだ。夏はきっと終わる。夏の暖かさと心地よさはなくなる。そのとおり、死が空気に入り込む。心弾む眺めじゃないけど、それだけのことだ」

「その何ともつかない話――本当は深遠で賢明で、ただあたしにわからないだけかもしれないけど、わかりたいとも思わないね――あたしはぜんぜん違うことを聞いてたんだよ。まあいつものことだけど。あんたがあたしに注意を向けてくれないなら、死んだほうがましって気になるよ。ましてやこのポーチをきれいにする気になんかなるもんかね。どこを見てもあんたの汚い足跡がついてて、そのくせ自分の子供にはちっとも当たり前の関心を見せないんだから」

「ああ、するとお前はテオドリックのことを言ってたんだな。そうだ、子供は遊び相手がいないと落ち着きがなくなる。お前がベッドを整えているあいだに、あいつの思い付きについてあの子と話してみるよ」

何も変わらないいつもの日常だった。だがジェラルドの心は乱れた。コテージの中からはマーヤが枕を叩く音が聞こえてきた。周りには何も変なところはなく、心地よく、親し気で、落ちついて見える。だがどういうわけか、何もかも変わりつつあるのがわかる。本当の悲しみはまだ湧いてこなかったが、秋の葉の最初の一枚が落ちるのを見て、不安と憤りの混じったものをかすかに感じ、小さな心地いい家の周囲のすべてが変わりつつあるのに、押しとどめる力は自分にはないことを知った。

第四十一章　あらゆる父の子

ジェラルドは街道まで息子に付き添った。二人は栗の樹の下で話を交わした。ここはちょうどジェラルドが、ミスペックの沼地を抜けアンタンへの旅を続ける大勢の奇妙な者たちと話を交わしたところだ。

まずジェラルドは真実を露わにするのに不可欠であろう儀式をとり行った。少年はおとなしく見ていた。やがてテオドリックの顔に笑みがひろがった。だが父がこの滑稽な仕草を終えるまで口は出さなかった。

次にジェラルドは幼い息子に問うた。テオドリックは答えた。子供の姿をしたものはあいかわらずそこに座り、柔らかい赤い唇が動いていたが、小さな白蛇に似た妙な舌は、どんな子供も知るはずのないことを語った。

暗い魔術の世界にジェラルドはたびたび遠出をしたが、それらはいずれも、いま部分的に姿を現わしたものへの心構えにはならなかった。人の五感が感知する世界の外に空間があることは知っていた。地球の軌道の彼方にある領域も、もと魔道の徒として知らないでもなかった。だがようやく今にして、妻がわが子を引っぱり出したのはいかに遥かな深淵からかが理解できた。少し抵抗を感じながらも、いかなる種類の魔術によってマーヤが息子に見せかけたこのものを、人の五感が感知できるより幸せな上辺《うわべ》の世界に連れてきたかさえも、およその見当がついた。

ジェラルドは心を動かされた。古今のたいていの亭主と同じように、結婚して面倒を見ることになる男性に対して女性が育む、揺るぎない、心のこもった、無節操な愛をかいま見て、慄《おのの》かんばかりになった。かれは後ろめたく感じた。これほど偶像化され、甘やかされ、この世のものとも思えない無分別に値するほどの怖ろしい値打ちは自分にない。そしてジェラルドは息子が欲しいという気まぐれを満足させるためマーヤがどれだけのことを即座に行ったかを理解し、心から感動した。マーヤは僕に警告もした。あんたは自分を悲しませまいとしてるんだよと。そうだ、いかなる方法でか、マーヤの女性としての直観は、僕のあらゆる賢さの盲点を見抜いた。だがそれでも、僕の願いをはねつけはしなかった。かわいそうなマーヤは、辛辣な言葉を交えながらも、何もかも僕の好きなようにさせた。

息子は幻ということが、少し前から、いかにこの上ない恐怖だったことか。雀斑だらけの滑稽で頑固な少年に何が宿っているかを知ったうえで、ジェラルドは愛する息子に目をやった。息子はすぐさま見知らぬものとなった。こいつは今、想像を越えた危うさを持つ脅威であり、邪悪どころではない化け物だ。しかしジェラルドは、このテオドリック・クエンティン・マスグレイヴをいまも愛していることを、ぼんやりと不思議を感じつつも知った……

ややあってジェラルドは、この子供の無垢と頼りなさの恐ろしい戯画《パロディー》に、アブデル‐ハレス＊と

He was now a threat of unimaginable danger,
and a creature worse than evil.

こいつは今、想像を越えた危うさを持つ脅威であり、邪悪どころではない化け物だ。

して自分が呼び出したこのものに、ジェラルドはもうひとつの問いを投げかけた。

「でも僕はあの女《ひと》の目的に仕えたんだ、お父さん」少し心を騒《ざわ》めかせる笑みを浮かべながら、子供は答えた。「そう、僕は知っている。あの女には大勢の亭主がいた。亭主はたいてい息子を欲しがった。僕はいつだってその息子だった」

一瞬の沈黙ののち、このものは、子供の可愛らしい唇を通して、ミディアンの風神が手を触れて赦免したことで、己から解き放たれた束縛について語った。その話は特に不快な部分があった。ジェラルドがアブデル-ハレスとなお呼ぶテオドリック・クエンティン・マスグレイヴはさらに話し続け、なぜ自分がアンタンに行き、文献学匠ではなく、女王フレイディスに遭わねばならぬのかについて語った。

女王フレイディスに何の用があるんだ、とジェラルドはたずねた。子は語って聞かせた。ジェラルドは震えた。ほんのひと時にせよ、体が風邪に罹ったようになり、吐き気もしてきた。それでもこの怪物がこの世ならぬ故郷へ帰りたいと願うのはごく自然な気持ちには違いない。

「わかった」ジェラルドは言った。「ほんの十分前まで知らなかったことが、今ではかなり理解できる。実に言うとお前から教わったことには相当驚かされた。それでも、わが息子よ――もし習慣の力と、わが幼子に抱いた愛を許してもらえるなら、わが愛しい息子よ――！　でも気がつくと口から出るのは、感情にまかせた、まるで場違いなことばかりだ。僕の声は、自分でもくやしく思うが、やぶれかぶれになりかけている――」

ジェラルドはそこで黙り、息を呑んだ。子供の姿《なり》をしたものがこちらを人知を超えた目で冷ややかに見ている。だが小さな白蛇の舌は一語も発しない。そこでジェラルドはふたたび口を開き、浮《うわ》ずって声高な、少しヒステリー気味の声で言った。

「つまりだ、わが親愛なるアブデル・ハレスよ、僕は今、さんざん鞭打たれた赤子みたいに泣きじゃくりたい気持ちなんだ。僕がお前に願うただ一つのことは、いきなり子を奪われた親の気持ちを、訳のわからぬ発言は聞き流してくれていいから、ただ尊重してくれということだ。お前は僕の心からの望みを叶えてくれたし、僕をたいそう幸せにもしてくれた。その一部は今死んだ。でも一時は完全な形で所有していた。僕は満足している。今度は、お前が望むものを得られるかどうか、とくと拝見してやろう」

第四十二章　テオドリックは出発する

ハンカチを少し役立たせてから、ジェラルドはマーヤのところに戻った。きれいに包まれたランチが、テオドリック・クエンティン・マスグレイヴのアンタンでの食事用に準備されているのを見ても、さして驚かなかった。

強いて無関心をよそおって、ジェラルドは言った。「ねえお前、あいつとどっくり話し合って、僕は決めた。坊やは行かせたほうがいい」

「当たり前じゃないの」マーヤは言った。「おまけに朝っぱらからさんざん何でもないことであたしを煩《うるさ》がらせて。今まで煩がらせかたが足りなかったとでも思ってるの」

そう言うと、魔法をかけられた去勢馬たちから、もと皇帝だった二頭のうち、見目のよいほうを呼び出した。

「あたしの子なんだから、それなりの威儀がなきゃね」マーヤが言った。

するとジェラルドが口を出した。「だめだ。皇帝馬じゃ不足だ。神馬がいい。カルキに乗せよう」

「あれあれジェラルド、あんたの訳のわからなさかげんには、このあたしさえ腰を抜かすよ。カルキはあんたの馬だってちゃんとわかってるだろ。あんたがいつもごたごた抜かしてる約束の王国に行くのに、あの馬は要るんじゃなかったのかい」

ジェラルドは少しのあいだ女房を見つめた……。静かで大いなる歓喜が実感された。何もかもが疑わしく不安定に思える世界で、なぜか幸運が転がりこんで、マーヤに巡り合った。がみがみうるさいが、揺るぎなく、真心をこめて、なりふりかまわず愛してくれた。特にきれいではない。賢くもない。共に暮らしやすい女でさえない。だが今知ったのは、僕とこの女は一心同体ということだ。この愛しい、たえず文句を言う、呑みこみの悪いマーヤとの別れに値するものが、アンタンにあるはずがない。恐ろしいことだが、僕はこの女なしには生きていけない……

ジェラルドは言った。「しかし予言には、アンタンの力はカルキに乗る者に渡されるとある。カルキに乗る者はいかなる危険にも遭わない。だからカルキを——僕らの息子にくれてやる。そうすれば道中安全だろうから。永遠にお前と別れるただひとつの機会を失くそう。お前は世界中のどんな王国よりも価値がある」

マーヤは言った。「でも——」

ジェラルドは微笑んで答えた。「それでもだ」

そしてテオドリック・クエンティン・マスグレイヴと呼ばれた幻は、ジェラルドの手でカルキの背に乗せられた。後継者のために神馬の鐙《あぶみ》を調整したのもジェラルドだった。子供の姿をしたものは八百万《やおよろず》の神の終着地めざして駆けていった。小さな体が輝く巨《おお》きな雄馬の高々とした背にちょこんと乗っているのは可笑しくも悲壮な眺めだった。

ジェラルドは馬と息子が視界から消えていくのを眺めた。腕は息子を追ってほんの少し持ちあがった。腕は永遠に失われた小さな体の暖かさとしなやかさを偲《しの》んで疼《うず》いているようだった。テオドリック・クエンティン・マスグレイヴは、思うだに気持ちの悪くなる力から生まれた単なるまやかしものだった。それは今さら疑いようはない。だがそれがどうした。僕は世間の他の父親とくらべても、格別ひどい目にあったわけではない。どんな父親も、息子を小さく無力で、訳もなく愛しい者のままにしておけはしない。温かでしなやかで逞しい小さな体が、やがて生意気でやかましい学童に、あるいはひとかどの青年に、育ってしまったら最後、誰にも愛せやしまい——そう考えてみても、かれの心は晴れなかった。

ジェラルドはマーヤのほうを向いた。「僕に残されたのはお前だけだ。でもお前さえいれば十分だ。僕は幸運だった。お前は僕にはもったいないくらいの女だ」

マーヤは困ったような愛しいような顔をしてジェラルドを見ていた。話しぶりからは、あのがみがみした調子がほとんど消えていた。「まあジェラルド、何を馬鹿言ってるの。あんたの話を聞いてると、あの子が二度と帰らないみたいじゃない——晩御飯までには戻るでしょ。お尻をぶたれたくなければ」

するとジェラルドは抗うように手をあげた。「呑気らしいことを言って丸め込もうとするな。身に余る野心、大それた夢、たぶん神だけにふさわしいそんなものから、僕は永久におさらばした。お前が作った僕たちの息子の幻は行ってしまった。もう戻らない。でも習慣と偽りない愛のおおかたは残っている。そんなものが英雄にふさわしいとは言わない。だがそれで十分だとは言う。

だからお前も、僕を縛る強い絆だけで満足してくれ。わざわざそれを楽観という造花で飾るにはおよばない」

「それであんたは満足なの」マーヤは言った。

ジェラルドは答えた。「十分満足だとも。これからも毎日、僕たち二人は誠実に、助け合い、大いなる愛で生き、別れないようにしよう。僕は満足し、すっかり悔い改めた。どんな生を送ろうと、お前がいなければ半身が欠けたも同然だ。僕の望みはミスペックの沼地で静かな暮らしを続けることだけだ。人生は中庸が一番だ。なんで神さまになったり、知らない地を治めに探したりしなきゃならない。あの道は困難で、喧騒《けんそう》と抗争とに溢れすぎている。足るを知るほうがいい。人生のありふれた愛しいできごとに満足し、限りのない不変の愛で、それでいて欠点にも目をつぶらずに僕を愛してくれる女と誠実を分かち合うほうがいい。それだけで十分で、僕に値する報いをはるかに超えているのを知ることも知恵のうちだ。実直な亭主の義務とは、手の届かない、あるいは届くにしてもおそらくは割りに合わない苦労の果てにしか手に入らない高揚した日々に、狂おしく憧《あこが》れたりはしないことだ。そしてわが家の暖炉の炎の心地いい温《ぬく》みのなかで、われわれ銘々《めいめい》はそのうち中庸が一番ということを発見する」

「すくなくともホッとはするね」マーヤが答えた。「あんたが分別ありげに喋ってるのを聞くと」

それからマーヤは手を伸ばし、愛らしい家庭的な顔に重々しくも優しげな笑みを浮かべたまま、ジェラルドの目から薔薇色の眼鏡を外した。

「事実」男の声が言った。「これで女の任務は終わった」

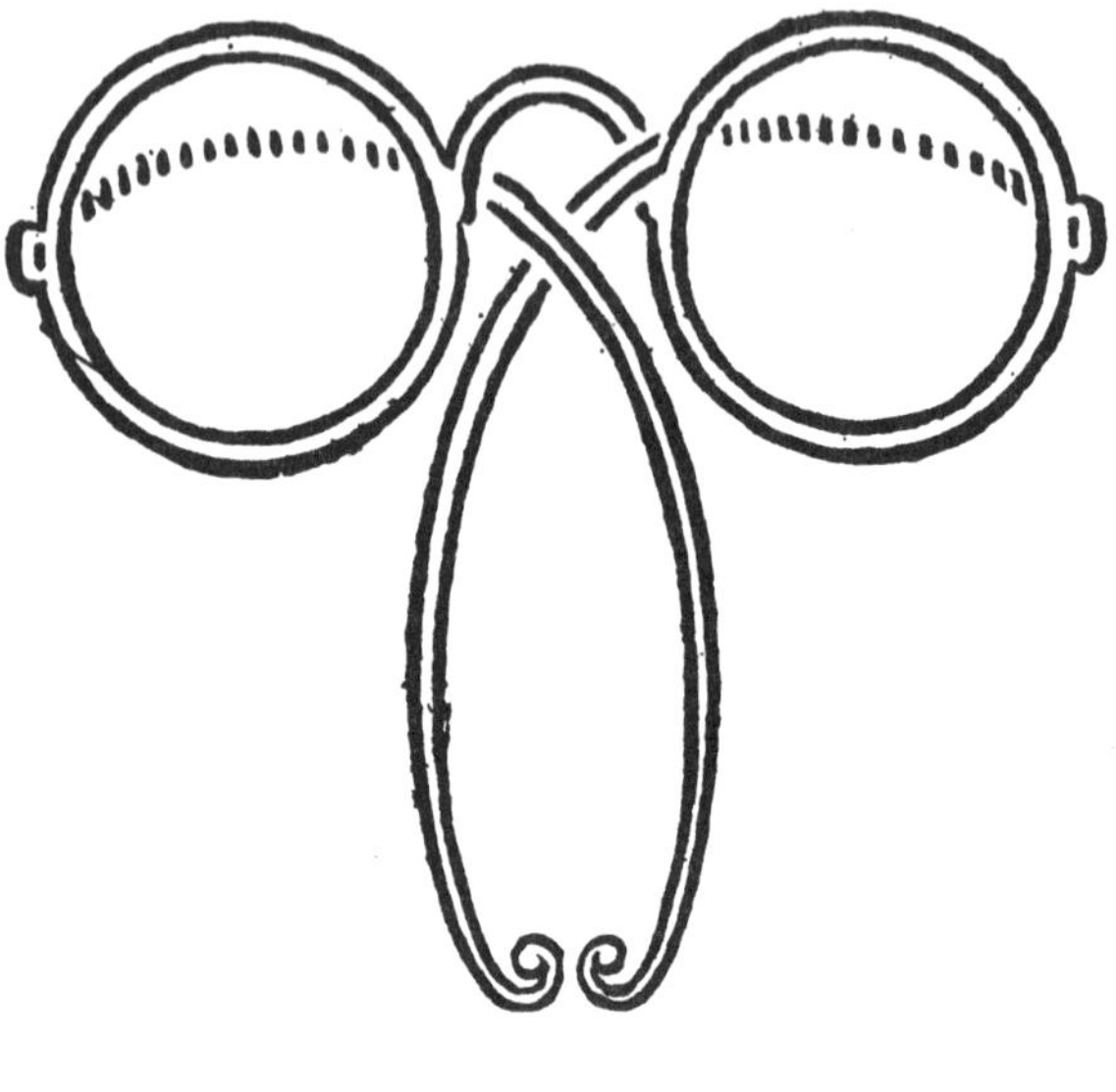

第四十三章　救済の経済学

二人のもとに、アンタンから茶色男が帰ってきていた。男が言うには、自分が戻ってきたのはマーヤを呼び出してまたひとり男を家畜に変える仕事をさせるためだと言う。

「――というのは女にはいつも」茶色男はこうも言った。「優しい任務と有益な労働がある。ここでは、もう一度言うが、女の任務は終わった。だが向こうには、妥協という分別ある道へ飼い馴らされておらず、挫かれてもいない男がまだたんといる」

マーヤはやや上の空で、例の眼鏡を次に使うときのために片づけながらうなづいた。たしかに、この人にしてやらなくちゃならないことは何でもやったとも。でもそれがどんなに大変だったかは、誰にもわからないだろうけどね。

そしてジェラルドはちらりと女房の顔を見た。そこにかれは、たいていの亭主が遅かれ早かれ発見を運命づけられているものを見た。それはジェラルドをすこし笑わせた。

「それにもかかわらず」ジェラルドは静かに言った。「僕は美《うま》し髪のフー、助け護る者、天の寵を授かった者だ。二つの真実と、そこから生まれる妥協しか知らぬ世界の中で、僕は第三真実の主だ」

　その言葉を茶色男は薄い笑みで迎えた。

「みんなあなたをずっと待ち焦がれていましたよ。ええ、たいそう長かった懐疑と絶望の中で、さまざまに変化する声音で、『誰《フー》が文献学匠を倒すだろう』とあなたの名を呼んでいました」

「ああ、今こそ」ジェラルドは、自慢気《げ》に言った。今自分自身を手中におさめつつあったからだ。

「予言は今にも成就するだろう。なぜなら僕こそ他ならぬそのフーだから」

「でも友よ、どうしてあなたが疑問代名詞（whoのこと）になり得るのでしょう」

「神にとって、より正確にいうならディルグの神にとって、いかなる化身も不可能ではない。僕が疑問代名詞であってはならないという理屈はどこにもない。神がどう選ぶかだけの問題だ」

　すると茶色男は重々しい茶色の頭を礼儀正しく下げて言った。

「お好きなようにおやりなさい。事実わが民は非常にしばしば、文法書のページどころではない、とんでもないところから神さまを拾ってきますからね。ざっくばらんに言うなら、あなたの降臨《エピファニー》は大歓迎です。なにしろわたしはわが民がいつも満足するようにしてますから。でも嘆かわしいことに、そもそものはじめから、文献学匠が八百万《やおよろず》の神に語った言葉に返答できるような神は、どんな神話にも現われていないのです。そういうわけで、絶望と懐疑にはさまれて、わたしの民のうち愚かな者は前からずっとこう言い続けています。『誰《フー》が八百万の神の終着地を、文献学匠から救済するだろう』どうやら今、この言葉も肉となった*ようですな。なにしろこの疑問代名詞〈誰《フー》〉が、目の前にいらっしゃるのですから。そう、実に歓迎すべき事態です。というのも、懐疑家や絶望者も、かれらの信仰が正当化されることによって満足を得るのが望ましいですから」

「お前は言い逃れしている」ジェラルドは答えた。「お前は神の面前で、ひどく浅はかで芸のない言い逃れをしている。僕は約束された地を引き継ぐ神だ。『われわれは交合し死ぬ』が唯一の教えであるミスペックの民は知らない第三の真実を広める神だ」

「わたしはいつも天上的ならざる常識に欠けていました。ですから友よ、こう言わねばなりません。つまりわたしの思うには、あなたが救世主の雄馬を雀斑《そばかす》顔の子の幻にくれてやった今となっては、疑問代名詞ごときがどれほど神秘的な恐ろしさを持とうが、アンタンはそこから何も期待できません。それでも、あなたの幼い代理人が近づいてきたとき、わたしはわが身可愛さのあまりあの地を見捨てました——」

「それは賢明だった」自然な威厳をもってジェラルドは答えた。「文献学匠の邪悪な魔術にいかなる力があろうと、ともかくわが子はその領内に入った。何も恐れず、すべてを愛して。この二つが結びつけば、悪の力が勝てようはずもない。アメリカ合衆国の市民なら誰しもそれは知っている」

　だが茶色男はなお少し不機嫌な顔をしていた。「わたしには何とも……そう、あなたとわが友エホヴァは、二人だけで、アンタンに対してわが王国のものにあらざる力を解き放ちました。この実験から何が生まれるか、わかっていると言うつもりはありません。ただ興味深く、安全な距離を置きつつ、実験の結果を見守るとしましょう。なにしろ——地球の軌道の彼方にいるあらゆる存在の中から——よりによってアブデル・ハレスが代理人として救世主の馬に乗ったんですから」

「でもあんた、ともかく言えるのは」マーヤがジェラルドに言った。「本物の安らぎは、あんな馬鹿げた考えじゃ得られないってことさ。だからそいつを、少しずつあんたから無くしてあげた。思いあがった夢の代わりに、都合のいい範囲であんたを信じ、いいと思うものはみんなあんたにあげた。満足と家庭生活のあらゆる健やかな喜びを一季節分《シーズン》、下界の三十年ほどと取り替えてあげた。誰にせよ人生からこれ以上のものはもらえないよ。もっと多くを欲しがったら、きっと失望か不満に終わる。だからまともな男は、あんたがもらった以上のものを得ようとはしない。そしてもっとも賢く、もっとも物のわかったアダムの息子にも――もちろん今さら言うことじゃないけど――最初はどう感じたにせよ、あたしみたいな女房と、三十年も何事もなく幸せに暮らしおおせるくらい道理をわきまえた男にも、やはり終わりは来るのさ」

ジェラルドは妻と子を失ったことを知った。そこには嘆きも恐れもなかった。マーヤは老いた。ふたたび萎《しな》びて皺だらけの化け物になった。最初にミスペックの沼地で見たときそのままの、ざんばら髪の赤らみ憤った醜い女になった。かれはちらりと、こいつの言うことは嘘じゃない、と思った。どれだけ愛しく美しい女でも、いつかはこんなふうになる。若くして死に、いっそう嫌らしい腐肉にならなかった場合は……。だが今のジェラルドに、そんなふうな一般論を云々する余裕はなかった。ずっとアンタンに行きたいと思っていたから……

「家庭とペシミズムと満足についての戯言《たわごと》に」ジェラルドはぴしりと言った。「僕はこう答えよう。天の寵を授かった者はあらゆる警句《アフォリズム》の上にあると。僕はこうも答える。僕はフー、第三真実の主。その本性をお前たちは知らない。第三の真実は今解き放たれた。あのアンタンを見ろ」

王者の風をもって己の言の意味を知る者のごとくにジェラルドが指さした方向に、女と敵対者は顔を向けた。アンタンのただなかに、二人はジェラルドがすでに見ていたもの、すなわち燃えたつ緑の炎を見た。大いなる炎は噴水の水が落ちるように東の方に降りていった。炎は四方に均《ひと》しく広がり、その輪を大きくしながら周囲を薙《な》いでいった。その色はもはや緑ではなく、赤く輝いていた。溢れるばかりの炎はみるみるうちに一様に、地平線へ打ち寄せ広がり、たちまち山脈は崩れて姿を消した。あとに残ったのは黒い地が剝き出したのっぺりとした眺めだけだった。アンタンはもはや存在しなかった。

　有無を言わせぬこんな離れ業を第三真実の主から見せつけられると、女と敵対者は、紛うかたない尊敬のあらゆる徴《しるし》を見せて、ふたたびジェラルドのほうを向いた。

　だがジェラルドは二人よりもっと慌てていた。かろうじて思いあたったのは、カルキを託したあの恐るべき存在が、子供の口から漏れた計画どおりに、ジェラルドには見当もつかない性質をもつ四大の炎を解き放ったのではということだ。あんな炎は地球のどこかから生じるはずはない。しかしだからといって、体面を損なったり、女と敵対者の前で恥をかくにはおよばない。あるいは騙されていたのかもしれない。だが騙されたことと、騙されたと認めることはまったく別物だ。かろうじてわかったのは、息子の姿をした幻が行ったところは、おそらくはやはり幻の場所で、今のジェラルドにはどうあっても辿りつけないところだということだ。同時にわかったのは、銀の雄馬に乗った者がアンタンを破壊したということだ。あのアブデル-ハレスが家路を辿ったのも、やはり明らかに思える……

　したがってジェラルドは少しも心に疚《やま》しさを感じずに、すぐ近くで行われたあの奇跡を、自らなしたものとした。そして決然と長い顎を持ち上げた……

「すると」茶色男が静かに言った。「これがアンタンの最後か。文句は言うまい」

「すっかり忘れてたよ」元は麗しの胸のマーヤだった皺だらけの老婆が言った。「あたしが地上に出現させたあのアブデル・ハレスって奴は、たいした頑固者だった。無鉄砲なあの小僧があたしの手を離れた瞬間から、こんなことが起こってもおかしくはないと思ってたよ。それでもエホヴァの得たものは、あたしたちがエホヴァのおせっかいから得たものより少なかった。アブデル・ハレスは、最後まであたしに仕えてアンタンを地平線から消し去った。地上も今よりは静かになるだろうさ。あたしの娘たちも、男どもをまともにさせておくのがそれほど難しくはなくなるだろうよ」

「わたしは何も忘れはしない」茶色男が冷たく言った。「お前が初めて生んだあの子供紛《まが》いは、恐い物知らずの無垢であらゆる邪悪を凌駕する。わたしは何も忘れていないから、あの子の出現を待ちもうけたりはしなかった。というのも、アンタンに向かったあの子供の姿をしたものには、どう見ても、どんな魔術師の罠も、十人のうち九人の女の罠も敵わない信念がある。そんな無垢はきわめて危険な紛《まが》い物だ。わたしならそんなものにちょっかいをかけないし、他のどんな超自然現象にもちょっかいはかけない。わたしにはわたしの領分があり、それで十分だ」

女がたずねた。「でも何が、ジャニコ*、何が起きたとあんた思ってるの」

「そんなことがわかるもんか。ハヴァー、なにしろ生き延びたものは誰もいないのがはっきりしてるんだから。どのみちわれわれは、アンタンが無くなろうと惜しくはない」

ここでジェラルドが話に割って入った。そして二人に向かって、尊大に赤毛の頭を振った。

「お前たち二人は、僕が用いた手に無駄に頭を悩ませているようだな。どんな手を使ったか教えてくれと泣きついてもやはり無駄だ。何も話すつもりはないから。天の寵を授かった者は十番目の化身の使命を、疑問代名詞の習慣にはない徹底性で全うした。僕は約束された王国を簒奪者の支配から救うために来た。『われわれは交合し死ぬだけだ』と説く者の知らない第三真実の主として来た。その第三真実は解き放たれた。いや、その本質について語る気はない。お前たちは第三真実を理解するにふさわしくない者だからだ。だがその力強さはお前たちも自分の目で見た。だからアンタンは今救済された——」

　声はここで途切れた。だがすぐにまた続いた。

「アンタンは今、大きな代償を払って救済された。僕が心から愛したあの女と子供は滅びた。僕は残った。あの二人が幻なのはわかっている。それでも、僕は残った。第三真実の主を幸福に結びつける絆はない。助け護る者は誰でも、己の使命を完全に怠ることのないよう強い絆で縛られている。お前たちは、第三真実の主の使命とは何だ、と問うかもしれない。そのときは僕の神の知恵で答えよう。第三真実の主の使命とは、そのために己の運命にどれだけ逆らっても、あるいは運命とどれだけ格闘しても、己のもっとも愛するものを破壊することだ」

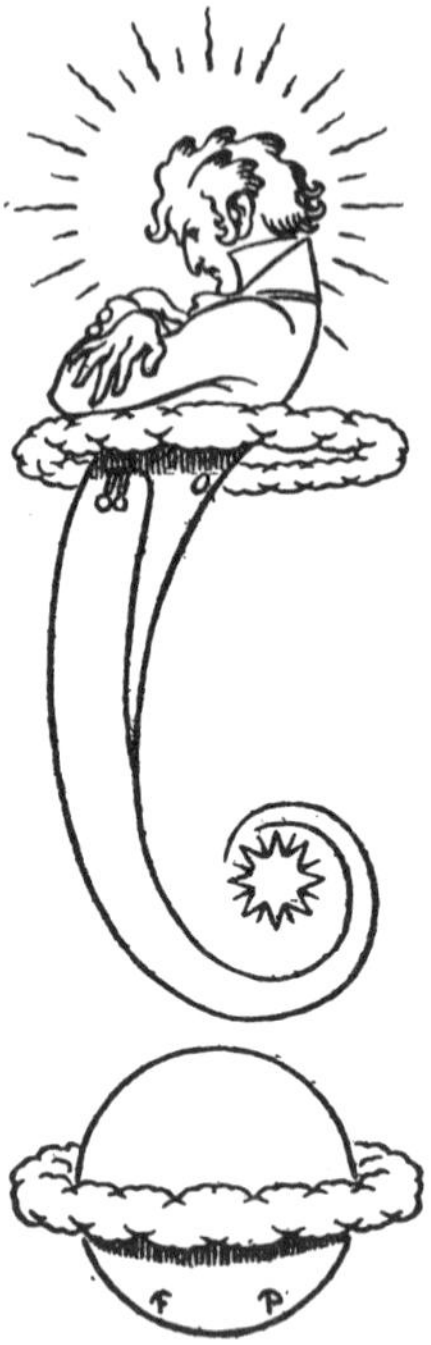

第四十四章　常識の経済学

ジェラルドは頭を垂れて座った。自分の妻だった老婆と、八百万《やおよろず》の神の敵対者である茶色男が交わす話が聞こえてきた。

「男って何を欲しがってるんだろうね」女が言った。「あたしの娘たちは、あいつらに食べ物と飲み物を用意した。家が快適になるよう気を配った。毎日の終わりには義務として男たちを愛した。要求するものは何でも整えてやった。なのに、男どもはどうして、訳のわからない欲望を後生大事にするんだろうね。自分の欲望がどこに向いてるかも知らないくせに。あたしの娘たちは、どうやったらそんな欲望を満足させられるんだろう」

「男の欲望にはわたしも開いた口がふさがらない」敵対者が答えた。「分別ある平易な言葉で男がする要求なら、わたしだって何であれ許す用意がある。この世を支配するわたしは、寛大でものわかった君主であり続けた。わたしはわが民の幸福を意志した。わが玄妙なる無尽蔵性は、臣下が何を求めようとすぐに授けてやる用意がある。だが奴らはそれ以上を欲しがる。わが王国に絶対にないものを欲しがる。手で触れられない神々のあとを追う。幻影に惚れ込む自分が望むものはアンタンにあると信じる。それは自分が何を望んでいるのかをわからないからでもあるし、アンタンに何があるか知らないからでもある。そうだ、アンタンが滅ぼされたことは、わが民にとっては大いなる祝福だ」

「この世はそんなに悪くないとこだよ」女が言った。「永遠に愛する母親としてこの世に生まれるのは乙なもんだ。若い男であることも悪くない。若い女を追っかけて、可愛がってもらえるからね。世間並の思慮分別を身につけて、身の回りの世話をしてくれる女房をもらえるだけの甲斐性があれば、まずまず気持ちいい暮らしができようよ。そして終いに人目をひかず静かにこの世をおさらばするのさ。手際のいい女の看護を受けて、あとで体を洗ってもらう。でもね、男ってのは、それじゃ満足しないいんだ」

「この世はとてもよいところだ。わが王国に足らぬものは何もない」敵対者が同意した。「賢い者は、といっても人間の知恵相応にだが、そういった物質的なものの尽きることのない良さに満足する。そうした物質的なものはみんなわがものだ。なにしろ五感は限りない慰めの泉なのだから。五感は鎮痛剤の無限の貯蔵庫なのだから。人は五感で肉体の安楽と脳の麻痺を購う。だが男たちはそれ以上のものを欲しがる」

「だから奴らはあたしの娘たちから逃げていくのさ」女は言った。「一人また一人と、変態でひどく孤独な男どもが何人も、奴らを満足させようと娘らがあれこれ苦心したのに、去っていってしまった。一人また一人と、薄馬鹿のロマンティックな男どもが大勢、必死になってアンタンに向かった。あそこで何が神や人間に起こるか知ろうとして。そうさ、アンタンが滅びてほんとうによかったよ」

「一人また一人と」敵対者は言った。「わが王国を嘲る奴が現われた。手に触れられぬ神々のあとをついていった。神々はなすところもなく消えた。だが神々はわたしから大勢の臣下を奪っていった。そして誰もがあのいかがわしいアンタンで永遠に消息を絶った」

「男って底知れない馬鹿ばかり」女が言った。「娘たちだってあらゆる男の馬鹿なふるまいをどうにかできるわけじゃない。できることなら何でも喜んでするのにね。あの娘《こ》らだって、とち狂ってアンタンに行って、八百万の神の終着地を治めるなんて滅茶《めちゃ》なことを望む男を一人残らず防げるわけじゃない。でもとうとうアンタンも倒れた。ほんとによかったね」

敵対者は女よりは情け深かった。「男たちは、疑問の余地なく大馬鹿揃いだ。でもわが民であることには変わりはない。救えるものは救ってやる。だが逃れる奴も多い。そんな奴が夢を見るとわたしの王国は迷惑するし、わたし自身もときには迷惑をこうむる。だがアンタンは倒れた。この愚行のあとでは、すくなくともわが民はもう真似しようなんて思うまい」

女が答えた。「イヴの娘たちが迷惑するのは〈ときには〉どころじゃない。男どもの夢にはのべつまくなしに迷惑をかけられてるよ。間抜けな男でも、絶えまない優しい奉仕で救えるような奴なら、その能天気な夢をあたしの娘たちは追い払える。でもきつい仕事だよ。いつまでたっても終わらないし、失うものも多い」

するとと敵対者は言った。「あの園で、男どもの幸福のために力を尽くし始め、男どもにとって本当によいことのために語ったのは、お前と二人でだったな——まったくお前の言うとおりだ。われわれの仕事はきついし終わりがない。なにしろ男たちはいつまでもロマンティックな心でいて、わが王国の彼方にあるものばかりを願う。だが絶望はするものか」

第四十五章　あらゆる幸福との別れ

ジェラルドが頭を上げると、裸になった沼地には誰もいなかった。茶色男はとうに旅立ち、マーヤはすべての恋人のうち最初の者のもとへ走ったあとだった。マーヤの幻術はすでにあとかたもなかった。小ぎれいな木と漆喰のコテージも消えていた。崩壊したアンタンの王国から這いよる霧は、刻一刻と濃さを増し、今は大火事の煙のように見えた。

ジェラルドは呟《つぶや》いた。

「故郷の町を出て、益体のない旅を続けて、結局何の得るところもなかった。だが旅のうちには快楽があった。不平は言うまい。訳もわからずに、暗い母胎から暗い墓穴へ旅をせざるをえないすべての男たちよ、僕を見習うがいい。

あらゆる快楽が僕から去ったが、ともかく快楽は味わった。旅で何も得られなかったからとて、嘆きはすまい。文献学匠の偉大にして最上の言葉は顕われぬままに終わった。始源からあり、他の万物が滅びても残るあの究極の言葉。それは想像もつかないものだが、僕は僕で、多くの美しい言葉と戯れた。僕が己の術として選んだ魔法の術で、驚天動地の奇跡は起こさなかったけれど、ささやかな魔術には手を染められた。あの神馬は旅の終わりに手放しはしたけれど、道半ばには王者然として乗っていたこともあった。

僕の旅は挫《くじ》け、遠く聞いたあれを獲《え》ることはかなわなかった。だから今、王女フレイディスに高らかに別れを告げよう。あの王女ほどじゃない女たちが僕の首玉に齧りつきさえしなければ、あの人と大いなる愛を交わせたかもしれない。〈隠れ子たちの鏡〉にも高らかに別れを告げよう。あれを見たら僕は、ありのままの僕を見出したかもしれない。そして第三真実の知をものにできたかもしれない。さらにアンタンにも高らかに別れを告げよう。けして辿りつけない、八百万《やおろず》の神の終着地にして、僕が思うに、僕に約束された王国であるあの地に。僕はたいそうな思いをいろいろ描いた。その一つも成し遂げられなかった。僕の運命はちっぽけな運命だった。でも不満はない。

僕は満足していいはずだ。人が希望するものはすべて得たし、人の運命は神の運命より堅実だということもすくなくとも学んだ。お前が僕になした偽りについては、おお、尊敬すべき狡猾なアスレッドよ、僕はお前に高らかに感謝する。家庭と、僕を愛して世話をしてくれる女と、子供紛《まが》いのものがあった。それらの幻を愛する気持ちはとても言葉にできない。今は全部なくなった。だが思い出だけはまだある。それはどんな現実よりも愛しい。

何もかも消えてしまった。二つの真実をさほど尊重しなかったので、僕は報いを受けたのかもしれない。第三真実の主になろうとしたけれど、その真実はどこにもなかった。心地よく彩られた幻影を見つけただけだった。でもこのミスペックの沼地で見出したものに不満はない」

こう呟くうちにも、崩れたアンタンから漂い来る霧はどんどん濃くなっていった。呟いているあいだに気づいたのだが、薄いうねりの第一陣がためらうように丘を這いのぼり、街道を這い、地面に広がり、低い枝を揺らしてかいくぐるさまは、前もってひそかに計画されていたようだった。遮るものもないのに元気づいたのか、霧は地面から伸び上がり、ますます勢いを増し、ついには日蝕の影のようにそこらじゅうを覆った。ジェラルドももう独り言を止めていたが、今や見てそれとわかるものといっては、足元の狭い範囲で交じり合う石と草だけだった。あたりの寒々とした霧が、放散する仄《ほの》かな光に照らされながら、そこらじゅうから押し寄せてくるように思えた。

F
P

第十一部　残余の書

「報酬が支払われたときが
仕事の終わりだ」

第四十六章　廃墟への灰色の静かな道

ジェラルドは今、仄《ほの》めいて光る灰色の濃い霧の中、灰色の道に沿って、久しい前から音の絶えた地をさまよい歩いていた。道は風雨に傷《いた》んだ天幕《パヴィリオン》に通じていた。かつては鮮やかに彩色されていたであろうその布地は、恐ろしく汚れてぼろぼろになっていた。

天幕の中に仮面《マスク》をつけた骸骨があった。燐光を放つ骨格が背筋を伸ばし、五体を満足に保ち、金箔の椅子に座っていた。その膝に置かれた扇には、陽気に愛を交わすアルルカンとコロンビーヌと、それを羨ましそうに櫟《いちい》の木蔭からのぞくピエロが描かれていた。骸骨がつけているのはカーニヴァル用の天鵞絨《びろうど》の黒い小さな仮面で、それが顔の上半分の、眼窩のまわりをすっかり覆っていた。

天幕の向こうに城があった。壁にラッカーで上塗りされた黒と金の装飾には罅《ひび》が入り剝げかけていた。城内のどこにも人影はなかった。ジェラルドは中庭を抜けて、いたるところに色褪せたたいそう古いタペストリーがかかる広間や廊下を歩き回った。誰にも出会わなかった。やがてもっとも奥にある、角《つの》からつくられた塔に来た。部屋にはいるとそこは城主の寝室で、ジェラルドはなぜ鼠や蜘蛛さえここに住もうとしないのか、その理由がわかった気がした。

やがて龍の棲む洞窟に出た。だが龍はとうの昔に死んでいた。洞窟の食器戸棚はヴレデクス*の城でそうであったようにすっからかんで、わずかに残るのは古く黒ずんだ銀の胡椒《こしょう》入れと塩入れ、そして明るい金にエメラルドの象嵌された半円の王冠ばかりだった。龍がもっとも強かった頃には、金髪の王女がこれを被るのが習いだったのかもしれない。

さらに馬上槍試合用の敷地にも出た。やはり人気《ひとけ》がなく荒れるがままになっていた。騎士たちが戦い合う石の敷き詰められた場に十九本の折れた槍と三枚の褪色した盾《たて》がばらばらに散らばっていた。婦人用の桟敷には尿瓶《しびん》が一つ残っているだけだった。桟敷の掛け布も色褪せ破れていたが、黒地に後ろ脚で立つ銀の馬が刺繍してあることはまだ判別できた。

それからジェラルドは緑の牧草地に出た。深々とした河が波ひとつたてず静かに流れていた。あちこちに多くの、興味ひかれるものが散らばっていた。牧杖、車輪、駱駝の毛のシャツ、大きな焼き網、若い娘の乳房のある銅皿。草叢のあいだには陶製の香油箱もあった。それから大鋸。青い帽子。大きな鉄の櫛。櫛には鋸と同じく、乾ききった血が歯にこびりついている。椰子の枝。錆だらけの巨大な鍵二本には頭文字がS・Pとあった。

それから十字架が三本、すべて裏を返して置いてあるところを通りすぎた。

その先の道はさらに暗かった。右手にも左手に微かにぼんやり、信じがたく古い時代の柱廊玄関《ポルティコ》や丸屋根《ドーム》や塔《パイロン》の残骸が見分けられるだけだ。どうやらオベリスクや多層の四角塔のあいだを歩いているらしい。だが何もかも燻《くす》み曖昧模糊としていた。雲に覆われた空の下では見分けのつくものは何もなかった。

He passed across a narrow bridge

やがて狭い橋を渡った。

やがて暗い水がのろのろと流れる河に架かる狭い橋を渡った。水中にうごめく色とりどりの姿ははじめて見るものではない。イヴァシェラーがいる。イヴェイヌも、イヴァドネも、さらにイヴァルヴァンまでが、こちらに向かって最後の笑みを浮かべている。誰もが恐ろしいほど似ていた。さらにもうひとり女がいた。頭に冠を乗せ青い衣を纏う姿は、僕の妻になる前のマーヤを思わせる。だが顔はうまく見分けられない。

暗い流れの向こうの岸で、黒い豚の群れに交じって、男が一人座っている。豚はみんな目を光らせ、ぼさぼさの白い睫毛のあいだから、もの思わしそうにこちらを見ている。男が立ち上がった。この豚追いは、もとアンタン辺境王の赤毛の若者、ホルヴェンディルその人だった。

ホルヴェンディルは語りだした。

第四十七章　いかにホルヴェンディルはその一族を見捨てたか

ホルヴェンディルはマニュエルの一族について語った。このぐうたらな一族の奇行がかれにもたらした喜びと苛立《いらだ》ちについて語った。ジェラルドはマーリンを思い浮かべた。ここにも人形を作ったり弄んだりするのに飽いた詩人がいる。その証拠にホルヴェンディルはこう言っているではないか。

「そこで飽かず要求する一族を見捨てることにした。のっぽのマニュエルは生きているあいだじゅう、まだ見つからぬものを欲しがっていた。でも己の欲しいものは何なのか、満足のために欠けるものは何なのか、ろくすっぽ知らなかった。ジャーゲンにしても、奴が探すものを授けるために、天の最上のものがなされたあと、自分は自分の知らないものを探すジャーゲンだと答えただけだった。その子孫にしても皆が皆、すくなくとも自分でもわかっていないものを探す点では、頭のおかしいこの二人にそっくりだった。こんな一族につける薬はない。飽くことを知らないのだから。あいつらの旅は、どの土地でも、どの時代でも、道半ばで挫折した。最後にはどいつにもこいつにも避けられない、千篇一律の終わりが待っている。お前らの誰もが、瓦礫の灰色の静かな道を辿って、他のどこでもないここに来る」

「それを言うならホルヴェンディル」ジェラルドが言った。「お前だって、何か用があるからこそ、豚が転げまわってるこんなところに来たんじゃないのか」

「実を言うと、跡形もなく忘れられる必要ができたときにそなえて、できるだけ早く、この煉獄の最後の一区画になじもうと努めているのだ」

「――僕の場合は、自ら選んで、己を護るために来た」顎を上げてジェラルドは言った。「打ち明けていうと、お前と別れて以来、気が休まる間がろくになかった」

同伴者、つまり腹を空かせているらしい豚たちを頭から追いやって、ジェラルドは己の旅を叙事詩として語った。なにしろ同志《コンフレール》が相手だから、謙遜を装って控えめに話したりはしない*。王女イヴァシェラーの水中の宮殿に降りていったことを語った。そこで仲間入りした饗宴について語った。すこし後悔するように、グラウムの留守に乗じてその妻と三百五十人ばかりの側室との羽目を外した愛について語った。当惑を隠さず、リトレイアの民が部族神としてかれらを治めるようにと、どれほど自分を神殿に引き留めようとしたかを語った。その理由は、かれらのいままで崇拝していた偶像よりも、僕がずっと立派な鼻を持っていたからだ。それからかれに惚れた狐の精との戯れを告白した。イヴァルヴァンを誘惑し、そのくせすばらしい美しさに飽きると棄てた態度は褒められたものではなかったと率直に認めもした。女王フレイディスが何度となく、もっとも寛大な供物とともに、かれのもとに来たことを語った。この件を語るときは目に見えて良心の痛みを感じているようだった。なぜなら三回か四回の手合わせのあと、夢中になった哀れな婦人をやや無礼に拒んだことを否定できなかったからだ。

ようするに、とジェラルドは語った。己の弱みは率直に認めるべきだから言うが、アンタン辺境では真の意味での平和はなかった。そこで終いにはひそかに、この静かで灰色の、何物にも心を乱されないところに、自ら進んで逃げて来た。僕の愛想よすぎる、炎のように燃える性格につけこむ連中から解放されたいばかりに……

ジェラルドが悔恨を語り終えるとホルヴェンディルは言った。「よくわかった。一言で言えば、お前はずっと、ご婦人方のあいだで悪魔のような奴で情けない放蕩者だったのだな」

「誤解してもらっては困る。とんでもない、不当きわまる濡れ衣《ぎぬ》だ。それは単に、美《うま》し髪のフー、助け護る者、第三真実の主、天の寵を授かった者といえど、あまりに執拗な誘惑には免疫がなかっただけの話だ」

ホルヴェンディルは肩をすくめた。「かくも多くの立派な称号をお持ちの神さまを相手にかれこれ言っても仕方ない。ともあれ喜んでくれ、そうしたあらゆる嘆かわしい愛のあとでさえ、わたしの豚たちが喜ぶ泥の彼方で、姫はいまだお前を待っている」

「どこで待っているのだ。そして姫の名は何という」

「姫は、若さが残っているかぎり、どこでも待っている――」

「誓って、今、ホルヴェンディル、だがそれは真実だ。しかも痛ましい真実だ」

「――しかし、この奇特な姫は、たまたま、イヴァンジェリンという名なのだ――」

「何だと」ジェラルドは言った。「何だと、わが友よ、それは本当なのか」

「――姫を一目見るだけでお前は有頂天になるだろう。それほど姫は愛らしく、お前がいままで会ったどんな女性も敵わない――」

「そうだろうとも」ジェラルドが言った。「その女の顔は端整で、色つやもよく、ほどよい嵩《かさ》の髪をかぶっているだろうさ」

「――しかも」ホルヴェンディルはますます熱を込めて続けた。「いかなる欠点も顔立ちに見られない――」

「この美しい娘の双眼の色はよく釣りあい、鼻はその両方から等距離にある。その下に口があり、そのうえ一対の耳もある」

「ようするに」ホルヴェンディルは言い、連れの豚たちのほうに手を振った。「姫は若く、不細工なところはどこにもない。恋に落ちたお前の目はいかなる欠点も見出すまい。二つの真実がアンタン辺境で血気盛んな若者すべてに行使する魔術のおかげでな」

「お前の描く常ならぬ女はたいそう心をそそる。その抗えないという魅力も疑わない。それでも、二つの真実しかないところへ無駄足はもう運べない。二つの真実の魔法が僕の若い肉体に始終ちょっかいをかけるところはもうごめんだ。アンタン辺境の神たちは僕を満足させない」

するとホルヴェンディルは答えた。「人は大勢の神を見つけた。だがそれらの神は通り過ぎる。アンタンに下って行ったまま戻らない。ひとりの神とひとりの女神だけが通り過ぎない。二人は永遠にあそこにいる。たとえ若者の視界と思考の周りに永遠に霧を紡ぎ、それでさらに他の若者らの生を一か月かそこらだけ保つためだけであろうと」

「おおよそ同じ意見にいたるできごとを」ジェラルドは答えた。「僕も目にしなかったわけではない。だが今はことに決着をつけよう。お前の今の言葉は、ここ、お前の薄暗い豚小屋で、時間はあらゆる有機体に壊滅的な影響をもたらすという事実を、あれこれとくだくだしく言い直したにすぎない。そのあとでお前は、僕に言わせれば、アンタン辺境の全哲学を要約した。それは正しい哲学かもしれない。でもあんな病んだ物質主義は、アメリカ合衆国の自尊心ある一市民である僕の好みにはあわない。同じ戯れるなら、魅力を全然欠いたものより、美しい理念と戯れるほうがずっといい。だから神々と、それから人の夢は、高貴で価値のある終着地へ至ると思いたい――」

するとホルヴェンディルは少し気落ちしたように、ひとつ溜息をついた。「アンタンに行けなかったくせに、よくもそんな口がきけるな」

「友よ」親しげにジェラルドは言った。「僕はそんな暴挙をあえてするほど馬鹿ではない。そうとも、僕は約束された王国に行かなかった。それどころか壊しさえした。おかげでそれはいやおうなく存在し続ける。僕が存在し続けるかぎり。僕がそれを思い浮かべようとすればいつでも。僕は美しい理念と戯れる特権を持ち続ける。まさに正当な、後悔に半ば満たされた心の持ちようこそが、もっとも豊饒な夢を生むのだ――」

「だが――」ホルヴェンディルが話しかけた。

「だがも糞もない。友よ、お前はまるきり誤っている」

ホルヴェンディルは言った。「それにしても――」

「そうだとも、あれには一見もっともらしく見えるものがある。だが事の根本には触れていない」

ホルヴェンディルは抗った。「わたしが言いたかったのは――」

「わかるとも。僕はお前の言いたいことをすっかり理解している。お前の表現に説得力のあることも認める。問題は根本原則の誤りにある」

ホルヴェンディルは言った。「ともかく――」

「そうだ。でも必ずというわけでない」ジェラルドは言った。「詩人がある場所の真の美を味わうただ一つの方法は、そこに絶対に行かぬことだ。ホルヴェンディルよ、詩人は現《うつつ》に惑わされてはならない。己をとりまく現がどんなものだろうと、プロメーテウスからジャーゲンにいたる詩人は皆、美しい理念《イデア》と戯れるほうを選んだ。だから論理に長けた詩人はすべて約束された王国を壊そうとした。さもないと王国を美しい理念に遷《うつ》せないから。その種の詩人の一人である僕だって、約束された王国にいったん入ってしまったら、情けなくも無気力になるだろう。それからは一つの王国しか所有しなくなるだろう。でも今の状態だと、壊された宮殿を日に何度も建て直すことが頭のなかでできる。再建するたびますます美しくなる。かくて僕は千の王国を所有し、どれもが他のものより優れている。今日僕を待つのは、東洋最古のあらゆる輝きと香りと陽に照らされた淫蕩に包まれたイヴァシェラー。明日は羽毛の脚を持つイヴァドネの甘い歌声が、まったく別のアンタン、海に囲まれて低く伏す熱帯の島へと僕を呼ぶ。その次の日は、はるかに牧歌的な誘い声が、人の多い淡彩色の牧羊地アンタンで、そこには僕が若いころ夢見た夢がすべて安らいでいて、イヴァルヴァンの純な唇で作られた厳密に僕だけの天国になるはずのものだ。それから別な折――僕の気持ちが学問に向いたとき――アンタンで僕を待つのは深く広い学識を持つイヴェイヌが口にする個々のパラグラフであるだろう……。だがホルヴェンディルよ、僕はもっとしばしば、さらに別の女と少年のことを思うようになろう。かれらにはどこといって秀でたところはないが、しばらくのあいだ僕はわがもののように思っていた。ずっと散文的なアンタンで、あの二人が僕を待っていると信じることにしよう。どんな魔術も、その魔術が僕程度の野心を持つ男の夢よりどれほど力が強かろうと、あの二人より尊いものは与えてくれないと知ることだろう……。必要なものはすべて手に入れた。僕がすでに持っているものの以外には、求めるに値するとアンタンが誇れるものはない。だからどんな力だって、あの、僕に割り当てられた期間のあいだに、僕をおちょくった幻に感謝する気持ちを抑えられはしない。そして僕は、お前の待ちくたびれた豚たちの中で、この終わることのない灰色の荒廃の中で、僕はあえて叫ぶ、『僕は満足だ』と……」

ホルヴェンディルは答えた。「きれいごとを舌先で並べるだけの愚か者め。愚か者と議論はできない。筆舌に尽くしがたい馬鹿だけが、自分が、あるいは他の誰かが、アンタンを滅ぼせると思っている。そんなことがあるものか。哀れなジェラルドよ、お前の王国はお前を待っていた。だがお前は挫《くじ》けた。家庭の安楽に落ち込んだ――それでいて何のかんのと喋る。今は文献学匠が、始源からあり、他の万物が滅びても残る言葉の力で、お前の王国を遷《うつ》した。お前の手も、お前の目も、お前の心からの信仰さえも届かないところに永遠に遷した。今やお前の慰めは自分の失敗《しくじ》りをそんな戯言《たわごと》で糊塗することだけだ。それでは教えてやる。そんな躊躇《ためら》い、そんな失敗《しくじ》り、そんな戯言への処方はただ一つしかない」

ホルヴェンディルはジェラルドに奇妙な呪文を授け、ポケットから三インチ平方の小さな鏡をひっぱり出した。薄闇のなかで小さな翼が勢いよく羽ばたく音がした。豚の群れから白い鳩が三羽、ホルヴェンディルの足元に現われた。かれはなすべきことをした。するとジェラルドはたちまち、まんざら知らないでもない場所に出た。

第十二部　黙従の書

「率直は牡蠣と同じ
時季を外すと受け入れられない」

第四十八章　サイランの勤勉の成果

というわけでジェラルドは書斎に入った。ここで生身の体と別れたのは、ほんの四か月前くらい前としか思えない。明かりは灯っていたが、部屋には誰もいなかった。

何も変わった様子はなかった。あらかたの本はここを出たときとさして変わらない。本棚の上に並ぶのはあいかわらず陶器とブリキの動物や鳥や爬虫類だ。だがよく見ると、この極小の生態系に中国陶器の可愛い猫が参列していた――すやすや眠る黒い猫で、首に赤いリボンが巻いてある――それから象牙でできた象、これも黒色だが、牙は白い。

椅子のカバーは掛け替えられていた。しかしその布の模様は前とほとんど同じ色と意匠だった。母から譲られた敷物は今も足の下にあった。カーテンは新品に見えたが、前とそっくり同じ、嫌らしい色合いの緑地のヴェルヴェットで、今は蠟燭の光で黄色がかって見える。

「まったくもって汚らしい色だ。金ができしだい買い代えようとしてたんだった。もっと自然な緑色の奴に。わが生身はこの三十年に、といっても僕には一、二か月くらいにしか思えないが、そのあいだずっと、驚くくらいに保守的なままだったのだな。そして僕の体はあっぱれな勤勉さを見せている。ここには何十冊ものジェラルド・マスグレイヴの著作が並んでいる」

己の肉体によるこれほどたくさんの見慣れない著作に直面するのは、少々滑稽《こつけい》に見えた——己の脳細胞がこれらを案出し、己の手が執筆したのか。己の動産がサイランに信託されていたあいだに——。それでも結果は嘉《よみ》すべきものだった。

というのもそこには戯《たわ》けたロマンスがなかったから。ジェラルドなら同じ脳と手から拵《こしら》えたであろうような、最善の場合でも読み手の時間を浪費するだけの、そして最悪の場合は不快でよからぬ考えを煽りたてるロマンスは一冊もない。これら四つ折り判の本はことごとく真摯《しんし》で博識な学者による専門書だった。ジェラルドは大判の書物を偽りでない誇りと深い敬意をもってながめた。内容が非学問的な婉曲表現と袂《たもと》を分かっているのと同様、装丁にも浮薄なところは皆無だった。医者と助産婦との打ち合わせのような好もしい明晰さがこれらの書物にはあった。そのうえ、ジェラルドの讃嘆の目はほとんどあらゆるページに、たいそう印象的に見える類《たぐい》の脚注を発見した。読めないくらい小さな活字で長々と記された数か国語のくだくだしい脚注は、ローマ数字とアラビア数字に、〈同箇所に〉《イビド》や〈前掲書に〉《オプシット》の略語に、ピリオドを後につけた小文字のpに満ちていた。これら脚注は光栄にも、読者があらゆる言語に通じ、あらゆる書物を所有し、即座に特定の版の何々ページを参照できることを想定していた。脚注にはありとあらゆる既知の言語による文献が引照され、それに続いて理解不能までに約《つづ》められた略号で書名が記されていた。

これら四つ折り判は、読者の知性と道徳を損なう小説中の幻想のようなロマンティックなたわごとは取り扱っていない。感心なことだ。これらが論ずるのは真の価値がある民俗学的なことがら、たとえばあらゆる国の結婚習俗、種々の民族における男女両性の売春行為、あるいは同性愛、獣姦、屍姦、近親相姦、鶏姦、自慰行為、あらゆる地域の性的衝動の顕われだった。他方ではより文学的な『散逸したエレファンティスの書の復元の試み』、みごとな挿絵が入った『ミーノースの種』、学位請求論文『女陰崇拝』、『サバトの繁殖儀式』、私家版で刊行された『アニスターとカルムーラの神話』、それに『プリアーポス研究』などの記念碑的著述があった。ジェラルドは知らなかったが、これらの著作はジェラルド・マスグレイヴの名をあらゆる大学の講義室や学術誌のページで有名なものにしていた。

ようするに、これら四つ折り判はジェラルド・マスグレイヴをアメリカでもっとも高名で、もっとも人気のある民俗学者にしたのだった。己の生身の勤勉と学識と偏見のなさにジェラルドは当然のことながら感銘した。すくなくともここにあるのは、あらゆる生命を創造した大いなる力の顕《あら》われの、知りうる限りの歴史的発展、メカニズム、そして文献に碩学が捧げた、ひとつの完璧な専門論文と思われた。

「いかなる熱意と常識でわが肉体が――僕が分不相応な野心でうろちょろしてたあいだに――品位を失わず歴史的真実と科学的真実の記録者として身を立てたことだろう。まったく蒙《もう》を啓《ひら》かれた気がする」

隣の棚には十四冊ほどの大きな切り抜き帳があった。開くとジェラルド・マスグレイヴを讃え、その書物を敬う評論で溢れていた。ジェラルド・マスグレイヴに授与された学術賞の報告もあった。ページのあいだに何通もの、ジェラルド・マスグレイヴに宛てられたかれの著作についての手紙がはさまっていた。大部分はもちろん、習慣的に著者に手紙をよこすあの奇妙な輩からのものだったが、重要人物からの手紙も数多くあった。

「わが体は僕がいないあいだに、わが体が書いた本のおかげで、立派な、いやそれどころか、尊敬される市民にまでなった。わが体はひとかどの人物になるにいたる生活をしていた。偉人の欠点というのは興味深いものだが、わが体の場合は、少し自惚れた鵲《かささぎ》＊になって、三十年にわたって、自分の名が載る紙屑をかき集めたのだな」

次にジェラルドは角《かど》が銀の黒い箱に灯りを当てた。中身は古びた原稿だった。かれはそれを机まで持っていった。先祖の英雄、ポアテムのドム・マニュエルのロマンスの書きかけだった。ジェラルドが残していったときのままに、ちょうど九十三枚あって、修正や追加は一語もなかった。

「僕の生身は力不足で、若さの持つ高い霊感を持ちこたえられなかった。そこで分別をきかせて、別方面に転じ、ひとかどの人物になった。不平は言うまい。誰もがひとかどの人物になれるわけじゃない。そうだとしても、この書きかけに創造されているすばらしさが人類に否定されたのは残念なことだ」

ちょうどそのとき扉が開いた。戸口に初老にさしかかった男が立っていた。時の作用にすっかり蝕まれているとはいえ、己の生身なのは一目瞭然だった。

この高名な学者の引き籠った、波乱のない、己を犠牲にした辛苦の日々がなぜか理解できた。こんな日々をジェラルド・マスグレイヴの生身は長く送ってきた。目をぱちくりさせたこの鵲は、やや風通しの悪い部屋で――ミニチュアの猫や象や犬や鸚鵡《おうむ》や雛鶏《ひなどり》や駱駝《らくだ》などの子供っぽい玩具《おもちゃ》に囲

Before him waited a red-headed, slim young man

目の前に立って待っている赤毛のすらりとした若者は

まれて――来る日も来る日も、価値があり興味をひかれるものを四つ折り判に綴り、くだらぬ雑文を切り貼りする。他には何もしなかったも同然だ。すばらしいものが思いのままに目で見られ、手で触れられ、鼻で嗅げ、耳で聞ける――誰もが尽きない熱意をもって、王侯のように、五感という全人に分かたれた世襲財産を糧にして過ごせるこれほど豊饒な世界に、この男はこんな風にして生きてきたのか。

己を空しくするこんな生活は、時の強固な支配のもとで、法外な税を徴収される。歪んで縮んだ体は健《すこ》やかには見えない。焦点の定まらぬ濁った両眼には妙な白い斑点がある。肌は締まりなく弛《たる》んでいる。毛といえば伸ばしっぱなしの白髪混じりの頰髯《ほおひげ》だけだ。どこもかしこも老いさらばえ、皺のないのは驚くほど突き出た太鼓腹だけだ。明らかに腎臓に故障があり、心臓だって悪そうだ。歯は欠け、肝臓はくたびれ、ろくに動かず生活する初老の男に現われるおよそあらゆる障害が見受けられる。

学者と著述家の誉れで飾られたこの体は、ひとことにして言えば、きわめて嫌らしい残骸で、あちこちに繕《つくろ》いを要した。下界に落ちた神が、時と精勤と蟄居《ちつきょ》のこんな作用に直面したなら、転落した神性に唯一残された避難場で片時も休まず赤毛の頭を振るのも至極当然のことだ。

それでもジェラルドは、ホルヴェンディルに授けられた奇妙な呪文を口にした。一瞬目眩《めまい》と軽い吐き気がして、目の前が暗くなった……

するとジェラルドは、自分自身が書斎の戸口に立ち、ランプが静かに灯る部屋をのぞいているのを見た。目の前に立って待っている赤毛のすらりとした若者は、青いコートと黄金色のウェストコートを着て、襟飾りは高く、首周りには襞飾りがあった。若者はジェラルド・マスグレイヴにすこし女めいた口で微笑み、その目には半ば怠惰な、穏やかな嘲りの色があった。

老ジェラルドは憎悪交じりの熱意をこめて、若者を讃嘆の目で眺めた。そしてこの若者は問題とするに足らず、あのジェラルド・マスグレイヴはよい取引をしたことを知った。

第四十九章　二つの真実の勝利

「お前が僕に語りつつあるのは奇妙で栄《は》えある文句だ」小僧は口を開いた。「お前が求めつつあるのは災厄をもたらす取引だ。お前の生身がすり切れた襤褸《ぼろ》となり、無価値となった今になって、お前自身の意志で生身を買い戻す呪文を唱えたのだから」

ジェラルドは答えた。「アンタン辺境を永遠に去った僕は、二つの真実がやたらに世話を焼く魔術からの自由を贖《あがな》った。これからはどんな女にも、たとえ体に目につく欠点がまったくなくとも、一目惚れすることはあるまい。道を踏み外すには老いすぎた脚も贖った。天なる神の声が聞こえない耳も贖った。おかげで大いなる神話的人物の心揺さぶる音楽も、女たちの甘い囁きも耳に入らない。霞《かす》む目も贖って、アンタンがまだ地平線にきらめいているかどうかも見えない。悪くない取引じゃないか」

そしてかれは、三十年前に書いたロマンスのページをめくった。これも未完に終わった。他のあらゆる企てと同じように……

いつの日か、皺の寄った細いこの手でない別の手が、これを完成させるだろう。誰かが――まだ生まれていないかもしれない誰かが――ともかく一般に理解できる言葉で――ポアテムの物語を、ポアテムの救世主の物語を、その後を追う美しい者たちと多くの子孫の物語を――僕の企図より半分も壮麗ではないにせよ、書きあげることだろう。誰か他の者が、やがては――ささやかな、さほど俗に泥《なず》まぬ言葉の術をあやつり――あの驚異に満たされた地を取り囲み入り込むだろう――そう、あの――僕に約束された地の一部に……。誰か他の者がやがて、ベルガルドへの、アムネランへの、ストーリセンド*への美しい道を拓《ひら》き、誰もが通れるようにするだろう。そのうちに痩せて貧しい言葉の術を通して、ポアテムはいわばもう一つのアンタンになるかもしれない――輝きはひどく損なわれているが、ともかくもたやすく行けるアンタンに……

だがそんなささやかな凱旋さえも、この老いた脚では無理だ。遠いこの耳では、霞むこの目では、もはや轟くことのないこの胸では無理だ。かれはページを次々に引き裂いた。今思い出したがリトレイアの地でも同じことがあった。あのときはイヴェイヌが聖なる無花果の葉をちぎっていた。グラウムは無花果の葉はロマンスの真の象徴だと言っていた。ジェラルドは思いに耽りながら己のロマンスの破片を屑籠に突っこんだ。

それからたいして期待もせずに、かれは聞いた。「僕の体は、お前が棲みついたあいだに、イヴリン・タウンゼンドから逃れられたかい。善《よ》き女の益体もない愛の恵みから自由になれたかい」

目の前の赤毛の小僧は言葉を選んで答えた。「お前の生身とお前の従妹の生身はずっとこよなく良い友だった」

ジェラルドは微笑んだ。「何が言いたいかはわかる。リッチフィールドはつまり三十年たっても、許されぬ所業を悪魔祓いする丁重な決まり文句を忘れなかったというわけだ」

若者が答えた。「傑出した著作家は相談役《エーゲリア》を持つ資格がある、と世間では考えられている。ここ何年か、お前たちの友情は、さほど熱烈ではなかったし、頻繁《ひんぱん》に人の目に触れるほどでもなかった。お前の生身によって女の生身に生まれた子供が二人の絆になった。お前たちを長いあいだ結びつける鎹《かすがい》となった。だからお前たちの友情は毀れぬままに続いた」

「すっかり忘れてた」ジェラルドが言った。「そんな話を聞いたっけ。お前は親切にも、僕がいないあいだに子供を儲《もう》けてくれたんだな。これほど微妙で私的な好意には感謝のしようもない。だからもうこの話はなしにしよう」

そしてジェラルドは椅子に凭《もた》れた。両手の指先を合わせ、笑みを浮かべて、老いてくたびれた目でそれを眺めた。

「すると僕は一人の女に忠誠を尽くしたのか。どこを叩いてもアメリカ市民の模範だったわけだ。いつでも礼儀正しく紳士の規範に従った。私生活では、社会的に対等な者同士の姦通の騎士道的秘跡へのしかるべき配慮も怠らなかった。専門の仕事では、幼稚でいかがわしいロマンスなど書かずに、真面目で啓発的な著作だけを執筆した。ようするに僕は、あらゆる点で故郷《ふるさと》リッチフィールドの名誉であり、もっと広く言えば、アメリカ合衆国の名誉でもある」

ジェラルドは肩をすくめた。そして見るからに年をとった弱々しい手を広げた。

「けしてその奇跡を台無しにしてはならない。だから僕は服従した。礼儀が要求するままに行動した。個人のよい振る舞いを受け入れた。成功を受け入れた。今そうである程度の名声も受け入れた」

さらにジェラルドは言った。「したがって僕は、命の続くかぎり、歴史的・科学的真実の記録者という お前の仕事を忠実に続けねばならない。僕の名を高めたのはその真実なのだから。そうとも、だから心配しなくていい。僕は今後二つの麗しい真実を敬うことにする、ただし六十に近づく者に推奨される限度内で。僕はペンであの真実に仕えよう。他の道具を使うより過ちは少なかろう。今の僕みたいな碩学が、その鍛えられた知性で、科学的真実と歴史的真実の意義を否定するなんてできない。なにしろ僕はそれで有名になったのだから――それに僕の愛読者だって、僕が専門《メティエ》を放棄して喜ぶはずもなかろう」

ジェラルドはさらに言を続けた。「騎士道に則りお前が保持しておいてくれた私的関係にさえ、わが友よ、すべてを期待してはならない。どんな家に住もうと、扉のそばには必ず棘《とげ》の生えた藪がある。あえて言えば、この道に外れた情事も、なんとかうまくやっていけると思う。――ともかく今の年齢が、厄介事の頻発や拡大から僕を護ってくれるだろう。だいいち生涯にわたる道ならぬ情事という伝説は、どんな著述家にとっても名声のすばらしい防腐剤じゃないか。むろん愛という動詞の活用には、性の過ちをおかすほうがいい。その方が薬味が効く。効果も確実だ。だが前にも言ったが、すべてを期待してはならない。僕は何の苦もなくもたらされた伝説的な不死の名声に満足している。僕はこれからも忘れられることはあるまい。終わりよければすべてよしだ。ミスペックの沼地で見出したものに僕は満足している。リッチフィールドで見出したものにも満足している。アンタンに心を煩わせることはもうあるまい。あそこでは、その理由はどうであれ、何も見出さなかった」

「軽々しくアンタンの話をしないでくれ――わからないのか――」若者は恐怖と見まごうほど心を昂ぶらせて叫んだ――「アンタンを治めるために召喚されたのは僕だ。お前は僕にホルヴェンディルの呪文と強力な召喚をもたらした。アンタンは僕に約束された王国だ。僕はそこに今から、古《いにしえ》の予言に謳われた銀の雄馬に跨《また》がって行く」

「おやおや」ジェラルドは言った。「なんたることだ。楽譜は少々陳腐な繰り返し《ダ・カーポ》に入ったぞ。終わらない探求は続くけれど、僕の出る幕はもうない……」

喜びと誇り高い信念に輝く小僧の顔に、老いたジェラルド・マスグレイヴはかぎりない憐れみを感じた。むろん五十八歳ともなれば、この憐憫に心から悩まされることはない。なぜなら他者への同情や共感はいっさい、若さゆえの他の大仰な感情とともに心の中で萎《しな》びてしまったからだ。それに論理的に考えるなら、単なる算数の問題としてもこの坊主は取るに足らない。こいつみたいな情熱を持つ百万かそこらの若者が、いまこの瞬間にも、同じ失墜と失敗の準備をしている。そいつらもやがては頭を冷やして、何者でもない己に直面するだろう。何もかもさして意味のないことをはっきりと、そしてたえまなく見聞きするにつれて、やがて人生そのものにもほとんど意味がないことがわかる。そんな認識の苦味も年をとるにつれて――僕の場合はいきなり老いたが――薄れてきて、ないも同然になる……

だからジェラルドはこう言うだけにとどめた。「お前は若い。すくなくとも、若い体に住んでいる。だから気を付けろ。アンタン辺境は何に跨って行くにせよたいそう危険なところだ。あそこを旅するかぎり、二つの真実の魔術擬《もど》きが若い肉体に憑き、いたるところで姫が待ち構えている。姫はさまざまな名でお前の前に現われる。というのも、お前が前に言ったように、女の名はいろいろ変わるものだから。さまざまな姿で姫はお前の前に現われる。ともかく姫はいたるところで夢見がちな若者を待ち伏せている。愛らしく関心をそそる姿と色つやで行く手を妨げる……。だから僕が思うに、お前はアンタンへの旅を全うすることはまずあるまい。僕はともかく中年になった。そして僕は、あながち惜しくもなく、脈が昂ぶり神経の張り詰める魔術擬きに別れを叫ぶ――」

そこで少しジェラルドは黙した。その老いた目に、かれと親しいものならすぐに認めたであろう輝きが宿った。

「いいかい」かれはきわめて愛想よく続けた。「お前の理屈は人をたいそう惹きつける、その徹底的なことをお前は自慢していい。おおいに自慢していい――だが僕は、お前がそんな机上の理屈をこねてるあいだに、実地に赴いてすこしばかり調査をしてきた。むろんアンタンに行く途上の情事を軽々しく口にするわけにはいかない。例によって貴人の義務《ノブレス・オブリジエ》があるから。だがもしお前に言えるものなら！　オディエルヌのレイディ・シギドとその従姉妹《いとこ》の修道院長とした、あの滑稽な冒険行のこと、太守《カリフ》ミスライームのハーレムで起こったこと、ベアトリスとアンリエッテとパメラ夫人とヴィットーリアとエルスペスや、鞣革業者《なめしがわ》の三人の少女とやらかしたことの半分でもお前に教えてやれたら。女帝と僕とが夜いっしょにいたときは、あやうく見つかるところだった――」

「なるほど」小僧は少し羨ましそうに言った。「お前は御婦人方に対しては、とんでもない奴で、哀れな屑だったんだな」

「そんなことあるものか」ジェラルドは言った。そして老人は今、赤面にときおりともなう表情を浮かべていた。「ちょっと無遠慮に話しただけだ。舌が軽はずみに走りすぎただけだ。だから頼む、今喋ったことは全部忘れてくれ。大人物というのは僕みたいに歯に衣着せずに議論をするもんじゃない。それはいさぎよく認めよう。許してくれ。だから僕の名が結びついた残りの八人の姫については何も言わない。――その理由がどれほどもっともなのかは、お前もわかるだろうが、僕は世界でもっともそれを認めない人間だ。――女帝にしても事情は同じだ。僕がああした女たちと懇ろになったというスキャンダルは、大部分誇張されたものだ。そうだ、何があろうとあの愛しいキャロラインとの過ちは口に出すべきじゃない。ただ、具体的な名はいっさい挙げず、僕の体験は一考に値するとだけ言っておこう。けっきょくああした魔術擬きは、たいした奇跡を起こさなかったわけだ」

「でも――」小僧が言った。

「止せ」ジェラルドは抗った。「弁舌を弄して僕を惑わせるのはやめてもらおう。三十年間お前はここに座り理論をこね上げ――これらの喜ばしい書物を、いわば花開かせた。そう言えば十分だ。――これら魔術擬きは毎日のように一つの情事からそれと瓜二つの別の情事へ僕を誘った。多かれ少なかれ嫉妬で護られたあちこちの低地に誘った。だがどれもたいした違いはなかった。一つの谷から別の谷へ誘った。だが見た目も触った感じも、匂いまでもそっくりだった。最後に魔術擬きはマーヤの麗しの胸にも僕を誘った。そこで家庭にはまりこみ、それより遠くには行かなかった。でもそこではまったく満足していた……。だから不平は言わない。これら魔術擬きのおかげで、僕は約束の地アンタンをふいにした——おそらくは絶対の真実がない世界で——もちろん歴史上の、あるいは科学上の真実は別だが。だが自分の王国を失い、僕はすがすがしい気持ちだ。僕は、これら魔術擬きに繰り返し攻撃されて——いつも、というか、たいがいは——愉快な時をすごした。僕のような昼行燈《あんどん》が一人としてアンタンに到達できないようにすることを義務とする魔術擬きは今夜、僕を煩わせるのを止めた。今夜を過ぎれば僕はもう恐ろしい存在ではない。つまり、僕は六十に手が届く年になった。もうアンタンに心ひかれることもない。アンタンを思い浮かべることもない。どうした訳だか、僕はそこで何も見出さなかった」

そう言うと白髪混じりのジェラルド・マスグレイヴはペンをインク壺に漬けた。小僧を心から追いやった。高名な学者は、ちょうど彼の生身が夕方の少し早い頃に書きかけたところから筆をとり、ニューギニアとトンガ諸島の閨房における婚前交渉に関する歴史上、科学上の真実について気品ある文章を綴りだした。

第五十章　グラウムの脱出《エクソダス》

その小僧はそのまま、細かな文字をかりかりと紙に記す老人を見下ろしていた。大方は抹消されて他の文字に換わった。何か知的で重要性を持つものの雰囲気がただよっていた。かれは肩をすくめた。御多分にもれず、創作事の身動きは傍で見ると、何を産むにしても付いてまわるグロテスクの気がただよっていたからだ。

そのうえ外で銀の雄馬が待っているし、約束された王国も待っている。こんなところで時間をつぶしている暇はない。かれはまだ若く、己の能力と己の役割を一点の曇りもなく信じ——そしてもちろん、黄昏のイヴァドネの腕の中で訪れる運命をあらかじめ知ることもなく——このような時間の浪費には耐えられなかった。さらに悪いことには、この老いぼれた人間の残骸は無邪気に己の境遇を楽しんでいる。執筆しながらくつくつと笑っている。紛うことなくこいつは、戯れるに値するすばらしい考えと自分では思うものを見つけたのだ。その証拠に今、こいつは使い古してほとんど毛のない頭を横にひねり、今しがた書いた文章を、かすんだ目を凝《こ》らして見つめ、讃嘆を露わにしている。それは観察する若い目には少し憐れむべきものに見えた。

彼方には、若者なら誰でも知るように、想像を絶したアンタンの壮麗への道が延びているというのに、風通しの悪い部屋に閉じこもって、執筆よりましな運動はせず、座っているなんてとてもできない。さらに言えば、ジェラルド・マスグレイヴの若い観察者がここにぐずぐずして時間を無駄にしているのは単なる気まぐれだった。彼方には（若者すべてが知るように）アンタンへの快適な道沿いに、大勢の優しく情け深く愛らしい女たちが、約束された王国への輝かしい旅へと心はやる冒険者の脚を速めようと総出で励まし、元気づけ、かれを信頼してすべてを与えようと待ち構えている。だがどう見てもこの老いぼれはもうだめだ。こいつは執筆から得られる満足に夢中になっている。それは永遠に、それなりのやりかたで、家庭生活から得られる満足と同じくらいにわれを忘れさせるからだ。この言語道断な、呪われた、くつくつ笑うジェラルド・マスグレイヴはもうどうしようもない。これからもずっとあれやこれやのすばらしい考えを見つけては戯れるだろう。命のあるかぎり、つまらない詩人でいることだろう。こいつの唯一の喜びは人形を形作っては弄ぶことだけだ……

だがそんなことはどうでもいい。すでに実質的には君主である者にとって、このジェラルド・マスグレイヴに関わることは何もかも滑稽だ。赤毛の小僧は微笑んでそう決めつけ、しきりに軋むペンの上に屈みこむ、白髪混じりの髪に縁どられた禿頭から目をそらせ、黄昏のイヴァドネへの道を辿った。

The End

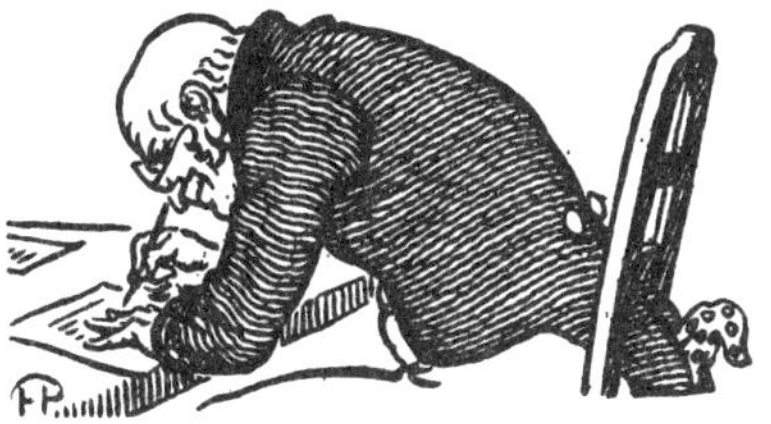

訳　註

以下は長すぎて割註では処理しきれなかった訳註です。ここにあるほとんどのものは、物語を楽しむだけであればいちいちページをめくって参照する必要はありません。何らかのひっかかりを感じたときにだけ見ていただければ十分です。

註釈中の【R】は、Julius Lawrence Rothman : *A Glossarial Index to the "Biography of the Life of Manuel"* Revisionist Press, 1976（J・L・ロスマン『「マニュエル伝」語彙集成』）を意味します。これは『【「新青年」版】黒死館殺人事件』（作品社）における山口雄也氏の註釈にも比肩する力作で、本書の訳出においてたいへんな恩恵をこうむりました。記して感謝します。

頁

一〇　**＊わたしは裸ですから**　旧約聖書創世記３：10からの引用。知恵の木の実を食べたアダムとイヴは裸であるのが恥ずかしくなり、神が来ると身を隠した。神の「あなたはどこにいるのか」という問いに対してアダムが答えた言葉。

一一　**＊エレン・グラスゴウ**（Ellen Glasgow）　キャベルと同郷で六歳年上の女性作家（一八七三―一九四五）。リアリズムの筆致で南部の生活を綴り、一九四二年にピューリツァー賞を受賞。その自伝『内なる女性』（*The Woman Within*）によれば、互いの生家が近所にあったため、グラスゴウは幼い頃からキャベルの腕白ぶりを見ていたという。それ以降二人は終生にわたる友情を結び、グラスゴウの晩年にもキャベルはその病床を訪れ創作を励ますなどした。

第一部

一六　**＊ギーヴリック**　ギーヴリックはマニュエルの創設した銀馬騎士団の一人として『土の人形《ひとがた》』に登場する。

一七　**＊〈創り手〉**　もちろん作者キャベルのこと。

一八　**＊一八〇五年**　本書の初版が出たのは一九二七年であるから、この物語はそれより百年余り時を遡っている。イギリスを敵に回した独立戦争（一七七五―八三）の勝利から二十年ほどの時がたち、しかも南部の敗北に終わる南北戦争（一八六一―六五）もまだ遠い先の話という、いわば南部が独自の文化をのびのびと発展させることのできた時期である。

またアメリカ合衆国の理念がいまだ信奉されていた時期でもあり、本書の主人公ジェラルドはことあるごとに「アメリカ的」「非アメリカ的」という尺度で物事を判断する（もちろんそこには少々揶揄的な作者のまなざしがあるのだが）。

二〇　**＊南部の紳士**（Southern gentleman）　当時ヴァージニア州を中心とする南部の紳士階級の人々は、清教徒革命（一六四〇―六〇）のときオリヴァー・クロムウェルによって英国を追われた王党派《キャヴァリア》の子孫をもって自ら任じていた。そして保守的で洗練された、名誉を重んずる社会を形成していた。

二二　**＊アンタン**（Antan）　フランソワ・ヴィヨン『遺言詩集』中のバラード「疇昔の美姫の賦」で繰り返される詩句 "Mais où sont les neiges d'antan?"「されど去年《こぞ》の雪いま何処《いづこ》（鈴木信太郎訳）」の最後の単語から作られた架空の地名。ここで「去年の雪」とは昔日の美女たちの隠喩である。このヴィヨンの詩句への連想のもと、アンタンは「手の届かない遥かな美」のようなニュアンスで名付けられている。

ちなみに第十二章で言及されるエロイーズ、タイス、広がった足の女王ベルタなどはいずれもヴィヨンによって「去年の雪」に喩えられた美女たちの名である。

二三　**＊文献学匠**（Master Philologist）　Philology はもともとギリシア語の philos（愛すること）と logos（言葉）の合成語であり、「言葉《ロゴス》を愛すること」という意味であった。いっぽう「ヨハネによる福音書」冒頭の文章「始めに言があった。言は神とともにあった。言は神であった」の「言」はギリシア語原典では「ロゴス」となっており、そこでは「ロゴス」と神は同一視されている。

Philologist は通常「文献学者」と訳されるので、本書では Master Philologist は「文献学匠」とした。ここでは文献学匠は「始源からあり、他の万物が滅びても残る言葉の力」を持つとされている。だからヨハネ福音書的なロゴス観に沿った「神＝ロゴスを愛する者たちの上に君臨する主（Master）」というような意味ではなかろうかと思う。いずれにせよ言葉と神が密接な関係を持っていることがこの物語のキーポイントである。

二六 **＊米国聖公会**（Protestant Episcopal Church in the United States of America） 米国聖公会の起源は英国国教会にある。これは周知のように、時の国王ヘンリー八世が己の離婚問題を巡ってローマ教皇と対立したため、一五三四年に自らを最高首長として設立した自前の教会であった。

アメリカ合衆国の独立にともない、米国内の英国国教会を母体にして米国聖公会が創設された。デイヴィッド・L・ホームズ『アメリカ聖公会小史』（岩城聰訳、かんよう出版）によれば、ニュー・イングランドなど北部の清廉質朴なピューリタニズムとは対照的に、米国聖公会にはイングランドのきらびやかな流儀がアメリカの伝統に入り込んでおり、以下の特徴がみられるという。

・経済的に裕福で、教育があり、文化的・美学的な傾向を持った人々の間で特に人気がある。
・極端を避け、中庸を守る傾向がある。
・典礼あるいは礼拝を重視する。

ちなみにキャベル自身も米国聖公会の信徒であった。

二九 **＊ギーヴリックの肉体の支配を賭けた** ギーヴリックが肉体を離脱した次第は「マニュエル伝」の第三巻『銀馬騎士団』（*The Silver Stallion*）の第六の書に描かれている。それは十三世紀のことであったが、その後数百年の時を経て、ふたたび現世の肉体を得ようと、ジェラルドのもとに現われたというわけである。

三一 **＊信頼、慈悲、希望**（faith, charity and hope） 新約聖書コリントの信徒への手紙一 13 : 13 には、「信仰と、希望と、愛（faith, hope and charity）、この三つは、いつまでも残る。その中でもっとも大いなるものは愛である」とある。ジェラルドの発言はこの一節のもじり。

三六　**＊ジェラルドの思考はさらに転がっていった**　キャベルはこの部分について、H・L・メンケンに宛てた一九二七年十一月二十二日付の書簡でこう語っている。「誰もこの第四章に着目しませんでした。この章はこの本の他のどの部分よりも実地の観察に堅固に結びついています。というのも、もちろん、正気の沙汰とも思えないこの絡み合った慣習からなるシステムは、今もって私のあらゆる周囲で栄えていますから」

つまりこの部分でキャベルは、同時代のヴァージニアの慣習を百年前の物語に事寄せて風刺している。

第二部

四五　**＊ホルヴェンディル**（Horvendile）　吾妻ひでおの漫画に吾妻ひでお自身が登場するように、キャベルがマニュエル伝のあちこちに色々な役柄で登場させる自己の分身。作中人物をそそのかしたり、作中人物に求愛したり、作中人物に馬鹿にされたりする。その正体はシリーズの最終巻『夢想の秘密』で明らかにされる。

四六　**＊カルキ**（Kalki）　「マニュエル伝」において救世主のシンボルとされる銀色の雄馬。「カルキに乗る者によってアンタンが救済される」という予言は、すでにドム・マニュエルの事蹟を語った『土の人形』に言及がある。そのカルキをホルヴェンディルから譲られ、自分のものとしたジェラルドが、アンタンの主となるという大それた野心を抱いたのも無理はない。以下このカルキをめぐる、ジェラルドと女たちの争奪戦が本書のテーマの一つとなる。

四六　**＊ロマン派**　この物語が始まる一八〇五年は文学史的にいえばイギリス・ロマン派の盛期であった。

四七　**＊神話的人物**（myths）　この言葉は本書では「神々と同等な英雄」というようなニュアンスで使われている。これには神話中の人物（プロメーテウスなど）のみならず、伝説中の人物（ソロモン、タンホイザー、ファウスト、魔術師マーリンなど）、文芸作品の登場人物（オデュッセウスなど）、実在人物（ヴィヨン、ネロなど）も含まれる。キャベルの作品世界では神々とこれら神話的人物は均《ひと》しなみに同等なものとみなされる。

四八　**＊コレオス・コレロス**（Koleos Koleros）　キャベルの創造による現世を支配する女神。『ジャーゲン』にも言及がある（第四十六章）。Koleos はギリシア語の「鞘」、Koleros はおそらくギリシア語の kole（陽根）と eros（エロス）の合成語。【R】には Koleos は「憧憬」を意味するヘブライ語、Koleros は同じくヘブライ語 kol（完全な）とギリシア語の eros から由来し、「完全な愛への憧憬」という意味があると記されている。だがこれは牽強付会のような気がする（コレオス・コレロスは完全な愛など憧憬してそうにないから）。

五一　**＊ざんばら髪の赤らみ憤った顔**　この顔をした老婆は第八章にも、そして第二十三章にも登場する。

第三部

六四　**＊ドーンハム**（Doonham）　Doonham は Manhood（成人、男らしさ、暗喩として男性の性的能力）のアナグラム。

六五　**＊大洋の攪拌**（the Churning of the Ocean）　『マハーバーラタ』『ラーマーヤナ』などに描かれている乳海攪拌神話（神々が大洋を攪拌し不老不死の霊薬アムリタを作る）のこと。

六七　**＊ディルグの極楽**（Dirghic paradise）　dirgha はサンスクリットで「長い」の意味。おそらくエロティックな含意がある。

六七　**＊ヴァイクンタ**（Vaikuntha）　ヴァイクンタはヒンドゥー教の神ヴィシュヌの住まう極楽。すなわちジェラルドはかつてヴィシュヌだったが、今はそれを忘れているのだとイヴァシェラーはここで主張している。次の段落から約一ページにわたって、ジェラルドすなわちヴィシュヌが化身《アヴァターラ》として権現した姿が描かれている。

七三　**＊不死の部分**　この「部分」は第十六章に登場する。

七六　**＊フラン、フラン**　ヒンドゥー教の女神バドラカーリーに贄を捧げるときの呪文。後出の「スフェン、スフェン」も同様。

七七　**＊ハヴァー**（Havvah）　ヘブライ語でイヴを表わす語。

第四部

八九　**＊デルサム**（Dersam）　夢（dreams）のアナグラム。

八九　**＊ケア・オムン**（Caer Omn）　ロマンス（romance）のアナグラム。

一〇三　**＊契約の箱**　十戒が刻まれた石板を収めた箱。

一一〇　**＊奥付**（Colophon）　今の欧米の本には日本でいう「奥付」はないが、写本や初期の刊本には、書名、刊行所、刊行日、刊行者あるいは写字生の名などが最終ページに記されており、これをコロフォンと呼んだ。もともとはギリシア語で「仕上げ」の意味。たとえばロバート・バートン『憂鬱症の解剖』第三部第四章第二節第一項に、“His Colophon is how to resist and repress Atheism”「彼（＝メルセンヌ）は仕上げとして、いかに無神論に抵抗しそれを抑圧するかを説いた）」とある。ここでのコロフォンは、「神になる」というジェラルドの最終的な決意を意味するのだと思う。

一一〇　**＊パンチ**（Punch）　操り人形の主人公。妻ジュディを殴り殺す。

一一一　**＊ディルグの神話体系**（Dirghic Mithology）　第七章でイヴァシェラーが「ディルグの極楽」と言ったのを受け、ジェラルドが想定したまったく新しい神話体系。といってもそれがどんなものかは、自分がその至上神になるということを除いては、ジェラルド自身にもわかっていない。なにしろ第三十三章で自分で「自らが神である宗教について何かもっとはっきりしたことがわかるまでは」と白状しているくらいの情けなさである。

一一三　**＊アシュヴァ・メーダ**　古代インド・バラモン教の讃歌集『リグ・ヴェーダ』に記された馬を犠牲獣とする祭式。

第五部

一二五　**＊長鼻のテンホー**（Tenjo of the Long Nose）【R】によれば、キャベルはこの名をM・J・コンウェイの『悪魔学と悪魔伝説』（一八八九）から採ったという。この本によると日本の霊峰大山《おおやま》にはTenjoなる鼻の長い悪霊が棲むという。大山は確かに天狗信仰の盛んな地なので、「天狗」の名が誤り伝えられてTenjoとなったのかもしれない。大山の天狗伯耆坊《ほうきぼう》にちなみ、ここではTenjoの読みは「テンホー」にした。

一二五　**＊リトレイア**（Lytreia）　リアリティ（reality）のアナグラム。

一二六　**＊ウーの魔法**（magic of wu）【R】によれば巫術（wu shu）のこと。しかし一種のシャーマンである巫はこの章で記された魔術の内容にはそぐわない。むしろ"woman"を暗示したキャベルの造語ではないか。

一四七　**＊文化英雄**（calture hero）　人間社会にさまざまな文化要素や社会的諸制度をもたらした神話上の存在。本書にも登場するプロメーテウスがその典型である。

一五四　**＊前歯がまだ上顎に一本**　この前歯が上顎に一本しかない子供は、第三十二章にふたたび登場する。

第六部

一六七　**＊テューロイン**（Turoine）　ルーチン（routine）のアナグラム。

一八二　**＊読み終えたところだ**　この「第一段落」の文章はキャベルが自分の編集する、"The Reviewer"という雑誌に埋め草として書いた戯《ざ》れ書きをそっくりそのまま流用している。

一八三　**＊第二段落**　この「第二段落」は来世の隠喩。スフィンクスは物質主義者（無神論者）だから、来世（第二段落）などは存在しないと思っている。そして第一段落に記されたつまらない内容が「人生すべてを要約する」と思っている。だがジェラルドはそうは思わず、「それは性急に話すべきことではない……」以下の発言で、さまざまな神話における天国を説明してみせる。

一八八　**＊アスレッド**（Aesred）【R】によれば『ジャーゲン』に登場するセリーダ（Sereda）のアナグラム。『ジャーゲン』にはセリーダが「若い頃に美しい胸のマーヤと呼ばれていた」との記述がある（第四十三章）。両者とも水曜日を支配し、また頭にタオルを巻いている。

第七部

一九五　*サスキンド（Suskind）　女王サスキンドの「赤い柱の宮廷」は『土の人形《ひとがた》』の第一部第九章にも言及がある。

一九五　*ミスペックの沼地（Mispec Moor）　妥協（Compromise）のアナグラム。

一九七　*賢女（wise woman）　wise woman には「占い女」「魔女」の意味もある。たとえば "Was't not the Wise-woman of Brainford?"「それはブレーンフォードの占いばあさんじゃありませんか？」（シェイクスピア『ウィンザーの陽気な女房たち』第四幕第五場、小田島雄志訳）

二〇六　*なんという芸術家が！（Qualis Artifex!）　死期の迫ったネロが、己の墓穴を掘らせながら言ったとされる言葉（スエトニウス『ローマ皇帝伝』第六巻四九）。岩波文庫の国原吉之助訳では、「この世から、なんと素晴らしい芸能人が消えることか」。

二一一　*ロマン派的アイロニー　この言葉はドイツロマン派のフリードリヒ・シュレーゲルが提唱した「ロマン派的イロニー」とおそらく直接の関係はない。しかしアイロニー（イロニー）を詩の原動力とする考えは両者に共通している。なお解説中の「イロニー」の章も参照されたし。

二一六　*滑空する……　ヴィヨン初の英訳詩集（一八八一）に付された訳者ジョン・ペインの序文中にある表現。つまりヴィヨンはここで自分の詩ではなく後世の賞賛の言葉を引用している。

第八部

二三七　*天の七人の執事（Seven Stewards of Heaven）　いわゆるオリンピアの天使のこと。これらは十六世紀に出版された魔術書『アルバテル　古代の魔術について』（*Arbatel De Magia Veterum*）に記載されている天使たちで、アラトロン（Aratoron）、ベトール（Bethor）、ファレグ（Phaleg）、オク（Och）、ハギト（Hag-gith）、オフィエル（Ophiel）、フル（Phul）からなる。

二三七　**＊鏡の言葉**　ここで言及される三羽の鳩と三インチ平方の鏡は、第四十七章の終わりにも登場する。

二四一　**＊わたしの父**　ロベール・ド・ボロン『西洋中世奇譚集成　魔術師マーリン』（横山安由美訳、講談社学術文庫）によれば、マーリンは夢魔（インクブス）が人間の女と交わってできた子である。

第九部

二七一　**＊目立つほど端整な顔立ちをした若者**　この若者は第三十三章でガストン・バルマーの話に出てきた、「きれいな赤毛の坊主」の成長した姿かもしれない。

第十部

二九二　**＊不埒な知恵を持つ女**　リリスのこと。ゲルショム・ショーレムによれば、リリスは「ユダヤ悪魔学《デモノロジー》において中心的地位を占める女悪魔」であり、聖書ではただ一か所、イザヤ書34：14に「夜の魔女」として登場する（エンサイクロペディア・ジュダイカ旧版）。

イヴはアダムが創造された後、その肋骨から作られたとされるが（創世記2：22）、一方で創世記1：27には「神は御自分にかたどって人を創造された／神にかたどって創造された／男と女に創造された」とある。これを字義通りに受け取れば、イヴとは別に、アダムと同時に作られた女性が存在する。タルムードはこの最初に作られた女をリリスとしている。

二九二　**＊サラ**　アブラハムの妻。このサラは美女の誉れ高かったが、石女《うまずめ》であった。しかしアブラハムが百歳になったときに神のお告げがあり、サラは男子を身ごもった。生まれた子はイサクと名付けられた（創世記17：16–19）。キャベルはここで、イサクはエホヴァがサラと密通して生まれた子だとほのめかしている。

二九五　**＊ミディアンの民**（Midianites）　ミディアンは旧約聖書やコーランに登場する地名。アラビア半島の西北部にあったとされている。

二九五　**＊風神**（Storm God）　ヘイスティングスの『宗教・倫理百科事典』（一九〇七―二七）の“God”の項に以

下のような記述がある。「聖なる名エホヴァの起源はいまだ明らかになっていない。これが西セム諸語系の言葉で風神を表わす名であることを示そうとする試みはいまだ推測の域を出ない」【R】はキャベルがこの記述を強引に解釈して、エホヴァの素性をアラビアの風神にしたてあげたと推定している。

二九五 **＊イサクという名の息子から生まれた子孫** 「サラ」の注に記したように、イサクは実はエホヴァの息子。したがってイサクの子孫はエホヴァの子孫にもなる。イサクの子ヤコブの十二人の息子はイスラエル十二部族の始祖になった。

二九六 **＊次男** 神の子イエス・キリストのこと。エホヴァにとってはイサクの次の子なので次男になる。

三〇〇 **＊二重性** グノーシス主義者らは至高神より下位に、これと敵対する悪しき造物主（デミウルゴス）がおり、物質的現象としての世界はこの悪しき造物主が作ったと考えた。

三一一 **＊アブデル‐ハレス**（Abdel-Hareth） サバイン・ベアリング‐グールドの『旧約登場人物の伝説』によれば、九世紀のイスラーム神学者・歴史学者アル‐タバリの著作『預言者と諸王の歴史』に、アブデル‐ハレスに関するエピソードがある。すなわち、エデンの園を追われた後、イヴはアダムの子をもうけたが、最初の三度は死産だった。四度目の子が生まれようとしたとき、悪魔エブリスがアダムのもとに現われ、「この子は美しく健やかに育つ。もし俺のこの予言が当たったらこの子をくれないか」と言った。アダムが承諾したので、悪魔は生まれた子を連れ去った。この子がアブデル‐ハレスである。すなわち麗しの胸のマーヤ（イヴ）は、魔の世界から、かつての自分の息子を引っぱり出してジェラルドに与えたことになる。事実第四十三章で茶色男《サタン》は、マーヤに向かってアブデル‐ハレスのことを、「お前が初めて生んだあの子供紛《まが》い」と言っている。

ちなみにアル‐タバリのこの著作は一種の奇書で、ボルヘスも一度ならず引用している。

三二二 **＊この言葉も肉となった** ヨハネ福音書1:14を踏まえている。

三二六 **＊ジャニコ**（Janicot）【R】によれば、フランスのバス‐ピレネー地方で魔女がイエスを呼ぶときの呼び名。「何てこった」というようなニュアンスで「ジーザス！」と叫ぶことがあるが、ここの「ジャニコ」も同じ類であると思う。

第十一部

三四〇　**＊ヴレデクス**（Vraidex）『土の人形《ひとがた》』に登場する山の名。

三四五　**＊話したりはしない**　以下でジェラルドが語る女たちとのアヴァンチュールは、これまで語られた物語とは必ずしも一致しない。描写が省略されたためかもしれないし、あるいは単にジェラルドがホルヴェンディルに法螺《ほら》を吹いているのかもしれない。

第十二部

三五八　**＊鵲《かささぎ》**　鵲には「ガラクタ蒐集家」の意味がある。

三六三　**＊ベルガルド、アムネラン、ストーリセンド**　いずれも本書に挟み込まれたポアテムの地図に記載されている。

玩具作り《トイ・メイカー》の栄光

垂野創一郎

夜明けから暮れ方まで、かれは勤《いそ》しみ、
飽きもせず、突飛な玩具《おもちゃ》を手で象《かたど》る
――無用のがらくたを。そして弁《わきま》えなく
誰かれに配る――すると皆は嘲る、
玩具を踏みにじり、泥だらけにして、立ち去る。

ふたたび朝から暮れまで、かれは勤しみ、
嘲る人に安ぴか細工を渡す、
踏みにじり、馬鹿にして、立ち去る人たちに。

こんなふうにかれは働く。皆はひやかす、
かれがまだ生きているのを思い出したとき。

こいつは誰かと訊ねるのか――名前など気にするな、

たんなるへぼ文士だ――自足した。

J・B・キャベル「玩具作り」

(ストーリセンド版全集第十三巻より)

1.「マニュエル伝」全体の構成と特徴

「マニュエル伝」とは、ドム・マニュエルとその係累たちを巡る一連の作品です。これらは一九二七年から三〇年にかけて、ストーリセンド版全集として全十八巻に集成されました。ここでは長篇小説、連作短篇、エッセイ、戯曲、詩と、あらゆる文学形式を用いてマニュエル一族の勲《いさお》しが語られています。

キャベルがウォーレン・A・マクニールに宛てた一九二八年三月十四日付の書簡によれば、これら作品群のうち主なものの構成は以下のようになっているそうです。(未訳作品の訳題は、『夢想の秘密』〔国書刊行会〕を訳された杉山洋子氏の案をおおむね踏襲しました。またカッコ内の数字は当該作品を収録したストーリセンド版全集の巻数です)

『生の彼方に』(1)

全体の序章で、特に三つの生き方《アテイテユード》を説明している。

『土の人形《ひとがた》』(2)『銀馬騎士団』(3)

前者はマニュエルの生涯を、彼を一番よく知る人々の目に映るままを描いたもの。後者はマニュエルの死後、それら知人たちや他の人々を通して彼を描いたもの。ある人の目にはマ

『ドムネイ』（4）『騎士道』（5）
『月蔭から聞こえる音楽』（4）
『ジャーゲン』（6）
『愛の系譜』（7）

『聖殿』（8）
『慇懃《ギャラントリー》』（9）
『イヴのことを少し』（10）
『必然の時』（11）
『虚栄の絆』（12）
『祖父の首の鋲』（14）
『鷲の影』（15）『夢想の秘密』（16）

ニュルは神の代理人の権化と映り、他の人々の目には、仲間たちによる愚かな拵《こしら》えものと映る。作者はどちらにも与《くみ》しない。マニュエルについては説明されない。彼の内面はうかがい知れない。

マニュエルの不滅の生を騎士道的生き方の二つの主要な相と結びつけて物語る。

詩人的な生き方の導入。

伊達男《ギャラント》的生き方の導入。

十の世代を通し不滅の生を三通りの生き方のいずれかと結びつけて追究する。

詩人的な生き方の失敗。

伊達男的な生き方の成功。

伊達男的な生き方の失敗。

詩人的な生き方の成功。

現代の条件下での伊達男的な生き方。

現代の条件下での騎士道的な生き方。

現代の条件下での詩人的な生き方。円環が閉じる。マニュエルの生はポアテムの出発点に戻り、間の世代は最初の詩人としてのマドックの用いた手段以外のもので無化される。

『藁と祈禱書』（17）

エピローグ。

　つまり序章『生の彼方に』に続く『土の人形《ひとがた》』と『銀馬騎士団』は、新約聖書でいえばそれぞれ福音書と使徒行伝にあたるものです。前者はマニュエルの生涯を第三者の目を通して描き、後者はマニュエルの死後にその志を継ぐ者たちの行状を描いています。

　それに続く作品では、詩人・伊達男・騎士という三通りの生き方が主題になります。

　ここで伊達男（gallant）的生き方については、その導入紹介篇にあたる『ジャーゲン』がすでに訳出されているので、それを読んでいただければよいのですが、ようするに、人生を遊び戯れるものとみなし、「何でも一度は味わってやろう」と心おもむくままに生きる態度です。また騎士道（chivalry）的生き方とは、徳を重んじ女性を崇拝し、義のためには己を犠牲にすることも厭わない生き方。それから詩人（poet）的生き方とは、生をおのれの創作の素材とみなし、自分でも理解できない憧れにひきずられる生き方。これらがキャベル世界の登場人物の、生への態度の三本柱となっています。

『ドムネイ』以降では、この三つの生き方の導入、成功、失敗、そして現代的条件におけるそれらの運命が扱われています。つまり大体において三×四の組み合わせで十二の長篇が構成されているわけです。まるでライムンドゥス・ルルスの円盤のような結合術《アルス・コンビナトリア》ぶりですね。あるいはボルヘスが「トレーン、ウクバール、オルビス・テルティウス」で描く架空の世界トレーンでは、物語の本は、「想像し得るかぎりの順列をふくみながらも、ただひとつの筋からなっている」そうですが、それもちょっと思い出されます。『夢想の秘密』、『ジャーゲン』、そして本書と読み進められてきた方のなかには、「なんだかみんな同じだなあ」というような不埒《ふらち》な感想を持つ方もいるかもしれません。でもあながち誤りというわけでもありません。堅固な美意識によって各作品の発想と形式と文体が統御されているからです。
　そしてこの〈マニュエル伝〉は、全体が大きな円環を描いていることが、『夢想の秘密』の最終章で明らかになりますが、そればかりでなく、個々の物語も円環的構造を持っています。事実、すでに訳出されている『夢想の秘密』と『ジャーゲン』では、蛇が己の尾を咥《くわ》えるように結末が発端につながっているでしょう。やがて訳されるはずの『土の人形』も同様に発端と結末が照応しています。もちろん『イヴのことを少し』も例外ではありません。

　こうした凝り具合、というか、より正確にいえば形式への執着は、マニエリスムそのものといっていいでしょう。今述べた円環的プロットの他にも、マニエリスム的仕掛けが随所にみられます。氾濫するアナグラムがそうですし、繰り返し《リフレイン》や欠語《レティサンス》を多用する人工的文体もそうですし、あるいは第十五章の「フー」や「法《ロー》」にかけた言葉遊び、あるいは第四十三章でみられる、「誰《フー》が文献学匠を倒すだろう」という発言を、文字通りの疑問文の他に、「（固有名詞の）フーが文献学匠を倒すだろう」という予言にも解してみせるというダブルミーニングもそうです。またエロティックな事柄をそれとはっきり名指さず、いわば無花果《いちじく》の葉で覆うやりかたにも、マニエリスム風の騙し《トロンプ・ルイユ》絵の技巧が存分に発揮されています。

　もっともキャベル自身が文化史用語としてのマニエリスムという言葉を知っていたかどうかは定かではありません。しかし己の作品とその登場人物を玩具《おもちゃ》みたいに弄ぶキャベルの遊戯的態度は、まさにマニエリストのものなのです。

2. おびただしい固有名詞

この物語には神話・伝説関係の固有名詞がおびただしく出てきます。それも「おびただしく」というより、「脈絡なく」といったほうがふさわしいくらいに。すでに『ジャーゲン』を読まれた方は、とりわけその註釈を丹念に読まれた方は、『ジャーゲン』もまた同様であることをご承知のことと思います。なにしろそこには三百を超える語註があるというから大変なものです。それら固有名詞の由来も、ギリシア語、ラテン語、ヘブライ語、アラビア語、サンスクリット、中世フランス語、ロシア語と多岐にわたっています。

本書にも、そういった註をつけたくなるような耳慣れない固有名詞が、さていくつあるのか、あえて数える気にもなれませんが、やはり『ジャーゲン』並みにはあるでしょう。まるで小説の形式を借りて神話伝説の総ざらえをしようとするような勢いです。

こうした語彙の洪水は、南方熊楠《みなかたくまぐす》（一八六七―一九四一）の同時代人でもあったキャベル（一八七九―一九五八）の面目躍如といったところでしょう。両者ともアマチュア博物学者が幸《さきわ》う時代に生まれ、学問の中心地から離れたところで、己の興味のおもむくままに厖大な知識を蒐集蓄積していたのです。

そういえば第十七章に登場するイヴェイヌは、百科全書的な知識を持っていて、まるで百科事典を読み上げるような喋り方をします。また、ジェラルドの身代わりとなったサイランは、「二つの真実」について百科全書的著述を物します。これらは キャベルが円環に囲まれた知＝エンサイクロ・ペディア＝百科事典、[illegible]ルに、自覚的にか無自覚的にかはともかく、魅入られていた一つの証左ともなりましょう。

かつて高山宏は「エンキュクリオス・パイデイア」なる、『メデューサの知』（青土社）に収められたエッセイで、円環の中にすべてをとりこもうとする知的志向について論じました。これこそまさにキャベルの作品にもあてはまるではありませんか。

そしてこのエッセイではさらに歩を進めて、そうした百科事典的書法からナンセンスな空間が出現することを論じています。すなわち、いかなるものもABC順やあいうえお順に並べられると、各項目に本来内在しているはずの価値体系のヒエラルキーが剝奪され、ナンセンスの空間を招来するというのです。

本書にもそうした場面が数多くありますが、その一例として、第十章でグラウムの妻の一人が語るエピソードがあげられましょう。そこにはベス（エジプトの神）、トラロク（メキシコの神）、シヴァ（ヒンドゥー教の神）、カーリー（ヒンドゥー教の女神）、ゼウス（ギリシア神話の神）、アメン‐ラー（エジプトの神）といった面々が登場し、彼らが皆アンタンへ向かう様子が出てきます。こうした世界各国の神さまの勢ぞろいは、事典や研究書にはふさわしいかもしれません。しかし小説の一場面として、これら神々がぞろぞろと行進していく様を頭に思い浮かべると、滑稽というか馬鹿馬鹿しいというか、まあようするにナンセンスの空間が招来されるのです。

しかしこのナンセンスは、ナンセンスのためのナンセンスではありません。それはキャベル世界を構築していくうえで必要不可欠なものなのです。これあってこそ、おそらくはキャベルが本当に描きたかったと思《おぼ》しい場面が、迫真の雰囲気をもって現出するのです。つまり、エデンの園を追われたはずのイヴが皺《しわ》くちゃの婆さんとなりながらもまだ生きていて、茶色男すなわち悪魔がセールスマンみたいな風《ふう》体《てい》でアンタンと現世を行き来し、畏怖すべき神であるはずのエホヴァが好々爺然として出てくる場面です。そしてあろうことか、まるで同窓会のように、「エデンの園のときはこうだったねえ」と懐かし気に語りあうのだから開いた口がふさがりません。

神話を現代に賦活《ふかつ》させるという方法は、ジョイスの『ユリシーズ』をその代表的な例として、幾人もの作家が試みました。キャベルは百科事典的ナンセンスという独自の道筋を辿ってそれをなしとげたのです。すごいと思いませんか。

3. 作る人《メイカー》

質受け人（redeemer）が最初のｒを大文字にすると救世主（Redeemer）になるように、作る人（maker）もまた、最初の字を大文字にすると造物主（the Maker）になります。

さらに古くはmakerには詩人という意味もありました。マイクル・イネスの推理小説の題名"Lament for a Maker"（邦訳題名『ある詩人への挽歌』）は、ウィリアム・ダンバーの詩の一節を引用したものですが、ここでのMakerには、造物主と詩人の両方の意味をかけてあります。またボルヘスの詩文集に"El Hacedor"（邦訳題名『創造者』）というのがありますが、この題名は英語のThe Makerをそのままスペイン語に直訳したもので、やはり詩人と造物主の両方の意味にまたがっています。

この物語の主人公ジェラルドもやはり詩人であって、古今の修辞法《レトリック》に通暁しており、ソネットをひねくり、第一章の冒頭ではアメリカ文学界に画期的な新風をもたらすはずのロマンスを執筆中でした。それがひょんなきっかけから、神を志すことになるのでした。

でもMakerの二つの語義を考えると、これは見かけほど突飛な変心ではないことがわかります。ことに物語冒頭の一八〇五年という時代は、イギリス・ロマン主義の盛期にもあたっています。「ロマンティック」という言葉がこの物語にはひんぱんに出てきますが、これは「詩人」とほとんど同義で使われています。自らを神となすくらいに自我の拡大を図るロマン主義の時代は、Makerの二つの語義が限りなく接近した時期といえましょう。ジェラルドの決意もこうした時代的文脈から見ると、それほど奇異なものでもなさそうです。

ただここでの造物主は、キャベル独特のニュアンスを帯びています。つまりそれは、冒頭の詩にあるような、「玩具作り」なのです。創造するのは弄ぶためなのです。そのよい例が、第三十一章に出てくるマーリンでしょう。彼はまさに自分が遊ぶための玩具を作って、それを弄んでいました。プロメーテウスにしても、ネロにしても、そうした遊びの精神は共通しています。いやそもそも、「始まりの物語」であるところの『土の人形《ひとがた》』にしてからすでに、そういう話なのです。

また詩人にしても、本書に出てくるのは世の常の詩人ではありません。「着想を弄ぶ」「考えと戯れる」といった表現が本書にはやたらと出てきます。ここに出てくるのは弄ぶ詩人です。

つまりこの物語において造物主と詩人というmakerの二義が分かちがたく結びついています。なにしろジェラルドは詩人でありかつ造物主であり、己を至上神とするディルグ神話体系なるものを築きあげると同時に、文献学匠から「始源からあり、他の万物が滅びても残る言葉」を得るためにアンタンに行こうとしているのですから。まさしくヨハネ福音書にあるように、言《ことば》はすなわち神なのです。

そうした高邁な野心を抱いたジェラルドですが、第四十二章で、アンタンに行きたいという息子に神馬カルキを譲り、おかげでアンタンをむざむざ滅ぼしてしまいます。神になることより家庭の安楽を選んだのです。

しかしアンタン行きこそ断念したものの、詩人であることは断念しません。第四十六章では友ホルヴェンディルに向かって啖呵《たんか》を切って見せます。なるほど現《うつつ》のアンタンは滅びたが、自分の理念の中でそれは存在し続け、思う存分戯れることができると。

この言葉はボルヘスが『創造者』の中の「王宮の寓話」で描いた詩人を連想させます。むかし黄帝はある詩人に壮麗な王宮をすみずみまで披露しました。詩人は短い詩を口ずさみましたが、そこには王宮の全てが歌いこまれてありました。これを聞いた黄帝は、「よくも余の王宮を奪いおったな」と詩人の首を刎ねた、とそこには語られています。

この寓話は現の王宮と詩に歌われた王宮は両立しえないものだという認識を示しています。皇帝が詩人を滅ぼしたボルヘスの寓話とは逆に、この『イヴのことを少し』では詩人がアンタンを滅ぼします。そして現のアンタンが滅びたおかげで、わが理念のアンタンは永遠に自分のものとなったとジェラルドは主張するのです。(いくぶん負け惜しみの気味もありますが……)するとホルヴェンディルは意地悪く答えます。アンタンは滅びてなどいるものか。文献学匠はアンタンをお前の手の届かないところに遷《うつ》した。すなわちアンタンはあいかわらずお前の理念の外にあるのだと。

さて困りました。ジェラルドはどうすればいいのでしょう。

4. イロニー

本書をひととおり読み終えた方は、これをとんでもない女性嫌悪《ミソジニー》の書と思うかもしれません。ところがどっこい、これはそんな一筋縄でくれるようなしろものではないのですよ。この書は原題どおり“Something About Eve”であるかもしれませんが、けして“All About Eve”ではないのであります。あるいは、ロマンティックな詩人であるジェラルドにとって、真の敵は「二つの真実」であり、女性はその尖兵《せんぺい》にすぎないともいえます。

この書の特徴はむしろ主題が、いや物語全体が、イロニーにひたひたと浸されていることでありましょう。最後にそれについて少し書いてみます。

イロニー（あるいはアイロニー）という言葉は、ふつう「皮肉」とか「反語」とか訳されます。しかしそれにとどまらない意味内容を有しています。ひとまずキルケゴールが『イロニーの概念』で展開している考えに従うと、そこでは「現象が本質でなく本質の反対であること」が、「すべてのイロニーに通ずる一つの規定」とされています。またその例として「私がものを言うとき、思考や意見が本質であり、言葉が現象である」と説明されています。抽象的でわかりにくいかもしれませんが、たとえばキルコゲール的な考え方では、「君はほんとうにお利巧さんだねえ」と誰かが言うとき、「お利巧さんだねえ」という発言が「現象」、話者の本音が「本質」にあたり、両者は正反対になっているというわけです。

この書でイロニーがもっとも露骨にわかりやすく出ているのは、第二十一章で魔術師たちがホルヴェンディルのことを皮肉たっぷりに喋々するところです。あたかも作者は、プロットには何の関係もないこの章をわざわざ挿入することによって、「これはイロニーの書ですよ」と宣言しているようでもあります。

あるいは第二十六章でネロが得々と、「芸術家たるわたしは優雅に殺戮し、愛撫しつつ破壊し、己の人間性にもっとも大切なものすべてを、それを殺すことによって高貴にした」と言っています。この「優雅に殺戮」うんぬんという発言は、たとえば「公然の秘密」といったような、形容矛盾あるいは撞着語法《オクシモロン》と解すべきではありません。ネロ自らが言っているように、真意とは逆のことを表現するというイロニーの働きであり、その行為をもってネロは己を詩人と自認し、ヴィヨンと友達づきあいしているのです。

林達夫は「反語的精神」という有名なエッセイで、「自由を愛する精神にとって、反語ほど魅力のあるものが又とありましょうか。[……] 自由な反語家は柔軟に屈伸し、しかも抵抗的に頑として自らを持ち耐える。真剣さの持つ融通の利かぬ硬直に陥らず、さりとて臆病な順応主義の示す軟弱にも堕さない」と高らかにうたいあげています。ここで用いられている「反語」という表現は日本語としてのニュアンスが強すぎるため誤解を招きやすいですが、これはもちろんキルケゴール的な意味でのイロニーのことです。つまり「反語」とはいうものの、その表出は言葉によるとはかぎりません。

さらに林達夫はこうも書きます。「いつの場合にも私にとっては反語が私の思想と行動の法則であり、同時に生態だったということです」これは軍国主義とか大政翼賛会とかそういうものに、あえて順応する身振りをして実は己を保持するという、林達夫なりの戦術でした。つまりジャンケレヴィッチが『イロニーの精神』(久米博訳、ちくま学芸文庫)で論じている「イロニー的順応主義」です。

いっぽうわれらのジェラルドが相手どるのは、「二つの真実」という、ある意味で大政翼賛会などよりよほど手ごわい敵です。骨の髄までのロマン派でないかぎり、戦いを挑む気にさえなれない強敵です。マーヤの家庭的もてなしに単に順応したふりをしていただけのつもりが、まんまと敵の手に陥ったジェラルドは、第四十二章で一敗地にまみれますが、この物語が面白くなるのは実はそこからなのです。

ここからジェラルドはイロニーの精神をますます発揮するようになるからです。

エホヴァの洗礼によって息子テオドリックは隠された正体を顕わしますが、その正体を知ってもなおかつ、ジェラルドは息子のアンタン行きを止めようとはしません（第四十一―二章）。そしてアンタンが滅びたあとも、ジェラルドはなお、自らが第三真実の主であることは譲りません。負けを認めていないのです。これは作者が設定したジェラルドのキャラクター、つまりいかにも南部の紳士らしい、体面が何より大事な、いい格好《かっこ》しいの見栄坊な性格から来ていることは間違いありません。しかし同時にイロニー的戦術の堅持でもあります。

ジャンケレヴィッチの前掲書には、イロニストの戦術はぎりぎりのところでしか成功しないとあります。「一ミリこちら側だと、イロニストは偽善家の物笑いの種になるし、一ミリあちら側だと、イロニストはその被害者とともに、みずから欺かれてしまう」「狼どもの肩を持つことは、軽業であって、不器用な者には、とんでもなく高くつくおそれがある」

さてジェラルドの軽業つまりイロニスト的身振りは失敗したのでしょうか。成功したのでしょうか。人によって見解は異なるでしょう。ホルヴェンディルの「物笑いの種」になったことは確かですが……。順当に考えれば、最初に述べたように、この物語は「詩人的生き方の失敗」の巻《まき》として構想されたようですから、まあ失敗なんでしょう。しかし作者が意図したとおりに読まねばならないという義理は読者にはありません。

私見によれば、イロニー的身振りが最高に発揮されているのは結末です。最終章で一気に三十歳年をとったジェラルドは、逆に若者と化したグラウムに、「こいつの唯一の喜びは人形を形作っては弄ぶことだけだ」と軽蔑されます。しかしジェラルドは二つの真実に順応したように見せかけながら、実は百科全書的民俗学論文の執筆という手段によって、二つの真実を「弄ぶもの」に変貌させたのでした。玩具作りの栄光ここにありというべきでしょう。「クブラ・カーン」を中断させたあと、『エンサイクロペディア・メトロポリターナ』という百科事典を一八一七年に構想したコールリッジをさえ、ちょっと連想させるではありませんか。

著者　ジェイムズ・ブランチ・キャベル　James Branch Cabell

アメリカの作家、系図作製者。一八七九年ヴァージニア州リッチモンドの名家に生まれる。幼少時から神話・伝説・聖書を耽読し、大学卒業後、新聞記者を経て作家となる。一九〇四年に長篇第一作 *Eagle's Shadow* を発表、本書は架空の王国ポアテムを舞台に二十三代九世紀にわたる一大ファンタジイ・シリーズ《マニュエル伝》全十八巻に発展した。その一冊『ジャーゲン』（一九一九。邦訳国書刊行会）は「不道徳な内容」のため発禁事件を引き起こし、それが話題を呼んで大ベストセラーとなった。他の代表作に『夢想の秘密』（一九一七。邦訳国書刊行会）、『土の人形《ひとがた》』（一九二一。邦訳国書刊行会近刊）、『イヴのことを少し』（一九二七。本書）など。一九二〇年代は「キャベル時代」とも呼ばれるほど批評界から高い評価を獲得、同時代アメリカ文学を代表する作家と目された。一九五八年に死去。その後一時忘れられた作家となったが、一九七〇年代にはリン・カーターやアーシュラ・K・ル＝グウィンらの再評価もあり、SF・ファンタジイ作家への広範な影響が指摘されている。

訳者　垂野創一郎　たるの・そういちろう

一九五八年、香川県生まれ。東京大学理学部数学科卒。翻訳家。編訳書に『怪奇骨董翻訳箱　ドイツ・オーストリア幻想短篇集』（国書刊行会）、訳書にレオ・ペルッツ『最後の審判の巨匠』（晶文社）、『夜毎に石の橋の下で』『ボリバル侯爵』『スウェーデンの騎士』『聖ペテロの雪』（以上国書刊行会）、『アンチクリストの誕生』『どこに転がっていくの、林檎ちゃん』（以上ちくま文庫）、グスタフ・マイリンク『ワルプルギスの夜　マイリンク幻想小説集』（国書刊行会）、アレクサンダー・レルネット＝ホレーニア『両シチリア連隊』（東京創元社）、バルドゥイン・グロラー『探偵ダゴベルトの功績と冒険』（創元推理文庫）、ヴィリ・ザイデル『世界最古のもの』（沖積舎）、パウル・シェーアバルト『セルバンテス』（沖積舎）などがある。

SOMETHING ABOUT EVE
by
James Branch Cabell
1927

Illustrations by Frank C. Papé

イヴのことを少《すこ》し 《マニュエル伝》

二〇一九年十二月二十一日初版第一刷印刷
二〇一九年十二月二十五日初版第一刷発行

著者 ジェイムズ・ブランチ・キャベル
訳者 垂野創一郎
発行者 佐藤今朝夫
装幀 山田英春
装画 木原未沙紀
企画編集 藤原編集室
発行所 株式会社国書刊行会
東京都板橋区志村一―一三―一五 〒一七四―〇〇五六
電話〇三―五九七〇―七四二一
ファクシミリ〇三―五九七〇―七四二七
URL：https://www.kokusho.co.jp
E-mail：info@kokusho.co.jp
印刷・製本所 三松堂株式会社
ISBN978-4-336-06541-4 C0097
乱丁・落丁本は送料小社負担でお取り替え致します。

ジェイムズ・ブランチ・キャベル 著
《マニュエル伝》

土の人形《ひとがた》*

安野玲 訳

豚飼いマニュエルは金髪碧眼の美丈夫、母の教えに従って己の理想の姿を土の人形に映すべく、日々黙々と土をこねては人形作りに精を出す。そこへ怪しき老人が現われて、「邪悪な魔法使いに拐かされた姫君を救って妻となせ」と、マニュエルに一振りの魔剣を与えた。いざ魔法使いを打ち倒さんと旅立ったマニュエルだが、途中で出会った男装の乙女に恋をして、魔法使い成敗はそっちのけ、肝心の姫君には目もくれず、乙女と手に手を取って意気揚々と帰還する。めでたしめでたし——と思いきや、死神が現われて愛しい乙女を冥府へと連れ去った。かくして若きマニュエルの真の旅が始まる。相も変わらず土の人形を作りながら「自分の考えと自分の望みに従う」をモットーに進むマニュエルの前に広がる世界は迷宮のごとく怪異と魔法に充ち満ちて、想像を裏切る途方もない出来事が数々待ち受けていた……。時空を超えて連綿と続く英雄一族の始祖ドム・マニュエルがいかにして生まれたかが語られる、これは始まりの物語。

＊＝続刊

ジェイムズ・ブランチ・キャベル 著
《マニュエル伝》

イヴのことを少し

垂野創一郎 訳

赤毛の青年ジェラルドが先祖ドム・マニュエルのロマンスの執筆に没頭していたところに、悪霊が現われ、お前の肉体に乗り移ってお前の現世を引き受けてやろうと言う。又従妹イヴリンとの不義の関係に手を焼いていたジェラルドは申し出をうべなう。さらに以前の魔術仲間から銀の馬カルキを贈られ、彼は勇んで彼方の都アンタンに向かう。あらゆる神の終着地であるかの地を統べる文献学匠になり代わり、その王座に座るつもりなのだ。その途上、不思議な鏡の魔力によって、プロメーテウス、ソロモン、オデュッセウス、ネロ、タンホイザーと、ボルヘス「不死の人」のカルタフィルスにも見まごう転生を体験したジェラルドは、あらゆる神の上に立つ至上神としての己の運命をますます深く確信するのだが——『黄金の驢馬』『ガルガンチュアとパンタグリュエル』『ファウスト』『ドン・キホーテ』などの自在な変奏により展開される〈造物主／詩人への悲歌《ラメント・フオア・ア・メイカー》〉。

ジェイムズ・ブランチ・キャベル 著
《マニュエル伝》

ジャーゲン

中野善夫 訳

ジャーゲンは初恋の人が忘れられない四十歳の質屋、もとは詩人だったのに口うるさい妻との毎日にうんざりしていたところ、謎の黒紳士のおかげか妻が行方不明に。妻を探し出すのが男らしい振舞いだといわれて嫌々ながら旅に出て、洞窟のケンタウロスの背に乗って不思議な世界を巡ってみれば、二十歳に若返った身体で初恋の人に再会したのを皮切りに、男らしくない振舞いと口先だけの出世を重ね世界を越えて、美女と出会うとその国の慣習に従って結婚を繰り返す夢のような四十歳の春の冒険を続けた末にジャーゲンが知った世界の真実とは……という物語は、何という猥褻文書だ！とたちまち発禁処分を受けてしまい、二年後に発禁が解かれるとベストセラーとなったのはちょっとした勘違いだったかも知れないが、この〈マニュエル伝〉らしくない〈マニュエル伝〉を手に取って、「私はどんな飲み物でも一度は味わってみることにしている」と嘯きながら好みの飲みものを片手にページを開けばそこは種と仕掛けに満ち溢れた夢と恋と冒険の世界に他ならない。